비정성시를 만나던
푸르스름한 저녁

권성우 산문집

비정성시를 만나던 푸르스름한 저녁

초판 1쇄 발행 2019년 10월 30일

초판 2쇄 발행 2020년 3월 11일

글쓴이 권성우 **펴낸이** 박성모 **펴낸곳** 소명출판 **출판등록** 제13-522호

주소 서울시 서초구 서초중앙로6길 15, 1층

전화 02-585-7840 **팩스** 02-585-7848

전자우편 somyungbooks@daum.net **홈페이지** www.somyong.co.kr

값 14,000원

ISBN 979-11-5905-462-4 03810

ⓒ 권성우, 2019

권성우 산문집

————
。

비정성시를 만나던
푸르스름한 저녁

소명출판

머리글

비범한 정신은 세계의 위험 속에 스스로를 밀어 넣는 것, 에세이 정
신이 이런 것이라면 그것은 살아 있는 정신이 아닐 수 없다. (김윤식)

첫 번째 산문집을 펴낸다. 생각해보니 대학 신입생 시절이던 1982
년 초겨울 즈음, 처음으로 비평적 에세이와 예술기행에 커다란
매력을 느낀 이래, 늘 에세이스트가 되고 싶었다. 아직 청춘이던
1992년에 발표된 「동경과 분석, 그리고 유토피아」(『비평의 매혹』)에
서 에세이(예술기행)의 매혹을 전하는 글을 쓰기도 했다. 그러고 보
면 에세이에 대한 관심과 동경憧憬은 정말 오랜 세월 동안 내 무의
식과 뇌리에 존재해왔다.

　대학제도에 속해 일하면서 적잖은 논문을 썼으며 비평가로
활동하며 작품론과 논쟁적인 비평도 꽤 써온 편이다. 논문 쓰기를
통해 엄정하고 탄탄한 학술적 글쓰기의 내공을 배웠고, 비평 공부
를 통해 따뜻하면서도 예리한 비평 쓰기의 기품을 만났다. 하지만
그 과정에서 늘 좀 더 자유롭고 매력적인 글쓰기, 즉 에세이 형식

에 대한 커다란 갈증과 소망이 존재해왔다. 에세이는 어떤 장르의 글쓰기보다도 저자의 마음의 결, 체취, 실존, 개성이 살아 있는 글이다. 늘 사유의 힘과 깊은 지성을 갖추면서도 감각의 아름다움을 지닌 에세이를 쓰고 싶었다. 『비정성시를 만나던 푸르스름한 저녁』은 그 갈증과 소망을 드러낸 책이자 실패의 기록이기도 하다.

책 제목의 〈비정성시〉는 내게 청춘의 아련한 첫사랑 같은 영화이자 역사(정치)와 예술의 드문 성공적 결합을 상징하는 영화다. 이 걸작을 통해 영화라는 장르가 이토록 깊고 슬프면서도 미학적 품격을 품을 수 있음을 절감했다. 언제나 이 영화를 처음 만나던 서른 즈음 그 푸르스름한 시간으로 돌아가고 싶다. '푸르스름'이라는 표현을 좋아한다. 우리말의 풍부함과 아름다운 어감이 이 네 글자에 오롯이 스며들어 있다. 나이가 들수록 모국어의 표현 가능성에 대해 한층 민감해지는 자신을 발견한다. 내가 유일하게 문학적 언어를 운용할 수 있는 모국어의 드넓은 바다에 한 바가지의 물, 그 작은 흔적이라도 남기고 싶다는 마음을 담아 '푸르스름'을 제목에 넣었다.

이 산문집에는 다양한 형식의 글이 포함돼 있다. 에세이, 기행문, 편지, 칼럼, 페이스북 단상, 단장斷章, 추모사, 축사, 문학적 성장기成長記 등의 형식이 이 책에 존재한다. 넓은 의미에서 에세이나 산문에 속한 글들이다. 독자들이 내용 못지않게 글쓰기 형식의 다양성이라는 맥락에서 이 책을 읽어주길 바라는 마음이 있다. 시기적으로 보면 1996년에 발표된 글을 포함해서 20년이 지난 글도 몇 편 수록했다. 그 사이에 많은 세월이 흘렀지만, 그 글들을 통해 표출된 문제의식에 여전히 유효한 대목이 있다고 생각했기 때문이다.

교정을 보느라 다시 읽어보니,『비정성시를 만나던 푸르스름한 저녁』이 김석범, 김시종, 최인훈, 김윤식, 김학영, 서경식에 대한 깊은 애정과 경외의 마음을 품고 있음을 알겠다. 그들이라고 왜 한계가 없겠는가. 그러나 나는 아직도 그들의 글쓰기와 문학, 그 탁월함과 진가가 이 땅의 문학장에서 온전히 평가받지 못했다고 생각하는 편이다. '과연 그들의 귀한 성과는 한국 사회에서 정확히 이해되었는가?'라는 질문을 던져본다. 그런 마음이 그들에 대한 속 깊은 애정으로 분출되었으리라. 이들에 대한 적극적인 해석 자체가 이 시대 문학과 문화의 어떤 경향에 대한 간접적인 문제 제기가 될 수 있지 않을까. 공부가 깊어지고 시간이 허락하는 대로 김석범, 최인훈, 서경식을 각기 한 권으로 다룬 단행본 저작을 펴내고 싶다.

이 산문집에는 이미 세상을 뜬 고인故人에 대한 기억과 추모

5

의 마음이 자주 눈에 띈다. 최인훈, 김윤식, 노회찬, 허수경 등 작년에 세상을 떠난 분들에 대한 간곡한 추모와 회고의 마음을 담았다. 내게 이들이 존재하지 않는 세상은 그 이전과는 비할 바 없이 쓸쓸하다.

소명출판에서 출간하는 다섯 번째 책이다. 소명출판은 늘 내게 단단하고 의미 있는 책을 쓰고 싶다는 염원을 불러일으키는 지성의 텃밭이다. 언젠가는 그런 책을 쓰게 되리라는 기대로 살아가고자 한다. 교정에 땀과 정성을 보태준 숙명여대 대학원 제자 김지윤, 조경은, 소명출판의 장혜정 님께 마음 깊이 감사드린다. 늘 내 글의 부족함과 한계를 예리하게 간파한 김희진이 없었더라면 이 책의 완성도는 한층 떨어졌으리라. 멋진 표지 그림을 그려준 딸 권슬빈의 대학 생활이 늘 설렘과 충만감으로 채워지길 바라며 사랑의 마음을 전하고 싶다. 누구보다도 이 산문집을 읽어줄 독자들에게 정겨운 연대의 마음을 보낸다.

이 첫 산문집을 이제는 저 망연한 우주에 존재하고 계신 최인훈 선생님과 김윤식 선생님께 헌정하고 싶다. 그들의 작품, 비평, 에세이는 내게 글 쓰는 사람이 되고 싶다는 바람을 불러일으키고, 품격있는 에세이를 쓰고 싶다는 감정을 한껏 고양시켰다. 그래서 나는 지금 글을 쓰고 있다. 글을 쓰는 시간은 아직도 늘 피

비정성시를 만나던 푸르스름한 저녁

말리는 과정이지만, 이제는 그 운명을 기꺼운 마음으로 사랑하기
로 했다.

가을이 짙어져 가는 휴일의 불그스름한 저녁놀을 바라보며,

자양동 서재에서 권성우 씀

차례

머리글 —— 3

제1부_ 푸른 언덕에서_청파동 통신

〈비정성시〉를 만나던 푸르스름한 저녁 —— 15

시대의 허무를 넘어서 —— 20

SNS 시대에 좋은 평전을 읽어야 하는 이유 —— 23

김정은 위원장에게 최인훈의 「광장」 읽기를 권함 —— 27

동아시아의 평화를 위한 학문적 여정 —— 30

대학을 떠난 사람들 —— 33

식민지역사박물관 생각 —— 36

그토록 길었던 도쿄의 하루 —— 39

시대의 야만에 맞서는 영화와 책 —— 42

해외여행 세계 1위라는 희망과 우울 —— 45

어떤 우정의 역사 —— 48

진보적 지식인의 운명 —— 51

제2부_ 단상 모음(2012~2019)_한 비평가의 세상 읽기 —— 55

제3부_ 고독, 책, 슬픔_문학 에세이의 매혹

고립을 견디며 책을 읽다 무라카미 하루키와 서경식 —— 127

고독과 쑥스러움 김학영과 김석범 —— 142

『화산도』 문학기행 —— 153

살아남은 자의 슬픔과 분노 —— 175

내가 만난 재일한인문학, 그 매력과 소중한 자극
서경식·김석범·김시종 —— 182

신경숙 표절 파문 단상 신형철과 권희철에게 보내는 편지 —— 199

최일남 작가의 수상을 축하드리며 —— 206

'죽음 이외의 휴식은 없는' 정신을 기리며 김윤식 —— 212

나를 만든 한 권의 책 —— 224

최인훈 작가 영전에 띄우는 편지 —— 228

한 번도 문학상을 받지 못한 문인을 생각하며
제9회 임화문학예술상 수상소감 —— 231

고독한 자유인이 되기 위한 여정 —— 239

제4부_ 정치·문화·대학을 읽다_칼럼과 에세이

민주공화국에서 살아가는 비평가의 보람
문재인 대통령께 보내는 편지 —— 255

신주쿠 꼬치구이 집에서 —— 265

다시 「광장」을 읽으며 —— 269

조세희의 은둔과 침묵이 빛나는 이유 —— 274

좌절한 자의 상처와 아름다움 유시민 —— 280

개혁에 대한 환멸을 넘어서 —— 284

다시 80년대를 말한다 —— 287

북한 축구에 이끌리다 —— 290

WBC의 추억 평가 기준이 없는 사회 —— 294

대학축제 유감 —— 297

캠퍼스의 봄과 독도 —— 301

MT 격세지감 —— 304

대학의 낭만에 대하여 —— 307

1996, 캠퍼스의 청춘들 —— 310

고독, 욕망, 정보 SNS시대의 일상 —— 313

반 고흐를 이해하기 위하여 —— 316

책을 처분하면서 —— 319

이미지의 시대를 넘어서 —— 322

내 인생의 영화 〈Once upon a time in America〉 —— 325

제1부

푸른 언덕에서
청파동 통신

〈비정성시〉를 만나던 푸르스름한 저녁

문득 옛날 영화를 다시 보고픈 그런 섬광과도 같은 순간이 있다. 우울한 일이 있어 혼자 술을 마신 오늘은 왠지 이 영화를 보고 싶다는 생각이 간절했다. 대만의 세계적인 영화감독 허우 샤오시엔侯孝賢(1947~)의 걸작 〈비정성시悲情城市〉가 바로 그 영화다. 내게는 '인생 영화'이기도 한 〈비정성시〉를 오랜만에 보며 이 에세이를 쓴다.

이 영화를 처음 만나던 서른 언저리의 푸르스름한 저녁을 아직도 잊을 수 없다. 언어로 대체할 수 없는 먹먹한 감동, 아득한 잔향이라는 게 바로 이런 것이구나, 하는 느낌을 받았다. 한국에도 이런 영화가 있었으면 좋겠다는 생각을 했더랬다. 〈비정성시〉에 대한 아슴푸레한 기억이 이후에도 계속 마음에 남아 메아리쳤다.

제주4·3에 비견되는 대만 현대사의 최대 비극 2·28사건 (1947), 그 역사적 슬픔을 온몸으로 짊어진 가족사의 상처, 그토록 선연한 슬픔 속에서도 슬며시 싹트는 사랑, 혁명과 조국에 대한 의기와 헌신, 형제들의 커다란 비극에도 불구하고 여전히 유지되는 살아남은 자의 견고한 일상, 대만의 관혼상제 풍습, 이 모든 사건을 무심히 바라보았을 지우펀의 바다…… 온전히 기억하고 싶은 장면 장면이 곳곳에 보석처럼 박혀 있다.

아직도 눈에 밟히는 〈비정성시〉의 여러 장면 중에서 단 하나를 든다면, 영화의 주요 등장인물 임가네 네 형제의 막내 문청이 미래의 연인 관미와 필담筆談을 통해 독일 가곡 '로렐라이'에 대한 대화를 나누는 순간이다. 이 장면은 몇 번이나 다시 봐도 너무나 애틋하고 아름답다. 관미가 눈짓과 손짓으로 부탁하자 문청은 축음기에 '로렐라이' 음반을 건다. 영화 내용으로 미루어 짐작하면 여덟 살 때 귀머거리가 된 문청이 더 어릴 적 들었던 노래가 로렐라이였을까. 두 사람의 애절한 필담과 로렐라이의 선율이 마음에 번지는 그 3분여 시간을 나는 다른 영화의 어떤 매력적인 장면과도 바꿀 생각이 없다. 자연스레 둘 사이에 사랑이 싹트는 장면을 이보다 탐미적으로, 자연스럽게 묘사할 수 있을까. 이 아름답기 그지없는 장면은 대만 시국에 대한 친구들의 진지한 대화와 극적으로 대비되며, 사랑과 정치라는 영화의 이원적 주제를 자연스레 드러낸다. 문청 역을 맡은 청년 시절 량차오웨이梁朝偉, 양조위(1962~)의 풋풋한 연기는 이 영화를 더욱 마음에서 떠나지 못하게 만든다. 그의 그토록 깊은 눈빛을 오래 기억하고 싶다. 허우 샤오시엔은 한 인터뷰에서 그 순간 왜 로렐라이였냐는 물음에 영화의 그 장면을 찍을 무렵 갑자기 생각나는 음악이 로렐라이였다고 답한 바 있다. 과연 그다운 선택이었다.

비정성시를 만나던 푸르스름한 저녁

형제 중 막내인 문청의 순정한 마음, 저항의 길에 함께하고 자 하는 의지는 영화 내내 마음을 관통한다. 2·28사건이 터지며 군인들에게 끌려가 감옥에 갇혔던 문청은 가까스로 풀려난다. 나중에 그는 필담을 통해 감옥에서 총살당한 친구(동지)의 뜻을 전한다. "태어나며 조국을 이별했고, 죽어서 조국에 갑니다. 생사는 하늘에 달린 것, 슬퍼하지 마십시오." 당시 수없이 희생당한 대만인의 자의식을 엿볼 수 있는 대목이리라. 그 죽음이 문청의 마음을 움직였던 것일까. 문청은 산에서 조직 활동을 펼치는 오랜 친구이자 관미의 오빠인 관영을 만나 "난 감옥에서 친구와 같은 길을 가기로 맹세했어. 그렇지 않으면 옛날처럼 생활할 수가 없어. 난 여기 있고 싶어. 너희가 하는 일을 나도 충분히 할 수 있어"라며 저항의 길에 동참하겠다는 의기義氣를 밝힌다. 하지만 결국 관영의 간절한 부탁으로 문청은 투쟁의 길을 포기하고 관미와 결혼한다. 평범한 사진사의 일상을 영위하며 관영의 투쟁을 틈틈이 재정적으로 후원하게 되는 것이다. 일상과 저항의 교직, 평범한 삶과 투쟁의 길의 대비가 영화를 수놓는다. 그사이에 간간이 등장하는 지우펀 바닷가 풍경은 그토록 슬픈 역사와 대비되는 변하지 않은 바다, 그 무심한 자연을 상징하는 것이리라.

스토리는 점점 가혹한 비극으로 치닫는다. 관영 일행은 군인들에게 연행되며, 문청 역시 어딘지도 모르는 곳으로 끌려간다. 이 모든 비극은 편지에 의해 전해진다. 영화의 마지막 장면은 가족사를 할퀸 비극 속에서 살아남은 사람들의 식사 정경이다. 그 어떤 비극에도 불구하고 남은 자들의 일상은 유지될 수밖에 없으리라. 네 형제 중에서 유일하게 남은 셋째 문량(그조차 미쳤지만)이 허겁지겁 음식을 먹는 모습은 인간이라는 존재의 통렬한 아이러니를 담담하게 보여준다.

〈비정성시〉를 관류하는 주제는 연애와 저항, 일상과 역사다. 이 영화를 통어하는 형식은 필담과 유서, 편지다. 특히 무성영화 기법에 가까운 '필담'의 제시가 사람의 마음을 얼마나 강력하게 움직일 수 있는지를 실감했다. 천지유정天地有情, 허우 샤오시엔 감독이 좋아했던 표현이다. '세상의 모든 것에 사랑이 깃들어 있다'는 의미다. 나는 이 말을 변주해서 '세상의 모든 존재에는 역사의 상흔이 깃들어 있다'라고 쓰고 싶다. 역사의 비극과 파고를 온몸으로 통과한 사람의 희생과 죽음, 저항, 순정, 사랑. 그 소용돌이에서 용케 살아남은 자들의 일상과 욕망. 〈비정성시〉는 바로 이 세계를 다룬 영화다. 이 애잔하기 그지없는 영화를 오랜만에 다시 보며, 모든 예술에 해당하겠지만, 영화 감상에 완성이나 끝은 없다는 사실을 절감했다. 인생의 연륜, 역사와 인간에 대한 이해 바로 그만큼 영화가 보일 테다. 왜 그렇지 않겠는가.

영화에는 일본어 대사가 자주 등장한다. 문청의 연인 관미도 때로 일본어를 구사한다. 해방 이후에도 대만 사람들에게 일본어가 매우 보편적인 언어였음을 알려준다. 일본 친구와의 기억을 아련하게 추억하는 장면도 등장한다. 특히 곧 본국으로 돌아가게 될 일본인 친구 시즈코靜子가 맡긴 기모노와 검, 전사한 시즈코 오빠의 편지를 소중하게 간직하는 관미의 태도가 극진하다. 시즈코는 관미에게 "멀리 떨어져 있어도 서로 잊지 않기로 해요"라고 말한다. 그건 관미의 마음이기도 하리라. 영화는 같은 일본의 식민지였지만, 대만 사람들의 일본에 대한 감각과 정서는 우리와 꽤 다르다는 사실을 잘 보여준다. 이전에는 충분히 주목하지 못하고 스쳐 지나갔던 대목이다.

해방과 친일, 한일관계를 둘러싼 격동의 시간이 전개되는 이즈음, 〈비정성시〉를 통해 한국사회와는 다소 다른 방식으로 해방을 맞이하고 일본을 기억하는 대만의 역사와 슬픔, 그 섬세한 차이를 느껴보는 과정은 곧 이 땅의 역사를 온전히 인식하기 위한 길이기도 하리라.

지금은 온라인에서도, 오프라인에서도 이 걸작 영화 〈비정성시〉를 구하기 힘든 상태다. 내 판본도 아주 오래전에 지인을 통해 전해 받은 것이다. 누구나 〈비정성시〉를 쉽게 구해 그 깊은 전율을 느끼게 되면 좋겠다. 어느 푸르스름한 저녁에 〈비정성시〉를 보며, 문청의 깊은 눈빛, 로렐라이의 청아한 선율, 관미의 단아한 표정을 다시 내 마음에 담고 싶다.

(2019)

시대의 허무를 넘어서

자이니치在日 문학의 빼어난 성과로 일컬어지는 김석범 작가의 대하소설 『화산도』에는 허무주의nihilism에 대한 언급이 자주 등장한다. 특히 주인공 이방근은 수시로 깊은 허무에 빠진다. 그는 "인간은 용케도 허무함 속에서 하루하루를 살아간다는 생각이 들어. 허무를 느끼지 않고 지낼 수 있다는 건 얼마나 행복한 일일까……"라고 말한다.

허무주의는 『화산도』를 관통하는 중요 주제 중 하나다. 제주 4·3이라는 미증유의 대학살과 통렬한 슬픔을 누구보다 온몸으로 통과한 이방근이 허무의 바다에 빠지지 않는 게 오히려 이상한 일이겠다. 사실 이방근의 이런 기질은 작가 김석범을 빼닮았다. 김시종 시인과의 대화에서 김석범은 "인생의 허무감이라는 것은 굉장해"라고 토로한다. 동시에 허무주의에서 벗어나기 위해 자신이 얼마나 노력했는지를 언급한다. 그가 『화산도』 집필에 매달린 20년이 넘는 세월은 4·3이라는 잔혹한 상처와 처연한 허무를 극복하기 위한 역정歷程, 곧 '허무를 극복하는 혁명'이었다.

　　　　　　　　비정성시를 만나던 푸르스름한 저녁

김석범 작가와는 조금 다른 맥락에서 나 역시 나이가 들수록, 인간과 역사에 대해 깊이 알수록 '허무'에 마음을 내주는 심리를 발견하곤 한다. 가령 참 순정하고 아름다운 친구가 모진 병 끝에 일찍 세상을 뜨면 모든 게 허무하다는 생각이 든다. 요 몇 년 사이에도 노회찬 의원의 슬픈 죽음을 비롯해 무척이나 경외하고 좋아했던 분들이 서둘러 밤하늘의 별이 되는 걸 지켜보며 허무주의에 경도되는 내 마음을 만나곤 했다.

허무주의에 대해 곰곰이 생각하다 보니 4년 전 어느 봄날 도쿄경제대 연구실에서 서경식 교수와 나누었던 대화가 아련하게 떠오른다. 그는 자신에게도 허무주의자의 면모가 있다고 고백하며 "진정한 허무주의는 자기 자신도 안전지대에 두지 않으며 저항하는 사람들에 대해 냉소를 보이지도 않는다. '진보의 허위'까지 꿰뚫어 보는 감각으로서의 허무주의가 필요하다. 허무주의는 방관주의와는 근본적으로 다른 정서다"라고 말한 적이 있다. 이 말에 깊게 공감했다. 그렇다. 성찰적 지성이 동반된 허무주의는 비평가 발터 벤야민이 「역사철학테제」에서 언급했던 '진보가 초래한 폐허와 야만'에 대해서도 되돌아보게 하리라. 그렇다면 니체가 긍정적 니힐리즘의 순기능을 언급했듯이 허무주의가 꼭 부정적인 감정에 속하는 건 아니다. 외려 깊은 허무를 통해 인식의 새로운 지평을 열어젖힐 수도 있다. 이런 균형 감각이 지금 이 시대 정치가에게도 필요하지 않을까 싶다. 충분한 실력과 성찰이 부족한 진보, 개혁을 설득할 수 있는 기획과 공부가 미진한 진보가 때로 반동을 불러오는 원인 중의 하나가 아닐까.

트럼프 대통령과 김정은 위원장의 북미 회담 합의가 무산되는 장면을 보고 잠시나마 당혹감을, 허무감을 느꼈다. 그만큼 기대가 컸던 모양이다. 이번 결렬의 책임이 어디에 있든 70년에 가까운 세월 동안 그토록 적대적이었던 두 국가가 단 두 번의 만남을 통해 오랜 시간의 불화를 청산하고 서로 다른 생각을 좁히기는 쉽지 않았으리라. 그 적대와 대립의 세월만큼이나 문제 해결 방법은 단순하지 않을 것이다. 역사 자체가 우리의 기대만큼 직선적으로 진행되지 않는다.

정치, 경제, 역사 등 여러 면에서 쉽게 허무와 환멸에 빠지기 쉬운 시대다. 이런 시대일수록 한층 거시적인 안목으로 현상을 바라보면서 손쉬운 부정과 경박한 허무에 손 내밀지 않는 태도, 끝끝내 진보의 난관과 개혁의 복잡함을 꿰뚫어 보며 희망을 간직하는 관점이 필요하다. 인간과 역사에 대한 이해 과정에서 비약은 없으리라. 내 마음에 존재하는 균열과 모순, 허무의 심층을 정면으로 응시하면서도 인간과 세상에 대해 한 단계 진전된 이해로 나아가고 싶다.

봄이다. 쉽게 선택한 허무, 안이한 절망을 넘어서 시대의 심연을 통과한 희망을 발견하는 새봄이 되기를 바란다.

(2019)

김석범, 김환기·김학동 역, 『화산도』(전 12권), 보고사, 2015.

SNS 시대에 좋은 평전을 읽어야 하는 이유

2018년이 한 달 남짓 남은 지금 '올해의 책'을 단 한 권 선택한다면, 기꺼이 하워드 아일런드·마이클 제닝스가 쓴 『발터 벤야민 평전』을 고르고 싶다. 20세기 전반의 문화사에서 가장 뛰어난 비평가로 손꼽히는 발터 벤야민(1892~1940)의 파란만장한 삶과 외로운 죽음을 생각하면 가슴이 설레고 마음이 아리다. 그는 내가 가장 좋아하는 비평가이자 에세이스트다. 「베를린의 유년시절」, 「일방통행로」, 「기술복제시대의 예술작품」 같은 벤야민의 글을 읽으며 늘 매력적인 문체와 빛나는 사유, 충만한 영감을 느끼곤 했다. 그래서였을까. 이 두꺼운 평전이 번역되자마자 완독했다. 지금까지 출간된 벤야민 평전의 결정판이다. 48년에 걸친 벤야민의 인생을 마치 다시 사는 느낌이었다.

이 흥미로운 평전을 통해 벤야민의 고뇌, 일상, 지성, 우정, 망명, 희망, 여행, 성性, 글쓰기, 죽음 등 벤야민을 둘러싼 모든 것을 엿볼 수 있었다. 여러 가지 대목이 인상적이었는데, 특히 "벤야민은 모순적인 인물이다. 고독을 원하면서도 외롭다고 하소연했으며, 종종 공동체의 일원이 되고자 했고 심지어 공동체를 조직하는 일에 직접 나섰지만 하나의 집단에 투신하는 것은 마다했다"는 구절은 고독과 우정의 공동체 사이를 시계추처럼 오갔던 그의 성정을 잘 보여준다. 생활의 안정을 위해 교수가 되기를 강렬하게 열망했다는 사실도 먹먹하게 다가왔다. 역설적으로 그가 교수가 되지 못했던 사실이 벤야민으로 하여금 한층 치열한 글쓰기와 깊은 사유로 이끈 게 아닐까. 대학과 지성이 몰락하는 이 시대에 자유로운 지식인의 면모에 대해 생각해 본다.

평전은 인문 저술의 꽃이다. 인간에 대한 깊은 애정과 따뜻한 이해 없이는 결코 쓸 수 없는 유형의 글이다. 좋은 평전은 인간을 섬세하고 복합적으로 바라보게 만든다. 좋은 평전은 그 인간의 결핍과 상처, 어두운 마음, 내면의 균열, 콤플렉스에 대해 깊은 관심을 기울인다. 좋은 평전은 인간을 겸허하게 만든다. 깊이 있는 평전을 읽다 보면, 한 사람을 마녀사냥 하거나 한 사람을 지나치게 숭상하는 것, 그 둘 다 인간에 대한 깊은 이해의 부족에서 생기는 현상이라는 걸 깨닫게 된다.

한국어로 간행된 읽을 만한 평전을 발견하기가 쉽지 않다. 비운의 시인이자 식민지 시대 최고의 비평가인 임화林和(1908~1953)처럼 꼭 필요한 문제적 인물의 평전도 아직 출간되지 못한 경우가 꽤 있다. 무엇보다 전쟁과 분단으로 인해 일기, 편지 등의 사적 기록이 제대로 남아 있는 경우가 드물다. 지극히 개인적인 기록조차도 검열과 낙인에서 자유롭지 못했으며, 때로 이념적 편 가르기의 증거로 활용됐기 때문이리라. 스스로 편지를 불태운 경우도 많지 않을까. 임화에게는 가족에 대한 정보와 증언, 편지를 포함한 사적 기록, 월북 이후의 행적 및 죽음에 관한 정확한 기록(증언)이 거의 남아 있지 않다. 이런 상황에서 임화에 대한 매력적인 평전을 집필하는 작업은 원천적으로 가능하지 않다. 이 땅 근대의 슬픔이다.

그토록 섬세한 『발터 벤야민 평전』이 가능했던 것은 무엇보다 벤야민이 숄렘이나 아도르노 등 친구들에게 보낸 편지 때문이다. 특히 2000년에 완간된 6권에 달하는 『편지 전집』은 벤야민의 내면과 일상, 고뇌를 생생하게 복원하는 데 결정적인 보탬이 되었으리라(최근에 벤야민과 아도르노 간에 주고받은 편지가 한국어로 번역됐다). 이에 비해 평전을 쓰기 위한 환경이 열악한 상황에서 송우혜 작가의 『윤동주 평전』과 같은 탁월한 성과가 발간될 수 있었던 것은 작은 기적이 아닐까 싶다.

의미 깊은 평전을 읽으면 읽을수록 인간이 얼마나 모순적인 존재이며 다양한 내면을 지니고 있는지를 새삼 절감한다. 그렇다면 한 인간을 쉽게 매장하고 쉽게 추켜세우는 SNS 시대일수록 좋은 평전을 읽을 필요가 있는 게 아닐까 싶다. 급한 일이 마무리되는 대로, 신간 베토벤 평전을 읽어봐야겠다.

(2018)

하워드 아일런드·마이클 제닝스, 김정아 역, 『발터 벤야민 평전』, 글항아리, 2018.

테오도르 W. 아도르노·발터 벤야민, 이순예 역, 『아도르노-벤야민 편지—1928~1940』, 길, 2019.

비정성시를 만나던 푸르스름한 저녁

김정은 위원장에게 최인훈의 「광장」 읽기를 권함

확실히 북한 김정은 위원장의 화법과 태도는 자신의 할아버지나 아버지 같은 이전의 북한 지도자들과는 달랐다. 그것은 스스로가 속한 체제의 한계와 부족한 점을 깨달은 자의 시선이자, 남한의 복잡한 정치적 지형을 이해한 자의 자세였다. 이를테면, 그가 북한 인프라의 미비함을 솔직하게 인정하거나 "많은 사람이 답방을 가지 말라고 하지만 나는 가겠습니다. 태극기부대[가] 반대하는 것 조금 있을 수 있는 거 아닙니까?"라며 서울 방문을 수락하는 대목이 그렇다. 적어도 그의 이런 발언에는 역지사지易地思之의 정신이 배어있다. 문재인 대통령 역시 상대방의 마음과 입장을 헤아리는 면에서는 여느 정치가보다도 비범한 능력을 지녔다. 그의 지난 평양 연설(2018.9.19)은 상대방의 자존심을 살려주면서 평화를 향한 강렬한 소망을 드러낸 기념비적인 시간이었다. 두 사람의 이런 마음과 노력이 2018년 남북평화와 대화의 획기적 진전을 가져온 중요한 요인이리라.

　인간은 누구나 자기중심적으로 생각하는 존재이기 때문에

사실 '역지사지'만큼 어려운 것은 없다. 이를 위해서는 상대에 대한 지속적인 관심이 있어야 한다. 상대에 대한 어떤 환상도 가질 필요가 없지만, 동시에 자신에게 깊게 각인된 상대에 대한 선입견과 맹목적 분노에서 탈피하는 결단과 용기도 필요하다. 서로의 문화적 차이, 전통, 역사에 대한 밀도 깊은 이해, 바로 그만큼만 남북대화와 평화도 진전될 수밖에 없을 테다. 그런 과정에 비약과 공짜는 없을 것이다.

나는 이런 의미에서 남북한의 지도자에게 올해 여름 밤하늘의 별이 된 이 땅의 귀한 작가 최인훈의 대표작 「광장」을 읽어보라고 권하고 싶다. 특히 북한의 김정은 위원장에게 「광장」을 간곡한 마음으로 추천한다. 이 작품만큼 해방 직후 남과 북의 현실에 대해 서늘하게 성찰하고 깊게 사유한 소설은 달리 없다. 당시 남북의 문화적 차이가 생성되는 역사의 기원과 생생한 풍속을 알려주는 작품이다.

「광장」의 주인공 이명준은 남과 북의 현실에 모두 절망해 거제 포로수용소에서 중립국 행을 선택한다. 그에게 당시 남한은 "밀실만 푸짐하고 광장은 죽"은 곳이며 친일파가 "인민들을 호령하"는 곳이다. 동시에 그는 북한에서 "잿빛 공화국"을 목도하며 "이게 무슨 인민의 공화국입니까? 이게 무슨 인민의 소비에트입니까?"라고 반문한다. 그곳은 "개인적인 '욕망'이 터부로 되어 있는 고장"이었던 것이다. 결국 '잿빛 광장'(북)과 '부패한 밀실'(남)에 모두 깊은 환멸을 느낀 이명준은 "부드러운 가슴과 젖은 입술을 가진 인간", 즉 연인과의 사랑에 기댄다. "이 다리를 위해서라면, 유럽과 아시아에 걸쳐 모든 소비에트를 팔기라도 하리라"라고 되뇌는 이명준의 독백은 남과 북의 현실에 절망해, 연인의 품과 육체를 선택한 자의 쓰라린 실존을 참으로 인상적으로 보여준다.

나는 지금도 여전히 유효한 이명준의 고뇌와 절망, 저 도저한 개인주의의 표정을 김정은 위원장이 각별한 마음으로 이해할 필요가 있다고 생각한다. 그 과정은 자신이 속한 체제의 현황과 한계, 남과 북의 차이에 대해 또렷이 인식하는 시간이기도 할 테다. 이러한 상호 이해의 도정을 통해 이 땅의 평화는 한 걸음 더 진전하게 되지 않을까.

지난주 프란치스코 교황은 문재인 대통령에게 "멈추지 말고, 두려워하지 말고 앞으로 나아가라"는 메시지를 전했다. 그렇게 되기 위해서는 상대에 대한 신뢰와 더불어 서로의 차이에 대한 면밀한 이해와 배려가 필요하다. 「광장」 읽기는 그 차이를 이해하기 위한 창문이 될 수 있다. 저세상에 계신 최인훈 작가가 때로 설레는 마음으로, 때로 불안한 심정으로 이 모든 과정을 지켜보고 있으리라.

(2018)

최인훈, 『광장/구운몽』, 문학과지성사, 2010.

동아시아의 평화를 위한 학문적 여정

한국문학 연구를 위해 평생 헌신한 일본인 노학자가 있다. 그는 1973년 유학을 위해 한국에 왔을 때의 설레는 마음을 "오랜 세월 동경해 오던 땅에 실제로 몸을 두고서, 그 대지 위를 걸어 다닐 수 있는 기쁨에 나는 취해 있었다. (…중략…) 내 조국이라고 부를 수 없지만 사랑하는 대지를 밟았다"고 고백한다. 1970년에 발간한 잡지 『조선문학』 창간호에는 "조선문학을 사랑하고 조선문학을 필생의 사업으로 삼는다는 오직 하나의 목표로 우리가 뭉쳤다는 것을 의미한다"고 적었다. '한국(조선)문학'에 대한 그의 각별한 사랑은 이후 한결같이 유지됐다. 나는 이토록 한국과 한국문학에 순정한 애정을 지니며 심혈을 기울여 탐구한 일본인 학자를 본 적이 없다.

그는 1950년대 후반 대학원 시절 중국문학을 전공하던 중에, 운명과도 같이 한국문학과 만났다. 님 웨일즈·김산의 『아리랑』, 박지원의 『열하일기』를 접한 것이 한국(문학)에 눈을 돌리게 만든 뜻깊은 계기였다고 한다. 그 이후로 60여 년의 세월 동안 누구보다도 진중하고 성실하게 한국문학 연구에 몰두했다.

오무라 마스오大村益夫(1933~) 와세다대 명예교수 얘기다. 최근 『오무라 마스오 문학 앨범』(소명출판)이 발간되면서 그의 저작집 여섯 권이 모두 완간됐다. 요 며칠간 폭염과 사투하며 여섯 권을 탐독했다. 이전 판본이나 학술지에서 이미 읽은 대목도 있었지만, 여전히 마음 깊은 곳에서 우러난 감동과 부끄러움을 느꼈다. 그는 어떤 한국 학자 못지않게 한국문학과 한국의 역사를 투명하게 인식하고 한국인의 고뇌와 상처, 투쟁과 저항, 심성과 운명을 따사로운 시선으로 응시한다. 그는 단지 서재에서 한국문학 연구를 수행하는 데 머물지 않았다. 한국유학과 방문학자 경력은 물론이거니와, 1985년 조선족 문학을 연구하기 위해 연변에서 일 년 동안 체류하기도 했으며, 1991년 외국인으로는 최초로 중국 장백 조선족 자치현을 방문한 바 있다. 연변 거주 기간에 그가 40여 년 동안 고향 용정 언덕에 방치되었던 시인 윤동주의 묘비를 발견하여 세상에 알린 것은 동아시아 현대문학사에서 잊을 수 없는 사건이리라. 오무라 마스오 저작집을 통독하면서, 엄밀한 실증정신, 연구대상에 대한 깊은 이해와 열린 태도, 편견 없는 지성의 향기, 인간과 문학에 대한 곡진한 애정, 소수자와 함께하는 따뜻한 정신을 느꼈다.

1권 『윤동주와 한국 근대문학』을 비롯한 여섯 권 모두가 소중한 성과이지만 특히 6권 『오무라 마스오 문학 앨범』에는 저자가 만난 한국문학의 생생한 현장과 수많은 사람의 무늬가 펼쳐져 있다. 윤동주, 김학철, 김용제, 임종국과 함께한 시간, 장소, 표정, 미소가 깊은 페이소스를 발산한다. 특히 오무라 교수의 스승이자 저명한 루쉰魯迅 연구자인 다케우치 요시미 교수가 결혼식 축사를 하는 인상적인 사진은 그 자체로 기억할만한 장면이다. 나는 이 앨범을 한 장 한 장 넘기며, 단아한 표정에 담긴 진심과 겸허한 지성의 아름다움을 보았다. 오무라 마스오 저작집이 일본이 아니라, 그 이해와 공감을 위해 평생을 바친 한국에서 출간되었다는 사실 자체가 그와 한국을 둘러싼 숙명을 상징한다.

급조된 가짜 국제 학술대회와 가짜 학술지가 이즈음 학계의 화제다. 이런 혼란스러운 시기이기에, 소수자·상처받은 자에 대한 깊은 공감과 정겨운 연대의 마음을 통해, 한국문학 연구에 온 인생을 바친 오무라 교수의 학문적 여정은 우리를 숙연하게 만든다. 오무라 마스오, 그는 일본의 양심이며, 이 시대 학자의 귀감龜鑑이다.

남과 북, 중국, 일본의 이해관계가 첨예하게 부딪치는 역사적 전환기다. 그렇다면 조선족(문학)을 비롯해 남과 북의 문학에 대해 오랫동안 담담한 애정으로 응시해 온 일본인 오무라 교수의 삶과 글은 동아시아의 평화를 위해서 우리가 온전히 되새겨야 할 문화적 자산이리라. 그의 건강을 기원한다.

(2018)

소명출판 편집부, 『오무라 마스오 문학 앨범』
(오무라 마스오 저작집 6), 소명출판, 2018.

대학을 떠난 사람들

최근에 다시 출간된 독일 철학자 한나 아렌트의 역저力著『어두운 시대의 사람들』을 읽다가 비평가 발터 벤야민을 서술한 대목에 오래 눈길이 머물렀다. 벤야민과 대학에 관한 내용이다. 애초에 벤야민은 대학교수가 돼 안정된 학자로 살고 싶었지만, 대학에서 자리를 얻지 못하고 고독한 재야학자로 살았다. 그의 교수 자격 취득논문「독일 비애극의 원천」조차 특유의 난해하고 개성적인 서술로 인해 당시 기성 학자들로부터 온전히 평가받지 못했다.

벤야민뿐만 아니라 니체, 마르크스, 프로이트같이 세계 지성사에 커다란 획을 그은 걸출한 사상가들도 그와 비슷한 운명에 처했다. 이들은 대학에 자리를 얻고 싶었지만, 각자의 이유로 인해 대학 제도를 떠나 오랜 세월을 프리랜서 저술가로 살았다. 대학은 이들처럼 뛰어난 지성을 구성원으로 받아들이지 않았다.

한나 아렌트는 벤야민이 대학에 남지 못한 이유를 논하며 이렇게 적었다. "그는 그 동아리의 가장 탁월하고 유능했던 학자에 대해 그렇듯 격렬하게 공격을 퍼붓지 않았어야 했다." 이를 통해 어느 시대 어느 사회건 간에 생각보다 대학에서 비판과 논쟁이 이성적으로 수용되기가 쉽지 않다는 사실을 알 수 있다. 대학을 떠난 게 그들에게 더 치열한 사유의 모험으로 이끌었지 싶다. 벤야민을 비롯해 대학을 떠난 이들의 좌절과 실망, 그럼에도 불구하고 한층 강렬하게 분출됐던 글쓰기의 열정과 창의적 사유를 떠올리며 이즈음의 대학을 생각한다.

물론 100여 년 전 독일과 지금의 대학은 현저하게 다르다. 더군다나 벤야민이나 마르크스 등은 특출한 예외적 개인이었다. 누구나 벤야민이 될 수는 없다. 비교하자면 이 시대 한국사회의 대학은 좀 더 보편적인 의미에서 몰락의 분위기를 발산한다. 이 땅의 대학이 품는 세계가 점점 좁아지고 있다는 사실은 누구도 부인할 수 없으리라. 선의에서 출발한 강사법 개정안은 결국 학문 후속 세대를 대학에서 떠나게 만드는 수단으로 활용되는 게 아닌가. 수많은 신진 학자와 강사들이 캠퍼스에서 사라지고 있다.

이제 대학에서 왕성한 지적 호기심, 학문에 대한 순수한 열정을 찾아보기란 점점 힘들어진다. 이런 시대에 소신껏 학문의 길을 선택하거나 인문학·자연과학 같은 기초학문을 전공하려는 학생들은 너무나 외롭다. 아무리 실용과 취업이 중요하다 하더라도 예술가나 학자가 되기를 꿈꾸는 소수의 지망생에게 최소한의 희망이라도 존재하는 사회가 건강한 것 아닐까.

몰락, 우울, 불안의 감정이 마치 공기처럼 대학가를 떠돈다.

한 사회의 문제를 근본적으로 되돌아보는 지성, 공동체의 가장 지적이며 수준 높은 논의는 이제 대학에서 발견되지 않는다. 더 많은 책 읽기, 더 많은 글쓰기, 더 시간이 필요한 과제, 더 고도의 실험과 함께하는 수업은 점차 최소의 노력으로 좋은 학점을 받기 위한 '꿀강의'로 대체된다. 그 결과 대개의 수업이 연성화와 실용화의 논리에서 자유롭지 않다. 물론 대학이 시대의 전위이자 비판적 지성의 보루였던 과거로 돌아가자고 주장하는 건 아니다. 그건 가능하지도 않고 바람직하지도 않다. 외려 유년기부터 스마트폰과 유튜브에 익숙한 세대의 감성을 면밀하게 고려한 교육의 혁신이 필요하리라. 문제는 대학의 존재 근거에 대한 물음이 사라진 실용 일변도의 변화가 대학의 몰락을 촉진한다는 사실이다.

이 시대 대학의 우울은 현실이 개선될 희망이 안 보인다는 것, 지금보다 한층 악화될 가능성이 높다는 사실에서 연유하는 게 아닐까. 벤야민이 마주했던 대학의 현실보다도 훨씬 힘든 상황이다. 희망과 충만감이 사라진 대학을 배태한 사회에 밝은 미래가 있을 리 없다. 학문을 꿈꾸는 청춘에게 작은 희망의 근거라도 제공하는 공동체가 되기 위해서, 이제라도 정부와 시민사회는 대학의 회생과 지식 생태계의 복원을 위해 가능한 모든 지혜와 해법을 모아야 한다.

(2019)

한나 아렌트, 홍원표 역, 『어두운 시대의 사람들』, 한길사, 2019.

식민지역사박물관 생각

용산구 청파동이나 남영동, 후암동, 원효로 일대를 걷다 보면 일제
강점기에 지어진 일본식 주택이나 적산敵産 가옥을 자주 만난다. 용
산고 건너편 후암동 언덕길에는 이곳이 마치 일본의 어느 마을이
아닌가 느껴질 정도로 주변에 십여 채의 일식 주택이 늘어서 있다.
숙대입구역 동편 먹자골목에는 오래된 일본식 가옥과 50년의 전
통을 지닌 부대찌개 집들이 여전히 공존한다. 주변에 오랜 세월 동
안 존재했던 일본군 사령부와 주한 미군이 남긴 이중 식민의 흔적
이리라. 이제 한 해, 한 해가 다르다고 느낄 만큼 이런 적산 가옥이
점점 사라져 간다.

숙명여대 올라가는 길의 청파동 골목 한 귀퉁이에는 '식민지
역사박물관'이 있다. 서울에서도 전통적인 골목이 많기로 유명한
청파동 골목 안에 있는 이 박물관의 존재를 아는 사람은 아직 그
다지 없는 듯하다. 작년 여름 개관식을 한 신생박물관이다. 이곳은
'기억과 성찰'을 주제로 식민의 상흔과 항일투쟁의 역사를 되짚는
다. 건물 2층 86평의 면적이 일제 침략사, 독립운동사를 아우르는

전시공간으로 채워졌다.

한국 근대문학 공부를 하면 할수록, 이 땅의 문학과 역사, 제도에 촘촘히 스며든 일본(문화)의 영향을 새삼 생생하게 절감한다. 어찌 문학 연구에 한정되는 일이겠는가. 정치, 경제, 건축, 교통, 법률, 교육, 더 나아가 이 땅의 근현대 자체가 일본의 그림자와 이식移植에서 전혀 자유롭지 않다. 생각해 보면 일본에 대한 극복과 저항 역시도 '네 칼로 너를 치리라'는 문제의식 아래 일본에서 배운 지식과 무관하다고 할 수 없겠다. 이른바 '식민지 근대화론'을 그대로 수용하자는 얘기가 아니다. 이 땅의 역사, 식민의 모순과 질곡, 그 상처와 저항을 제대로 인식하기 위해서도 일본에 관한 면밀한 공부가 필수적으로 요구되리라. 그러나 우리는 생각보다 일본에 대해서 너무 모른다. 일본을 잘 안다고 착각하거나 무시하기 일쑤다. 소설가 최인훈, 비평가 김윤식 등 일본이 우리 문화와 현실에 미친 지대한 영향을 직접 체험하며 누구보다 일본문화와 지성사에 대해 정확히 파악하고 있는 세대가 하나둘 세상을 떠나고 있다.

이제는 평택으로 이전한 주한 용산 미군 기지 터에는 1,200여 채의 건물이 남아 있다. 이 중 상당수는 식민지 시대에 세워진 근대 건축물이다. 이런 식민지 유산에 대한 꼼꼼한 조사와 파악이 요구된다. 그렇다면 식민의 흔적을 상징하는 용산 미군 기지 터의 옛 건물 한곳에 '식민지역사박물관'을 확대 이전하는 것도 식민의 기억을 응시하기 위한 뜻깊은 방법이지 않을까 싶다. 역사에 대한 기억은 단지 찬란한 전통에 대한 환기나 낙관적 역사 인식에 머무는 것을 의미하지 않는다. 시인 김수영이 읊었던바, "역사는 아무리 더러운 역사라도 좋다"는 그 슬픔과 분노의 미학을 마음속에 품을 수 있을 때, 그래서 이 땅의 역사와 피에 새겨진 식민의 흔적을 제대로 인식할 수 있을 때 비로소 식민을 넘어서는 전망을 얘기할 수 있으리라.

이즈음 위안부 문제 등을 둘러싸고 최악의 한일관계에 봉착해 있다는 얘기가 들린다. 이런 시대일수록 우리에게 일본이 무엇이었는지를, 식민의 기억을 정직하게 응시하는 게 필요하겠다. 식민지역사박물관의 건립 과정에서, 일본 시민사회에서도 1억 원이 넘는 성금이 답지했다. 그 마음이 단지 한일 화해를 위한 움직임만은 아닐 것이다. 양국 간에 존재하는 역사적 상처와 업보를 있는 그대로 응시하겠다는 마음이야말로 성금을 기꺼이 보내게 만들었으리라.

3·1운동이 일어난 지 100년의 세월이 흐른 올해를 식민의 기억을 온전히 인식하기 위한 원년으로 삼으면 어떨까 싶다. 이런 의미에서 이제 용산 곳곳에 새겨진 식민의 흔적을 기억하고 보존하며 탐사하는 작업을 본격적으로 시작해야 하리라. 그러기에는 식민지역사박물관 86평의 공간은 역시 너무 좁은 게 아닐까.

(2019)

그토록 길었던 도쿄의 하루

도쿄의 일요일 아침이다. 스이도바시水道橋 근처에 있는 숙소에서 어제의 길었던 하루를 되돌아보며 이 글을 쓴다. 한국문학번역원이 주관하는 '재일코리언문학연구' 심포지엄과 좌담회에 참석하며 하루를 온전히 보냈다. 재일코리언문학 연구 동향과 전망, 고민이 이어졌고, 김사량(1914~1950), 김달수(1919~1997), 김석범, 김시종, 서경식, 이양지(1955~1992) 등의 재일 한인(조선인) 작가에 대한 다양한 발표와 대화, 교류가 있었다.

4월 13일 오전 10시 행사가 시작될 때, 도쿄 '재일본한국 YMCA 국제홀'을 가득 메운 청중들의 열기는 오후 4시를 넘겨 끝나는 시간까지 내내 그대로 유지됐다. 한국인, 재일 한인, 일본인 연구자들이 함께 어우러지며 같이 고민하고 걱정을 나눈 귀한 자리였다. 나는 한국의 어떤 문학 행사에서도 이토록 뜨거운 분위기와 애절한 마음을 본 적이 없다. 그 마음은 무엇일까. 그것은 한 사회에서 늘 차별과 편견에 노출된 소수자가 인생을 걸고 쓴 문학에 대한 어떤 절절한 갈증, 기대, 소망에서 비롯됐으리라.

심포지엄 직후에 열린 문학 좌담회는 한층 생생하고 문학적인 언어로 재일 한인(조선인) 작가의 고뇌와 내면을 감동적으로 드러낸 시간이었다. 비록 한정된 시간으로 많은 대화가 오고 가지는 않았지만, 소설가 김석범·양석일, 에세이스트 서경식, 역사학자 문경수는 각기 자신의 글쓰기, 문학과 연관된 화두를 던지며 절절한 소회를 표출했다.

소설가 김석범은 기억과 문학의 관계에 대해 얘기했다. 그는 "기억이 없는 상태는 그 존재가 없는 것과 같다"면서 "제주4·3이 지닌 보편성에 의해 '기억의 타살'이 '기억의 부활'로 되살아났다"고 전했다. 양석일 작가는 이제 소멸의 위기에 처한 '자이니치 작가'의 운명을 얘기하며 "매우 비관적이지만, 죽을 때까지 [글쓰기를] 계속해 나갈 각오는 있다"고 심경을 토로했다. 서경식은 "청년 시절에는 김석범 같은 작가가 되고 싶었다", "오늘 양석일 작가의 얘기는 통절하다"고 말하며, "나에게는 현장現場이 없었다"고 자신의 글쓰기를 둘러싼 환경에 대해 고백했다. 문경수는 "재일在日문학은 끝나지 않았다. 개인과 세계의 불화를 깊게 응시하는 게 그 운명이다"라며 역사학자가 바라본 재일문학에 대해 조곤조곤 전했다.

이 모든 한마디, 한마디가 폐부를 관통해 왔다. 얼마나 깊고 통렬한 얘기들인가. 실로 한 사회의 오랜 소수자이자 경계인이기에 비로소 할 수 있는 대화들이 오고 갔다. 내게는 오늘의 시간이 그들의 오랜 고독의 결실인 문학적 성과가 이제 비로소 본격적으로 논의되는 과정으로 여겨졌다. 그렇다면 오늘을 지배한 재일문학(연구)을 둘러싼 현실에 대한 깊은 비관에도 불구하고 조금씩 조금씩 앞으로 나아갈 수밖에 없는 것 아닐까. 불과 이삼 년 전이라면 이런 행사가 애초에 불가능했을 것이다. 이 자체가 촛불혁명을 통과한 한국 시민사회의 진전과 문화 성숙의 귀한 결실이 아닐까 싶다.

좌담회가 끝난 후 김석범 작가와 몇몇 일행은 우에노의 한식당 '청학동'으로 자리를 옮겨 대화를 계속했다. 대하소설 『화산도』와 출간 예정의 신간 얘기가 줄줄이 이어졌다. 김석범 작가는 "남을 지배하지 않고, 동시에 남에게 지배당하지도 않는 이방근('화산도'의 주인공)의 자유정신"에 대해 얘기했다. 노작가의 이토록 민감한 정신이라니.

자정을 훨씬 넘긴 시간, 최근 월간지 『세카이世界』 4월호로 『화산도』 후속편에 해당하는 『바다 밑에서』 연재를 마친 90대 중반의 현역 작가는 여전히 생생한 정신으로 맥주를 마시며 대화를 경청했다. 김석범과 그의 문학적 동지들을 뒤로하고 먼저 숙소로 돌아왔다. 금방 잠이 들었다. '청파동 통신'을 써야 한다는 의무감은 기분 좋은 술기운과 피곤을 이길 수 없었다. 꿈에서 모처럼 하늘나라에 계신 어머니를 만났다. 그렇게 도쿄의 밤은 깊어만 갔다.

(2019)

시대의 야만에 맞서는 영화와 책

5월이 지나가고 있다. 올해 5월은 유난히도 많은 회고와 재발견, 각별한 분노와 슬픔이 있었다. 과거의 5월에 발생한 역사와 사건에 대해 지금까지와는 다른 담론과 관점이 생성되기도 한다. 39년 전 5월 광주에서 벌어진 가공할 폭력과 학살, 야만에 대한 진실을 밝힐 수 있는 새로운 증언과 자료가 제시됐다는 점, 노무현 전 대통령 10주기를 맞이했다는 사실 등이 이러한 분위기를 만든 요인이리라.

한여름 같은 오월의 마지막 주말에 심한 몸살감기를 겨우 견디며 한 편의 영화와 한 권의 책을 만났다. 우선 오월 광주를 참신한 시선으로 접근한 강상우 감독 영화 〈김군〉에 대해 얘기해 보자. 깊은 여운과 먹먹한 충격을 준 영화였다.

〈김군〉은 보수 논객 지만원에 의해 '북한군 광수 1호'로 지목됐던 인물, 즉 기관총이 설치된 가스차 위에서 옆을 매섭게 응시하던 사진 속의 시민군 '김군'의 존재를 집요한 탐사와 면밀한 추적을 통해 규명하는 다큐멘터리 영화다. 무엇보다 당시 김군의 행방을 찾는 과정에서 그와 함께 항쟁에 참여했던 무장 시민군을 직접 탐문 인터뷰하며 그들의 뜨거운 내면과 억눌린 마음을 생생하게 복원한 점이 돋보인다.

영화는 김군을 목격한 시민의 증언에 의해 그가 당시 광주 학동 원지교 아래에 살던 고아이자 넝마주이였다는 사실을 드러 낸다. 김군은 1980년 5월 24일 송암동 순찰 과정에서 계엄군에게 사살당했다. 그러하기에 사진 속의 김군은 영원히 자신을 드러낼 수 없다는 처연한 사실이 김군의 최후를 목격한 시민군 최진수 씨 를 통해 언급된다.

끝부분에서 '김군' 주위에 있거나 그와 함께했던 시민군 세 사람이 38년 만에 만나는 장면은 이 영화의 압권이다. 〈김군〉의 집 요한 사실 추적은 북한군 투입설을 비롯한 1980년 5월 광주에 대 한 가짜뉴스를 일순간에 잠재우도록 만든다. 이는 광주를 새로운 시선으로 접근한 다큐멘터리 영화 서사의 승리라 부를 만하다.

〈김군〉은 시민군의 무장과 저항이 학살과 폭력에 대한 순수 한 분노에서 출발한 것임을 드러낸다. "사람들이 이걸 그냥 받아 들이지 않아도 좋은데 왜곡하지 않았으면 좋겠어요"라고 말하는 시민군의 담담한 증언은 오월 광주에서 벌어졌던 사건을 바라보 는 편향된 관점에 대한 정직한 반론으로 기능한다.

〈김군〉이 전하는 메시지는 이 영화를 보기 직전에 읽었던 책 『다시 책으로』의 주장과 자연스럽게 접맥된다. 최근에 번역된 이 책의 저자 매리앤 울프는 배경지식과 비판적 분석력의 결여가 어떻게 공인되지 않은 정보나 거짓 정보에 취약하게 되는지를 차분하게 설명한다. 그는 "가짜 뉴스든 날조 뉴스든 불확실한 정보의 희생물로 전락하기" 쉬운 이 시대의 현실이 독서의 퇴조, 다양한 정보 분석 능력의 상실과 연관된다는 사실을 설득력 있게 주장한다. 책의 끝부분에서 인용한 "책이 없다면, 실로 문해력이 없다면 좋은 사회는 사라지고 야만주의가 승리한다"는 스티븐 워서먼의 주장은 우리 사회에서 횡행하는 여러 가짜 뉴스에 대한 통렬한 일침으로 작용하지 않을까 싶다.

물론 특정한 정치적 관점이나 사회적 의제에 대해서는 다양한 생각이 존재할 수 있으리라. 문제는 왜곡되거나 편향된 정보에 의해 생성된 견해를 진실이라 우기는 경우다. 이런 추세가 강화되면 명확한 진실조차 가려지며 오만과 편견이 득세하게 된다. 영화 〈김군〉과 메리앤 울프의 『다시 책으로』는 이즈음 한국사회 곳곳에 편재한 새로운 야만주의를 향한 엄중한 경고나 다름없다.

무엇보다 1980년 5월 광주를 직접 겪어 보지 못한 사람들, 역으로 그때의 광주를 잘 안다고 생각하는 사람들, 메리앤 울프의 표현에 따르면 "진실을 찾는 고된 훈련에 나서기도 전에 이미 진실을 안다고 생각하는" 분들에게 영화 〈김군〉과 『다시 책으로』를 권하고 싶다.

(2019)

메리앤 울프, 전병근 역, 『다시 책으로』, 어크로스, 2019.

해외여행 세계 1위라는 희망과 우울

2017년 세계에서 해외여행객 비율이 가장 높은 나라는 어디일까. 바로 한국이다. 연인원 기준 출국자 2,600만 명은 총인구 대비 출국률 50%에 이른다. 2016년에 2위였다가 작년에는 대만을 제치고 1위로 올라섰다. 같은 항목 수치가 14% 정도인 일본보다 세 배이상 높다. 기록적인 무더위를 겪은 이번 여름으로 인해, 올해에는 그 비율이 더 높아지게 되리라.

해외여행객 비율 세계 1위라는 사실은 한국사회에 대해 참으로 많은 정보를 알려준다. 이 시대 청춘의 욕망과 심리적 습속^{習俗}이 그 점에 오롯이 담겨 있다. 불과 30년 전인 1988년이 되어서야 해외여행 자유화가 비로소 가능했다는 사실을 생각해보면, 정확히 한 세대 만에 도래한 해외여행 문화의 급격한 팽창은 '압축근대화' 만큼이나 한국사회와 한국사람의 특성, 활력, 심성을 해명해주는 거울이라 할 수 있다.

왜 그토록 한국인은 해외여행을 좋아하는 것일까? 우선 국토 분단으로 인한 답답함과 풍부하지 못한 국내여행 인프라를 그 이유로 들 수 있겠다. 거대한 국토를 지닌 중국은 물론이려니와, 오키나와에서 홋카이도로 이어지는 일본의 여행 인프라와 비교하더라도 우리의 국내 여행 선택지는 상당히 한정적이다. 이에 더해 휴가철에 터무니없이 오르는 여행지의 높은 물가도 많은 이들에게 해외여행을 대안으로 생각하게 만든다.

한국사회 전반에 퍼져 있는 치열한 경쟁과 성취 지향적인 문화도 해외여행을 선택하게 만든 사회심리적 요인이다. 이웃이나 친구가 SNS에 올린 이국적인 해외여행 사진은 알바를 해서라도 나도 그곳으로 떠나고 말겠다는 열망을 한껏 지핀다. 타자의 욕망에 영향받으며 형성된 이런 심리는 인간에게 매우 보편적으로 존재한다. 세계에서도 가장 높은 인구밀도를 지닌 지역의 주민이자 극도의 치열한 경쟁을 일상적으로 겪는 우리에게 그런 욕망은 한결 증폭되어 나타난다. 하지만 이런 설명만으로 해외여행 세계 1위가 충분히 해명되는 것은 아니리라. 이 두 가지 요인은 늘 그래왔던 상수들이니, 유독 이 시기에 해외여행객이 급속하게 증가한 문화적·심리적 배경을 충분히 포착하지 못한다.

지금 우리 사회를 뒤덮고 있는 감정 중의 하나는 미래에 대한 희망을 상실했다는 의식이다. 많은 이들은 집을 포기하는 대신 해외여행을 선택한다. 어떤 청춘은 결혼 자금 대신 유럽행 비행기를 예약한다. 어떤 대학생은 아르바이트로 번 돈으로 학자금 대출 상환을 유예하고 인천공항으로 향한다. 생각해보면, 이런 결정은 한국사회의 우울한 자화상이라기보다는, 각자 자신의 '존재 이유'를 증명하기 위한 합리적인 선택이 아닐까. 아무리 저축을 하더라도 수도권에서 작은 전셋집을 마련하는 것도 너무나 힘든 상황이다.

열심히 노력해도 이루지 못할 꿈을 포기하는 대신, 그들은 스스로 자존감을 키워줄 선택, 즉 '소확행'과 '욜로족'의 삶을 지향한다. 이런 상황에서 해외여행은 자신이 이 세상에 존재하는 이유를 증명해주는, 충분히 실현 가능한 문화적 체험이다. 나는 이국의 사진을 SNS에 올리는 청춘과 제자들의 모습에서, 집과 차, 결혼은 포기하더라도 자신의 행복만큼은 단념할 수 없다는 절박한 심리와 마음을 읽는다.

이제 이런 여행문화는 대세가 되어가리라. 그렇다면 이 문화적 추세에 대해, 여행수지 적자니 저축 운운하며 구세대적 발상으로 딴지를 걸 것이 아니라, 이 시대 청춘의 유별난 해외여행 사랑이 문화와 생각이 다른 타자를 이해하고 문화적 톨레랑스(관용)를 넓히는 소중한 계기가 되길 바라는 게 현실적이지 않을까. 타자와 이국을 이해하고자 하는 마음은 곧 자신이 사는 땅을 살 만한 세상으로 바꾸겠다는 열망으로 이어지지 않을까. 그래서 나는 지금 국제공항으로 향하는 이 땅의 청춘과 평범한 직장인의 마음을 기꺼이 응원하고 싶다.

(2018)

어떤 우정의 역사

지난 8월 12일 저녁, 역사문제연구소에서 서경식과 다카하시 데쓰야高橋哲哉의 대화록『책임에 대하여』북 토크가 열렸다. 한일 사이에 첨예한 갈등이 계속되는 이 미묘한 시기에 두 비판적 지식인은 20여 년간의 우정을 회상하며 연대連帶의 의미에 대해 말했다.

한국 지식사회에 신선한 자극을 선사한 재일 디아스포라 논객 서경식과 일본에서 역사 왜곡과 인권 문제를 통렬하게 지적해온 도쿄대 교수 다카하시가 한국 독자들 앞에서 대화를 나누었다는 것 자체가 인상적인 장면이다.

이들은 공저『단절의 세기 증언의 시대』(2002)로부터『젠야前夜』지 창간(2004),『후쿠시마 이후의 삶』(2013)을 거쳐『책임에 대하여』에 이르는 오랜 세월 동안 서로에 대한 두터운 우정과 신뢰 속에서, 일본사회의 퇴행과 역사수정주의, 천황제, 우경화 흐름에 대해 시종일관 비판하고 저항해왔다. 일본 지식사회의 지형에서 보면, 이 둘은 소수자 중의 소수자다. 둘의 주된 비판 대상이 때로 균형 잡힌 지식인으로 인식되는 가토 노리히로加藤典洋(『사죄와 망언 사이』의 저자)를 위시한 일본 리버럴파의 퇴락이라는 점에서 이들의 입지가 얼마나 쉽지 않은지를 알 수 있다. 나는 두 사람의 투철한 비판정신, 손해를 기꺼이 감수하는 지성의 힘을 통해, 한 사회에 대한 근본적인 비판을 수행하는 논객이 갖춰야 할 태도에 대해 생각해보았다. "저항하지 않고 패배하기보다는 저항하다 패배하는 쪽이 훨씬 낫다", "어떤 어두운 시대에도 어둠에 저항하며 사고하고 (…중략…) 어둠 속에서 길을 잃은 타자들을 향해 목소리를 낸 사람들이 있었다"는 다카하시의 태도가 바로 그 점을 보여준다.

서경식은 『책임에 대하여』 한국어판 서문에 "한국의 독자들도 일본에 다카하시 씨와 같은 지식인이 존재한다는 사실을 알고, 그런 인물들을 격려해 주기 바란다"고 적었다. 실상 "다카하시 선생처럼 자신이 중심부 일본 국민이면서, 말하자면 자기 성찰적으로 그것을 비판한 사람도 없었"던 것이다.

이 둘은 일본인과 재일조선인이라는 각기 다른 포지션의 차이를 딛고 누구보다도 서로 깊이 연대했다. 이들의 우정에, 지난 8월 4일 도쿄 신주쿠에서 열린 아베 반대 집회에서 'NO 아베'라는 팻말을 들고 '니칸렌타이'(일한연대)를 힘주어 외쳤던 일본 시민들의 목소리가 겹쳐진다. 그 자리에서 일본의 참의원인 야마조에 타쿠山添拓는 한국시민과의 연대를 강조하며, 아베 정부에 가장 가깝고 오래된 이웃 나라와 제대로 대화할 것을 절박한 목소리로 요청했다.

이즈음 한일연대를 주창하는 담론을 지켜보며, 식민지시대의 비평가 임화와 일본 시인 나카노 시게하루中野重治 사이의 문학적 우정과 연대를 떠올렸다. 나카노는 1929년 「비내리는 시나가와역」이라는 시에서 조선인 노동자와 일본인 노동자의 연대를 형상화했다. 그가 보기에 "조선의 사나이"는 "머리끝 뼈끝까지 꿋꿋한 동무"에 해당하는 뜻깊은 존재이다. 임화는 나카노의 시에 대한 화답으로 「우산 받은 요코하마의 부두」를 발표했다. 그 시에서 연인이자 동지인 양국의 노동자는 "우리는 다만 한 일을 위하여 / 두 개 다른 나라의 목숨이 한 가지 밥을 먹었던 것이며 / 너와 나는 사랑에 살아 왔던 것이다"라고 묘사됐다. 그 동지적 유대는 역사의 거대한 파고와 군국주의 파시즘 속에서, 점차 내셔널리즘에 자리를 내준다.

그로부터 90년의 세월이 흐른 이즈음, 다시 한일연대의 목소리가 퍼져 나온다. 편협한 내셔널리즘의 프레임을 돌파한 평화와 공동선을 지혜롭게 실천할 수 있을 때, 그 연대를 향한 주장은 당위가 아니라, 현실을 움직이는 구체적인 힘으로 구현되지 않을까.

서경식과 다카하시가 함께한 20여 년의 세월은 한일연대의 모범과 우정의 역사를 보여준 귀한 예로 기억돼야 하리라. 이들의 목소리가 교착상태인 한일관계에 의미 있는 돌파구를 만드는 계기가 되길 바란다.

(2019)

서경식·다카하시 데쓰야, 한승동 역, 『책임에 대하여』, 돌베개, 2019.

진보적 지식인의 운명

2005년에 번역 출간된 폴 존슨의 『지식인의 두 얼굴 – 위대한 명성 뒤에 가려진 지식인의 이중성』이라는 책이 있다. 이 책은 인류 사상사와 예술사에서 지울 수 없는 흔적을 남긴 대가들의 위선과 모순을 탐사한다. 예를 들어 장 자크 루소, 마르크스, 톨스토이, 사르트르, 조지 오웰, 촘스키 등의 인간적 약점이 서술되는데, 주제에 따라 그들 각자의 기만, 사기, 불륜, 이중성, 위선 등이 적나라하게 파헤쳐진다. 물론 이 책의 의도가 이들을 매장하는 데 있는 건 아니다. 하지만 『지식인의 두 얼굴』을 읽다 보면 이들에 대한 환상과 기대치가 다소간 낮아지는 건 인지상정이지 싶다.

하지만 그렇다고 해서 이들이 거둔 빛나는 성취와 업적이 무시되어야 할까. 오히려 이런저런 인간적 약점에도 불구하고, 혹은 자신의 비루함과 한계를 극복하면서 그들이 인류 문화사에서 거둔 탁월한 성취와 자산을 높이 평가해야 하지 않을까. 물론 지금 이 시대의 시각이나 페미니즘의 관점으로 보면, 이들의 업적과 성취도 재평가될 여지도 분명 존재하리라(이는 또 다른 중요한 논점이겠다).

당연하지만 세상에 완벽한 사람은 없다. 성자聖者, 평생을 이타적으로 살아온 사람조차도 오류나 성격적 결함에서 자유롭기가 쉽지 않으리라. 뛰어난 인성을 갖추고 대의에 헌신하는 인물이라도 알려지지 않은 내밀한 흠결과 약점이 존재하지 않을까. "순교는 배교背敎와 종이 한 장 차이에 지나지 않는다"는 주장도 있거니와, 따지고 보면 진보와 보수 사이에 놓인 강工폭은 그다지 넓지 않다. 한 시대의 진보에서 인정 욕망을 충족시키지 못한 사람 중에 보수로 전향하여 자신의 정치적 욕망을 채운 사람도 존재한다. 민중과 함께했던 양심적 진보의 표상이 극우의 전위가 되기도 한다.

이런 현실을 직시한다면 진보적 지식인(공인)은 한층 겸허해질 필요가 있다. 그들은 숙명적으로 현실과 이상 사이에 놓인 존재일 수밖에 없으며, 상대적으로 일관성을 지키기 힘든 상황에 놓여 있다. 그의 과거와 현실 사이, 가족의 욕망에는 그 이상을 지키기 힘들게 하는 무수한 지뢰밭이 놓여 있다. 때로 진보의 대의와 이상을 향한 열정은 그 지뢰밭을 과감하게 제거하게 만들 테지만, 항상 그 작업에 성공하는 것은 아니리라. 어느 순간 자신의 발밑을 보는 데 둔감해지는 때가 온다.

사람들은 진보적 지식인의 허위의식과 이중성에 한층 민감하게 반응한다. 기존의 반듯하고 좋은 이미지가 오히려 그들의 약점을 한층 도드라지게 만들기 때문이다. 그렇다면 이 시대에 개혁을 추진하는 주체는 자신의 과오過誤, 이중성이 한순간 개혁에 대한 환멸을 불러올 수 있음을 냉철하게 인식해야 한다. 진보를 표방하는 공인이 자신의 발밑까지 면밀하게 조회하지 않는다면, 대중들은 그 개혁 과정에 마음을 내주지 않으리라. 이번 조국 법무부 장관을 둘러싼 과정은 바로 이런 준엄한 사실을 환기한다. 물론 이번 사태를 불러온 요인 중에 언론의 편향적인 보도가 크게 작용하고 있다는 점도 고려해야 한다. 그러나 그렇게만 말하면 진보가 성장하지 못한다. 이 사건에서 뼈저리게 배우면서, 한발 한발 나아가야 한다.

우리는 개혁적이며 정의롭고 상대방은 저열하며 형편없다는 이분법에서 벗어나, 우리도 많이 부족하지만 여기서 조금씩 더 진전하려고 한다는 태도로 임해야 한다. 당연히 그 과정에 조국 장관의 최근 인터뷰처럼 "죽을힘을 다해" 개혁을 추진해야 하며, 때로 자기 자신을 치는 마음으로 수모와 모욕을 견뎌야 하리라. 이런 극단적인 대립 구도 속에서, 모든 걸 건 정치는 '짐승의 비천함'을 감내해야 한다. 용기와 겸허함으로 그 시간을 온몸으로 통과했을 때, 세간에서 주장하는 조국 장관의 한계와 위선이라는 멍에는 어느새 자신의 존재 기반을 극복하려는 필사적인 헌신에 자리를 내줄 것이다. 부디 그런 기회가 있기를 바란다.*

(2019)

폴 존슨, 윤철희 역, 『지식인의 두 얼굴』, 을유문화사, 2005.

• • •

* 조국 법무부장관은 2019년 10월 14일 사퇴했다. 하지만 진보적 지식인의 운명과 검찰 개혁이라는 소명은 여전히 유효하다고 판단되어 내용을 그대로 두었다.

제2부

단상 모음 2012~2019
한 비평가의 세상 읽기

2019

1.9 ——

올해 우리 나이로 아흔다섯인 김석범金石範(1925~)은 여전히 현역작가다. 그는 현재 일본의 대표적인 월간지『세카이世界』에 대하소설『화산도』후속편『바다 밑에서海の底から』를 연재하고 있다. 목차를 보니, 이번 2019년 2월호에 22회분이 수록되어 있다. 주인공 이방근의 죽음 직후, 일본으로 밀항한 남승지와 이유원의 험난한 삶을 다룬 이 작품의 스토리도 정말 흥미진진하다. 그는 한때 빛나는 작품을 쓴 단지 과거의 작가가 아니다. 김석범은 현역작가다. 이 점을 분명히 하고 싶다.

2.21 ——

지난 화요일 입학식 이후 잠깐 틈을 내, 조지현 사진전〈이카이노 – 일본 속 작은 제주〉에 다녀왔다. 온통 마음을 적시는 사진들을 보며, 자이니치의 인생, 슬픔, 착잡한 내면, 제주와 4·3, 이카이노를 둘러싼 역사의 지층에 대해 생각해본다. 재일조선인(자이니치)에 관심이 있는 분에게 꼭 추천해주고 싶은 숨겨진 보석 같은 전시회다.

5.16 ─────

지난해 작고한 소설가 최인훈이 민족문제연구소의 『친일인명사전』 발간을 위한 후원금을 냈다는 사실이 최근 공개되었다고 한다. 역시 최인훈이다. 그처럼 섬세하면서도 심원한 지성의 그 마음에 대해 생각해보는 늦은 밤이다.

5.23 ─────

노무현 대통령이 남긴 여러 기록 중에서 '나는 학벌 사회에 홀로 떠 있는 외로운 돛단배 같은 신세다'라는 취지의 말을 너무나 아린 마음으로 아직도 선명히 기억한다. 운동권조차 대학과 학벌주의에서 자유롭지 않은 풍토에서, 대학을 나오지 않았다고 여야 국회의원, 판검사, 교수, 공무원, 일반 국민 할 것 없이 그를 조롱하던 상황에서 노무현은 얼마나 외로웠을까. 물론 그와 가족의 치명적 실수와 잘못도 있었지만, 많은 것을 공유했던 동지들과 진보언론들이 그를 혹독하게 비판했을 때, 얼마나 마음이 아팠을까.

그는 자신이 목숨을 부지한다면, 진보에 대한 환멸, 야권에 대한 조롱이 오랫동안 지속되리라고 생각하면서, 모든 것을 내던

졌던 것이 아닐까. 결국 그 선택이 촛불혁명과 문재인 정권을 가능하게 만들었으리라. 노무현 10주기인 오늘, 한 죽음이 가져온 역사의 나비효과에 대해, 그토록 슬프고 장엄한 죽음에 대해 다시 생각해본다.

5.29 ——

기회가 된다면, 다 그만두고 튀빙겐 같은 독일의 한적한 소도시로 유학 가서 '발터 벤야민의 서간문 연구' 같은 주제로 몇 년간 연구하며 지내고 싶다. 하루 종일 도서관에서 책을 읽고, 저녁에는 캠퍼스와 이웃한 고즈넉한 소도시를 산책하며 지내고 싶다. 현재로서는 이루어지기 힘든 소망이다.

6.6 ——

아, 하버마스(1929~)가 아직 살아 있구나. 김시종 시인과 동갑이고, 김석범 작가보다는 네 살 아래다. 아마도 그의 말년은 아도르노나 호르크하이머, 마르쿠제, 프롬 같은 프랑크푸르트학파의 동료, 선배들과 함께했던 그 지적으로 충만하고 치열했던 시절을 회상하는 시간으로 채워지지 않을까 싶다. 학생운동의 방향과 방식에 커다란 문제점을 느끼면서도, 아도르노와는 달리 학생운동을 끝까지 지지했던 하버마스의 입장을 통해 이 시대를 다시 생각해본다.

6.21 ———

인간과 사회에 대해 알면 알수록 정신분석학을 제대로 공부해야겠다는 생각을 하게 된다. 인간은 무엇보다 욕망하는 존재다. 그런 인간의 무의식, 욕망과 심리, 마음의 움직임에 대한 면밀한 이해 없이, 한 인간의 행위와 선택, 입장, 인간의 흔적인 문학작품을 온전히 해석할 수는 없으리라. 때로 정신분석학은 파시즘이나 보수주의, 무원칙한 상대주의로 가는 창문이기도 했다. 세상에 대한 공동체적(사회적) 문제의식을 간직하면서도 인간을 더 깊이 이해할 필요가 있다. 그러기 위해서는 정신분석학의 세계를 타 넘어가야 한다. 정신분석학과 문예 사회학적 방법이 섬세하게 변주된 글을 써보고 싶다.

7.31 ———

과연 승산이 있는지를 면밀하게 계산하여 따졌다면, 현실에 대한 이성적인 대응만 추구했다면, 모두 이런 식으로 생각하고 행동했다면, 일제에 목숨을 걸고 저항한 독립투사는 단 한 명도 없었으리라. 때로는 정의가 패배하리라는 걸 예감하면서도, 그 길을 가지 않을 수 없는 그런 순간이 있는 것이다. 그런 절박한 마음과 마음이 모여 작은 기적과 예상치 못한 승리를 이루기도 하리라.

8.19 ———

"정치는 위대한 사업이다. 짐승의 비천함을 감수하면서 야수적 탐욕과 싸워 성인의 고귀함을 이루는 것이기 때문이다"라고 말했던 누군가가 생각나는 오후다. 이 시대의 정치에서 '성인의 고귀함'을 이루기는 쉽지 않겠지만, 정치가 '짐승의 비천함을 감수'할 수밖에 없는 일인 건 분명 맞는 말 같다. 아무리 정치가 비루하고 문제가 많아도, 누군가는 그 일을 해야 한다. 되도록 조금이라도 뛰어나고 괜찮은 사람이 해야 한다. 이 세상을 바꾼다는 건, 정치 없이는 불가능하기 때문이다. 그러니, 정치에 대한 환멸을 불러일으키는 세력이야말로, 지금의 기득권을 그대로 누리고 싶은 사람들이리라. 누군가는 짐승의 비천함을 감수하면서도, 이 세상을 좀 더 살 만한 곳으로 만들기 위해서 그 일을 할 수밖에 없다. 아니해야 한다.

1.7 ——

지하련과 임화, 그 애달픈 운명을 생각하면 마음이 아프다. 당대 최고의 비평가이자 미남 시인과 신인 소설가와의 운명적 만남. 북한 정권에 의한 임화의 처형. 역사는 그 운명적 만남의 결말을 참으로 가혹하게 만들었다. 지하련의 체취와 임화의 흔적이 진하게 남아 있는 마산 산호동의 옛 일본식 주택이 곧 허물어질 위기라고 한다. 지하련은 이곳에서 고독, 병마와 싸우며 소설을 집필했다. 분단의 상처는 소중한 문화적 가치가 있는 주택의 보존도 허락하지 않는 것 같다. 슬프다. 이런 문화적·역사적으로 의미 깊은 곳이 허물어진다면, 우리 문화가 그만큼 부박하다는 증거이리라. 어떻게 보존할 방법이 없을지 문화계 차원의 대책이 필요한 것 같다. 해방 직후 발표된 지하련의 「도정」은 진보적 지식인의 자기성찰을 밀도 깊게 다룬 최고의 소설이다. 이 단편소설 한 편만으로도 지하련은 한국 현대소설사가 반드시 기억해야 할 작가이다.

1.11 ———

우치다테 마키코內館牧子의『끝난 사람』을 방금 완독했다. 자신의 인생에 비애를 느끼는 분들에게 꼭 건네드리고 싶은 소설이다. 은퇴 이후 우울증에 빠진 주인공의 재기 의욕과 내면, 가족과의 갈등, 뒤늦게 찾아오는 연애 감정, 열등감, 고향에 대한 그리움, 졸혼卒婚, 경제적 난관, 새로운 출발 등이 참으로 생생하게 묘사돼 있다. 특히 은퇴한 60대 주인공의 내면 심리묘사가 탁월하다. 일본소설 특유의 아기자기한 심리묘사는 이 소설을 읽는 커다란 재미다. 대중소설에 가까운 작품이지만,『끝난 사람』을 통해 인생의 지혜를 많이 배웠다. 어떻게 늙어가야 하는지를 알려준 소설이자, '품격 있는 쇠퇴(노년)'를 맞이하는 데 도움이 될 작품이다. 스스로 인생을 되돌아보고픈 분들에게 추천하고 싶다. '과거의 영광과는 싸우는 것이 아니다'라는 소설 속의 대사가 내내 뇌리를 때린다.

우치다테 마키코, 박승애 역,『끝난 사람』, 한즈미디어, 2017.

1.31 ———

사람을 거의 만나지 않는 내게, 단둘이서 만나 네 시간 넘게 함께 유쾌하게 이런저런 얘기할 수 있는 같은 학과 동기가 있다는 사실은 분명 축복이리라. 동아시아문학, 일본의 지적 풍토, 김석범의『화산도』와 도스토예프스키,『화산도』의 주인공 이방근, 한국의 번역문화, 서경식 에세이의 매혹, 비평의 자율성, 문재인 대통령, 우리가 늙어간다는 것에 대해 얘기하며 함께 취해갔다. 그는

오랜 친구인 국민대 국문과 정선태 교수다.『영속패전론』,『쇼와육
군』을 비롯한 수많은 일본 인문학 저서를 번역한 사람이자,『심연
을 탐사하는 고래의 눈』 같은 문제적 저작의 저자이다. 대학 학부
시절부터 문학 동아리와 세미나를 함께 해온 내가 무척 편하게 생
각하는 좋아하는 사람이다. 이렇게 인생의 또 한순간이 흘러갔다.

2.13 ———

서경식 선생이 도쿄경제대 도서관장으로 취임했다는 소식
을 들었다.『내 서재 속의 고전』,『소년의 눈물』등 책에 관한 글을
쓴 저자이자 누구보다도 책을 사랑하는 학인이라는 점을 감안하
면 참으로 자연스러운 인사다. 나 역시 대학도서관장으로서 너무
나 기쁜 마음이다. 선생이나 나나, 책에서 절대로 벗어날 수 없는
운명인 것 같다.

2.22 ———

아버지 요양병원을 알아보며 시설을 직접 방문하는 시간. 아
버지도 그렇지만, 병상에 힘겹게 누워 있는 분들을 계속 보니 정신
적으로 힘들고 우울하다. 급한 보고서를 포함해 모든 일이 손에 안
잡힌다. 요양병원에 흐르는 그 설명할 수 없는 침울한 분위기. 많
은 사람이 체험하는 과정이라고 주위에서 말해주어도 그다지 위
로가 안 된다. 모든 실존적 체험과 상처는 다 개별적으로 다가온

다. 요양병원. 연세가 들고 아프면 많은 사람이 겪을 수밖에 없는 과정이리라. 집에 모실 수 있으면 좋겠지만 거의 하루 내내 누군가의 도움이 필요한 아버지이기에 어려운 상황이다. 늙음과 병에 대해 생각해보는 시간이다. 나 역시 점점 늙어가리라. 그동안 지나간 내 젊음이 얼마나 소중한 시간이었는지를 새삼 깨닫는다.

3.17 ──

좋은 책을 많이 읽을수록 세상과 인간을 쉽게 판단하지 않게 되는 것 같다. 물론 때로 단순한 용기가 귀한 때가 분명히 있지만, 세상을 살아갈수록 진실은 복합적이며 상대적이라고 느끼게 되는 것 같다. 마음이 깊어질수록 말이 없어지는 것 같다.

3.30 ──

다들 불금을 즐길 상상을 하는 시간, 도서관에서 에드워드 사이드를 읽는 금요일 오후다. 오늘은 밤늦게까지 사이드의 『펜과 칼』을 읽을 것이다. 물론 여러 공동체, 집단, 커뮤니티, 모임에서 수많은 도움과 자극, 영감을 받게 되겠지만, 결국 나는 한 명의 개인주의자라는 사실을 실감한다. 혼자 도서관이나 서재, 연구실에 있는 시간이 제일 편하고 좋다.

4.3 ———

"민주주의의 승리가 진실로 가는 길을 열었습니다", "여러분 제주에 봄이 오고 있습니다"(문재인 대통령의 4·3 70주년 추념사 중에서). 김석범 작가의 『화산도』와 현기영 작가의 「순이 삼촌」, 이산하 시인의 『한라산』, 영화 〈레드헌터〉와 〈지슬〉을 언급한 문 대통령의 발언에서 역사를 직시하는 정신과 희망을 보았고, 평일 수업이 끝나자마자 제주에 내려온 보람을 느꼈다. 김석범 작가가 제단에 헌화하기 전에 눈물 흘리는 모습을 오래도록 잊지 못할 것 같다.

5.13 ———

뒤늦게 영화 〈소공녀〉를 보았다. 정말 오래간만에 긴 글을 쓰고 싶게 만드는 한국영화다. 마음을 울컥하게 하는 장면이 곳곳에 비수처럼 등장한다. 정제된 글은 나중을 기약하며, 이 영화를 보며 생각난 구절과 단어를 적어본다. 지극히 가난하지만 취향을 포기하지 않는 삶, 인간관계, 슬픔, 비애, 빈곤의 품격, 죽음, 사람들 사이의 소통, 그 소통의 불가능, 견디는 삶, 타인의 취향과 기질을 있는 그대로 감싸 안는 따뜻함, 가난하지만 애틋한 사랑, 가슴을 파고드는 음악.

다시 한번 보고 싶은 영화다. 주인공 미소역을 연기한 이솜이라는 낯선 배우가 참 신선하고 상큼했다. 3월 22일 개봉해 두 달여가 지난 현재 누적 관객이 5만 8천 명밖에 안된다니, 내 감성으로는 이해할 수 없다. 영화를 사랑하는 친구들에게 기꺼이 추천하고 싶은 영화다.

6.5 ——

신이시여, 제가 바꿀 수 없는 것을 받아들이는 차분함을, 제가 바꿀 수 있는 것들을 바꾸는 용기를, 그리고 그 둘의 차이를 알 수 있는 지혜를 내게 주시옵소서. (신학자 라인홀드 니버)

인생을 살다 보니, 아무리 노력해도 내 어떤 부분들은 바꿀 수 없다는 것을 절감한다. 가령 기질이나 성향, 외모, 눈빛을 포함한 이미지가 그렇다. 그 점을 면밀하게 인식하면서 동시에 바꿀 수 있는 것을 제대로 바꾸는 용기를 지니는 게 필요하다. 때로는 이 둘의 차이에 대해 정확하게 인지하는 통찰력이 요구되리라.

어떤 사람이 노력해서 얻을 수 있는 것도 많지만, 타고난 성향이나 재능이라 여겨지는 것도 참으로 많다는 사실을 절감한다. 나이가 들수록 후자의 영향력이 작지 않구나 하는 생각을 하게 된다. 가령 내가 아무리 노력해도 노래를 잘하는 뮤지컬 배우가 될 수는 없을 테다. 지적인 호기심이나 성실성 같은 덕목도 타고난 부분이 크지 않을까 싶다. 유사한 상황에서도 어떠한 사람은 남다른 지적 호기심과 성실성, 끈기를 발휘하는 반면 전혀 그렇지 않은 사람도 있으리라.

그렇다고 해서 후천적인 노력과 교육의 필요성을 결코 간과할 수는 없지만, 많은 경우 유사한 교육과 상황에 놓인 사람들의 운명을 결정하는 것은 타고난 기질이나 유전적 성향이 아닌가 싶다(물론 인맥이나 학벌 네트워크, 경제적 상황이라는 변수를 괄호치고 하는 말이다. 한국사회에서 아직 이런 변수들이 그 사람의 운명과 미래에 적지 않은 영향을 미친다는 점을 그 누가 부인할 수 있으랴. 내 얘기는 그런 조건 너머에 존재하는 인간의 어떤 재능과 기질에 대한 것이다).

이런 생각을 할수록, 자꾸 허무주의에 경도되는 내 마음을 바라보며 이런 성향을 극복하자 늘 생각하지만 쉽지 않다. 물론 그럼에도 불구하고, 나는 한 사람의 교육자로서, 교육의 필요성과 후천적 노력이 얼마나 중요한지 얘기할 것이다. 실제로 그런 경우가 많다. 다만 유사한 환경에서 노력과 열정을 최대치로 발휘하는 기질이 있는가 하면, 그 반대의 기질도 있다는 사실에 대해 정직하게 논의해보고 싶다. 인간에 관해 탐구하면 할수록 깊은 허무를 발견한다. 이를 회피하는 게 능사는 아닐 듯. 깊은 허무를 또렷하게 응시하면서도 인간과 사회에 대한 더 깊고 넓은 이해로 한 발자국 진전하고 싶다.

6.25 ──── 책 추천 : 박찬일, 『노포의 장사법』

오래된 음식점 얘기다. 기나긴 세월 동안 사랑받아온 음식점을 발품 팔아 쓴 글이다. 기자 출신으로 유명한 셰프이기도 한 박찬일의 문장이 참 좋다. 스토리 하나하나가 다 흥미진진하다. 음식을 만드는 사람들의 역사와 우수憂愁, 슬픔, 운명, 자존, 보람, 철학으로 채워진 책이다. 숙명적으로 중국집을 열 수밖에 없었던 중국(대만)인 디아스포라의 사연이 사무친다. 당연하겠지만 음식에는 인간의 노고와 열망이 깊게 배어 있다. 단지 음식이나 식당에 관한 책이 아니다. 무엇보다 이 책을 통해 음식을 만드는 사람과 그들의 곡절 많은 인생사, 고단한 내면을 더 곡진하게 이해하게 되었다. 『노포의 장사법』을 읽으며, '명동돈가스', '조선옥', '어머니대성집', '숭덕분식'에 다시 가고 싶어졌다. 특히 아직도 정릉에 건재한 '숭덕분식'은 고등학교 시절 꽤 자주 드나들었던 곳이다. 기꺼이 추천하고 싶은 책이다. 아, 이 책 얘기를 하니, 무척 배가 고프다.

박찬일, 노중훈 사진, 『노포의 장사법』, 인플루엔셜(주), 2018.

7.23 ───

순정한 사람일수록, 진솔한 사람일수록 자기모순에 더 예민하게 마주할 수밖에 없는 시대. 이 시대의 희생양 노회찬 의원의 명복을 마음 깊이 빕니다.

8.9 ───

1945년 2월 16일 해방을 불과 6개월 앞두고 후쿠오카 감옥에서 세상을 뜬 지 73년 만에 드디어 중국 연변 용정 동산에 있는 그

(윤동주)의 무덤 앞에 섰다. 노란 국화꽃 한 송이와 술 한잔 건네드렸다.

9.23 ———

"시인은 오직 한 언어로만 시를 쓸 수 있다."(파울 첼란) 산문에는 예외가 있겠지만 시는 과연 그럴 것이다. 모국어로만 표현 가능한 지극히 섬세하고 정교한 언어 세계가 분명 존재한다. 그 모국어의 바다에 더 깊이 빠지고 싶다.

10.4 ———

허수경 시인(1964~2018)의 명복을 간곡한 마음으로 빈다. 20대 후반 서른 언저리에 유하, 함성호, 김소연 시인 등과 종종 함께했던 그 각별한 시간을 기억한다. 그 골목, 표정, 대화, 슬픔과 기쁨들. 생각해보니 그녀와 나는 같은 해(1987) 등단했다. 그때로부터 너무나 많은 세월이 흘렀다. 그녀의 『슬픔만한 거름이 어디 있으랴』(1988), 『혼자 가는 먼 집』(1992)은 아직도 그 처연하고 스산한 정서를 잊을 수 없는 인생 시집이기도 하다. 이 귀한 시집들을 다시 읽으며 내 방식으로 그녀를 보내고 싶다. 이국에서 맞이한 그녀의 임종이 너무 쓸쓸하지 않았기를. 많이 슬픈 가을밤이다. 아니 2018년은 너무 슬픈 해인 것 같다. 잠이 안 온다.

그녀의 유골이 고국에 오지 않고 독일 뮌스터에 수목장으로

묻힌다고 한다. 허수경다운 선택이다. 그녀 묘에 꽃 한 송이 놓기
위해서는 머나먼 독일 뮌스터에 가야 한다. 내 생전에 그럴 기회가
올 수 있을까.

10.5 ———

철학자 고 김진영 선생의 유고집이기도 한 애도 일기 『아침
의 피아노』 출판기념회에 와 있다. 기념식이라기보다는 추모의 마
음이 모인 자리다. 다들 한마음으로 고인을 그리워하는 분위기다.
슬픔의 선율이 한겨레 강당 청암홀에 흐르고 있다. 생전에 자신의
책을 한 권도 내지 않았던 당신의 첫 산문집이 세상을 뜬 후에야
나왔다. 누구보다도 단단하고 매력적이었던 그의 사유를 생각하
며, 김진영 선생의 죽음을 마음 깊이 애도한다. 이번 주말의 양식은
철학자 김진영의 『아침의 피아노』와 허수경 시인의 산문집 『너 없
이 걸었다』이다. 이 두 권의 저자는 최근에 밤하늘의 별이 되었다.

김진영, 『아침의 피아노』, 한겨레출판, 2018.

10.30 ———

생활은 이전보다 월등 더 편리해지고 다양해졌다. IT를 비롯
한 첨단 문명의 혜택은 놀랄 정도다. 해외여행은 이전에 부산이나
제주도 가는 것보다 훨씬 흔하다. 그러나 지성, 인문적 사유라는
면에서 보면 세계는 분명 퇴행하고 있다. 대학도, 언론도, 종교도
모두 마찬가지다. 이 퇴행에 브레이크를 걸어주는 게 대학과 지성,

비평의 역할일 텐데, 그 소임이 점점 힘들어진다. 자본, 실용의 힘이 대학, 언론, 출판, 문학, 예술 등 모든 분야를 집어삼키는 시대가 된 것 같다. 퇴행의 감각을 정말 심각하게 느낀다. 새로운 야만이 번성하고 있다. 그렇다면 이 시대 비평(가), 지성, 대학은 어떤 방식으로 존재해야 하는가. 희망은 있는가. 세계는 과연 좋아지고 있는 것인가. 이런 상황에서 나는 어떻게 살아야 하는가. 이런 질문을 깊이 품어보는 저녁이다.

11.7 ———

며칠 전, 이제는 고인이 된 최인훈 작가의 대표작 「광장」을 다시 읽었다. 아마도 열 번째쯤 읽는 것 같다. 여전히 이전에는 느끼지 못했던 새로운 게 보인다. 이런 소설이 진정으로 좋은 작품이리라. 이번에는 주인공 명준이 북한에서 만난 연인 은혜가 읽었던 책에 눈길이 갔다. 은혜가 읽었던 『로자 룩셈부르크 전』은 「광장」에 두 번 등장한다. 아마도 해방 직후, 북한에서 '로자 룩셈부르크 전기'가 많이 읽혔으리라. 사회주의에 대한 순수한 이상을 간직한 여성혁명가 로자 룩셈부르크(1871~1919)의 존재는 당시 이명준이 목도한 북한사회의 그늘과 대비되며, 모종의 미적 효과를 거둔다. "은혜는, 많은 여자가 그런 것처럼, 꼭 어느 사회가 아니면 못 산다는 여자가 아니었다. 로자 룩셈부르크가 될 수 없는 여자였다"는 구절은 혁명을 앞에 둔 인간의 나약함과 더불어, 혁명의 관료화를 암시한다. 이 점이 궁금하다. 당시 『로자 룩셈부르크 전』을 읽었던 북한의 혁명가들은 자신의 지도자와 북한사회에 과연 어떤 문제의식을 느꼈을까. 물론 이러한 인식은 공식적으로 표출되기 힘들었으리라. 이제야, 「광장」에 로자 룩셈부르크를 배치한 작가의 뜻이 보인다. 한 작품을 온전히 이해한다는 것은 얼마나 많은 시간과 노력이 요구되는가.

최인훈, 『광장/구운몽』, 문학과지성사, 2010.

11.8 ——

대학 동기 중에서 누구보다도 문학에 대한 순정을 지녔던 친구 재덕이가 오늘 밤하늘의 별이 되었다는 소식을 들었다. 너무 슬프고 안타깝다. 전공은 다르지만(친구는 영문과) 대학(원) 시절 늘 세미나를 함께 하며 문학에 대한 꿈과 소망을 나눈 사이라 슬픈 마음을 가눌 길이 없다. 그와 함께 읽었던 프레드릭 제임슨의 책, 소설, 스터디 카페 '상'의 추억. 모두 눈에 선하다. 너무 맑고 선했기에 학계에 정착하지 못했던 재덕아, 나는 너를 참 좋아했던 것 같구나. 하늘나라에서 소설 쓰는 소진이 만나서 회포도 풀고 부디 평안하게 잘 지내길, 안녕.

2017

1.17 ──────

도쿄를 동서로 가로지르는 주오센中央線을 자주 타서 그런지,
JR 야마노테선을 타고 신주쿠에서 주오센으로 갈아탄 기억이 아
직 남아 있어서 그런지, 영화 〈너의 이름은〉의 장면 장면이 가슴에
사무친다. 요쓰야, 신주쿠 주변의 풍경들, 국립 신미술관……. 늘
주오센을 타고 고쿠분지国分寺에 내리던 기억. 이렇게 한 편의 영화
는 인생의 어느 장면, 장면을 소환한다. 도쿄 인근의 그토록 한적
한 소도시 고다이라에서 혼자 5개월여 살았던 2년 전의 기억은 아
직도 내 마음에 깊이 각인돼 있다.

　〈너의 이름은〉, 이 영화는 스토리를 떠나 도쿄의 눈 오는 풍
경 등 사계와 공간을 너무나 생생하고 아름답게 복원하고 있다는
사실만으로도 충분히 볼 가치가 있다(물론 이 영화가 후쿠시마나 세월
호를 상기시킨다는 점은 또 다른 차원에서 논의돼야 하리라). 때로 애니메
이션은 어떤 사진이나 영상 이상으로 사람의 마음을 사무치게 만

든다. 물론 아쉬운 점이 없지 않지만, 최근에 본 영화 중에서 제일 인상적이었다. 그토록 애틋한 〈라라랜드〉나 고전의 성공적인 패러디인 〈얼라이드〉(여주인공 마리옹 꼬띠아르Marion Cotillard의 기품 있는 미모 자체가 이 영화의 결코 빼놓을 수 없는 볼거리다)보다도.

1.21 ——

성윤석 시인은 방금 "술김에 고백하건대 나는 내 마음에 사랑이 없이는 단 한 줄도 쓰지 못했다"고 페북에 썼다. 이 짧은 포스팅이 내 마음의 공명을 건드렸다. 나 역시 비평가로서, 그 작품에 대한 애정과 설렘, 관심 없이는 글을 거의 쓰지 못한다. 말하자면 매혹당하지 않은 상태에서는 글이 안 된다. 비판조차도 관심과 설렘의 소산이다. 논쟁적인 글을 쓸 때, 때로는 오르가즘에 가까운 설렘을 느꼈다. 사랑과 매혹, 설렘 없이 비평을 쓰지 못한다는 것, 그래서 먼저 주제를 청탁받아 쓰는 글을 어색해하며 충분히 즐기며 쓰지 못한다는 것은 비평가로서 중대한 결함이리라. 떠올려 보니, 비평집 『비평의 고독』, 『낭만적 망명』에서 청탁을 먼저 받고 쓴 글은 몇 편 안 된다. 내 글쓰기 기질과 성정이 그런 걸 어찌하랴. 가능한 한 마감 없이, 스스로 쓰고 싶은 글을 묵묵히 계속 쓰는 수밖에 다른 방법이 없다.

2.17 ——

오늘 장석주 시인과 둘이서 함께 술 마시고 대화하며 이렇게 결정했다. 남은 생은 에세이스트로 살아가리라.

2.23 ——

나이가 들수록, 시간이 지날수록 한 사람이 다른 한 사람을 온전히 이해한다는 것은 거의 불가능에 가깝다는 사실을 절감한다. 소설가 박형서의 전언에 의하면 "타인을 진심으로 이해한다는 건 어려운 일이 아니다. 그건 불가능한 일이다". 물론 소통, 교감, 공감, 연대에 대한 모든 희망을 버린 것은 아니다. 그러나 때로 그런 마음은 정직하지 못한 상투적 포즈인 경우가 많다. 내 가장 가까운 사람의 마음의 결을 이해하는 일조차도 정말 쉽지 않은 일이다. 오히려 그 사람을 이해했다고 생각하는 순간이 오만을 부르지 않을까.

자이니치 작가 김학영의 대표작「얼어붙은 입」은 바로 그 소통과 교감, 공감, 이해가 얼마나 힘든 일인가를 웅변하는 소설이다. 주인공이 결국 선택한 쓸쓸한 길은 한 사람과 교감하고 이해한다는 것이 얼마나 힘겨운 과정인지를 보여준다. 혼자 걷는 길은 물론 깊은 고독을 동반할 것이나, 주인공의 선택이 단지 자폐적이라고 말할 수는 없겠다. 그 고독은 인간에 대한 깊은 사유와 고민을 동반한 경지이기 때문이다.「얼어붙은 입」에 대한 긴 에세이를 쓰고 싶다.

김학영, 강상구 역,『얼어붙은 입』, 한진출판사, 1985.

비정성시를 만나던 푸르스름한 저녁

3.4 ———

문인들 모임이나 문단 행사에 거의 가지 않는 은둔형 비평가이자, 문단에서 망명한 비평가에 가까운 나는 때로 모임이나 술자리에 나가지 않기에, 일급정보나 지식에 뒤처지지 않을까 생각하던 시절도 있었다. 뒤처지면 뒤처지는 대로 감수할 일이라고 생각했었는데, 페이스북은 그 어떤 모임이나 뒷담화, 사적인 술자리 못지않게 때로 고급 정보와 깊고 넓은 지식, 다양한 입장과 생생한 사유를 접하게 만드는 정보의 산실이다. 이래서 나는 페북을 그만둘 수 없는 게 아닌가 싶다. 페이스북을 하지 않았다면 결코 없었을 소중한 교류, 환대, 우정, 마음의 연대, 자극, 각성, 만남, 강연 요청, 정보의 습득을 체험하며 정말 많은 것을 느끼고 있다(물론 페북의 한계나 소모적인 면도 꽤 있을 터인데, 그 점에 대해서는 다른 글에서 쓰고 싶다). 이러하다면 이제 SNS를 전혀 하지 않은 문인을 은둔형이라고 불러야 할지도 모르겠다. '은둔'의 개념도 시대의 변화에 맞게 바뀌어야 하는 게 아닐까.

7.22 ——— 이중섭, 김영갑, 정영창

『화산도』 유적지를 둘러보고 난 후, 20일과 21일 사이에 이중섭 미술관, 김영갑 갤러리 '두모악', 재독화가 정영창 전시회를 돌아보았다. 작은 미술관, 아담한 사진 갤러리, 병원을 개조한 전시장이지만, 어떤 세련되고 거대한 미술관보다 삶과 인생, 죽음,

예술, 열정에 대해 많은 생각을 하게 만든다. 이중섭(1916~1956)과 김영갑(1957~2005)은 40대에 병으로 세상을 등진 불우한 예술가이며 정영창(1957~)은 인물화를 통해 현대사의 상처를 정면으로 응시하는 재독화가이다. 그들은 개인적 비운, 사회·역사적 상처와 사투하며 누구보다도 개성적이며 뛰어난 예술 작품을 남겼다.

이들이 남긴 작품을 찬찬히 응시하고 글을 읽으며, 이중섭과 김영갑, 정영창이 얼마나 열정과 사랑으로 가득 찬 예술가였는지를 새삼 절감한다. 어떤 찬란한 자연을 만나는 것 이상으로 이들의 그림과 사진은 폐부를 깊이 헤집는다. 과연 행복한 삶과 뛰어난 예술적 성과는 반비례하는 것인가. 이런 생각이 들 때마다 나는 소설가 조세희가 말했던 다음과 같은 구절을 떠올렸다.

나에게 큰 감동을 준 예술가들은 이상하게도 뛰어난 작품을 남긴 것과 상관없이 개인적으로는 모두 불행한 삶을 살고 간 사람들이었다. 어떤 사람은 회의에 빠져 자기의 작품을 모두 없애버리라고 했고, 어떤 예술가는 절망에 차 자살을 했다. 스무 살 나이에 내가 제일 좋아했고 지금도 좋아하는, 많은 사람이 '인류의 자산'으로 칠 훌륭한 작품을 남긴 또 다른 예술가는 그의 시대가 대주는 고통들과 싸우다 지쳐 죽고 말았는데 그의 장례식에 모인 사람은 가족을 포함해 여섯 명밖에 안 되었다. (『난장이가 쏘아올린 작은 공』「작가의 말」 중에서)

나를 포함하여 그 누구도 스스로 불행한 삶을 원하지는 않으리라. 뛰어난 예술을 위해 치명적 불우를 감수할 이는 많지 않을 테다. 우리는 모두 다 행복을 꿈꾼다. 그러나 참으로 좋은 작품은 대개 불안과 위기, 상처를 통과하며 탄생했다는 사실은 예술과 삶 사이의 통렬한 아이러니다. 글을 쓰는 입장에서 어떠한 삶을 살아야 하는지에 대해 곰곰이 생각해보는 주말 아침이다. 제주에서 돌아와, 집 서재에 앉아 있다. 이제 내 글을 써야 할 시간이다.

조세희, 『난장이가 쏘아올린 작은 공』, 이성과힘, 2000.

7.27 ──

문득 엄마 손을 꼭 잡으며 전차를 타고 어딘가로 가던 1968년의 화창한 봄날이 떠오른다. 누구나 이런 아득한 순간이 있으리라. 그때 서울 전차 삯이 단 5원이었다. 하늘나라에 계신 엄마가 많이 보고 싶다. 그 시절 그 노래를 들으며 그리움을 달래본다.

8.28 ──

심보선 시집 『오늘은 잘 모르겠어』를 읽다 보니 「심보르스카를 추억하며」라는 시가 마음을 깊이 스치며 지나간다. 실제로 심보선의 시편에는 비스와바 쉼보르스카를 창조적으로 변주한 시풍이 꽤 발견된다. 물론 구의역 사건의 비극을 다룬 「갈색 가방이 있던 역」 같은 시는 그 이상이다. 지금 페북을 뜨겁게 달구는 모 문학상의 후보가 되는 것을 고사하기도 했던 심보선 시인의 마음에 대해 생각해본다. '쉼보르스카와 심보선'이라는 제목의 에세이를 쓰고 싶은 비 내리는 저녁이다. 오늘 세상을 등진 가수 조동진의 노래 〈나뭇잎 사이로〉를 들으며, 마음 맞는 친구와 조용히 술 한잔 하고 싶은데 연락할 사람이 없다. 고민하다 전화한 후배는 선약이 있단다. 다른 친구들도 다 바쁜 것 같다. 심보선 시집을 읽는 쓸쓸한 저녁이다.

심보선, 『오늘은 잘 모르겠어』, 문학과지성사, 2017.

9.23 ———

갑자기 고등학교 2학년 시절 등교길 8번 버스에서 자주 조우했던 안내양 누나의 선한 얼굴과 피곤한 표정, 옅은 미소가 떠오른다. 너무나 단아하고 좋은 인상을 지닌 그 누나에게 회수권을 건네며 왠지 슬픈 생각이 들었던 그 순간이 아직도 내 기억 깊은 지층에 남아 있다. 누나가 '오라이' 하면 짐짝처럼 채워진 만원 버스가 가까스로 출발하곤 했었지. 수유리에서 정릉으로 가던 그 버스에서 나는 숱한 서울예고, 고려고 학생들을 만나곤 했었지. 그들은 지금 어디서 무엇을 하며 살고 있을까. 그 안내양 누나는 그 시절을 어떻게 기억하고 있을까.

9.29 ———

서경식의 에세이를 읽다가 강상중의 에세이를 읽는 느낌은 진한 에스프레소 커피를 마시다 소프트아이스크림을 먹는 것 같다. 물론 세상에는 이 두 가지가 다 필요하다. 때로 더위에 지친 사람에게는 소프트아이스크림이 간절하리라. 그러나 내 마음을 깊이 훔치는 것은 에스프레소 커피다.

10.11 ——

글을 쓰는 사람들은 대부분 그 증상을 알 것이다. 계속 늦추고, 어디 정신을 팔 수 있는 일이 없나 계속 두리번거리고, 당연한 일 외에는 무슨 일이든 할 용의가 있는 상태. (…중략…) 마르크스는 보통 마감 시간이 다 가왔을 때에야 최선을 다했다. (프랜시스 윈의 『마르크스 평전』 중에서)

며칠 전부터 이 고질적인 증상이 시작됐다. 그래서 정작 써야 할 원고는 내팽개치고, 페북에 이 단상을 쓰는 것이다. 게다가 롯데가 몇 년 만에 프로야구 포스트시즌에 올라온 게 아닌가. 원고 마감하는 방식이라는 면에서 보면, 나는 전형적인 마르크스 스타일이다. 내가 가장 부러워하는 사람은 늘 공식적인 원고 마감 잘 지키는 스타일, 예를 들어 오길영 비평가 같은 문인이다.

프랜시스 윈, 정영목 역, 『마르크스 평전』, 푸른숲, 2001.

11.9 ——

기형도 문학관이 내일 개관한다는 소식을 들었다. 내가 가장 좋아하는 시인 중 한 명이기도 하다. 늦가을에서 초겨울로 이어지는 이즈음 늘 학생들과 기형도 시편을 읽는다. 어제는 수업 시간에 「대학시절」과 「그집 앞」을 낭독했다. 실연의 도저한 아픔과 "이 세상에 같은 사람은 없"다는 걸 청춘들에게 알려주고 싶었다. 이 시편을 처음 읽은 지 어언 28년의 세월이 흘렀다. 그때의 신선한 충격이 아직도 뇌리에 남아 있다. 내게는 여전히 「그집 앞」은 사랑의 상실을 노래한 최고의 서정시, 내 마음을 아리게 하는 슬픈 연애시다. 올겨울이 지나가기 전에 광명시에 있는 기형도 문학관에 가볼 생각이다. 쓸쓸한 우수가 사무치는 늦가을이다.

11.28 ──────

「여성 수도자의 마지막 가는 길」이라는 기사를 읽었다. 나는 이런 삶을 살 의지도 능력도 없는 평범하기 그지없는 사람이지만, 이처럼 고귀한 삶을 영위한 분들을 깊이 존중하는 마음을 가지고 싶다. 이 세상에 태어나 한평생 살아간다는 것은 무슨 의미일까. 점점 나중에 어떻게 생을 마감할까에 부적 관심을 보이는 나를 발견한다. 병원에 계신 아버지 때문일까, 주위에 아픈 사람이 이전보다 많이 보인다. 자신의 육체를 스스로 가눌 수 없을 때 어떤 선택을 해야 할까. 영화 〈아무르〉가 제시한 인생의 근본적 주제이기도 하다. 의연한 죽음에 대해 생각해본다. 슬프면서도 마음을 따뜻하게 만드는 기사다.

12.2 ———

정말 오래간만에 술 취해 집에 간다. 마음이 맞는 사람들과 대화하면 자연스레 취한다. 사람이 곧 술이다. 모처럼 문학과 문인, 언론, 글쓰기에 대해 함께 얘기했다. 자정이 넘은 시간의 2호선은 출근 시간만큼이나 사람이 가득하다. 곳곳에 대화 소리, 마주 보며 얘기하는 연인, 피곤에 절은 표정, 유예된 희망들. 12월의 첫 불금은 이렇게 슬프면서도 다정하다. 그래, 그냥 이렇게 내가 머물 수 있는 영역 안에서만 살아가는 거다. 그거로 충분하다.

12.5 ———

'자이니치 작가를 읽는 모임'이 40년간 453회에 걸쳐서 매달 끊임없이 진행되었다니, 대단하다. 이들의 어떤 정열이 이토록 긴 시간 동안 지속적인 만남을 가능하게 했을까. 상처받은 자이니치의 집념일까, 혹은 상처받은 사람들을 이해해야 한다는 책무감일까. 이 모임을 이끄는 이소가이 지로磯貝治良 선생의 저작이 아직 한국에 소개되지 못한 게 아쉽다. 특히 2015년 신간사新幹社에서 나온 『'재일'문학의 변용과 계승在日'文学の変容と継承』이 속히 번역되어야 할 것이다. 기사 사진 속 노란 리본을 달고 있는 이소가이 선생의 모습이 참 인상적이다.

12.15 ──────

문 대통령의 베이징대 연설은 역사에 대한 통찰력, 문화적 식견, 인문적 교양이 없이는 결코 쓰기 힘든 그런 품격 있는 내용이다. 물론 최근의 한중 관계를 의식한 배려와 정치적 감각도 발견할 수 있다. 대학 도서관을 관장하는 입장에서 보니, 북경대 도서관에 대한 언급이 참 인상적이다. 김산의 『아리랑』에 대한 언급도 매우 흥미롭다. 대통령이 이 연설문 전문을 직접 쓰지는 않을 것이다. 신동호 비서관을 비롯한 연설 담당 비서진에서 작성하겠지만, 곳곳에 문재인 대통령이 직접 손본 흔적이 드러난다. 적어도 글쓰기 능력과 그 품격, 문화적 통찰력이라는 점에서 보면 이만한 리더를 가진 나라도 흔치 않으리라. 이런저런 아쉬움이 없는 건 아니지만, 아직도 나는 그를 꽤 좋아하고 있는 것 같다.

님 웨일스·김산, 송영인 역, 『아리랑』, 동녘, 2015.

12.24 ──────

아, 오즈 야스지로(1903~1963) 아카이브 특별전이라니. 이번 기회에 상연되는 모든 작품을 다시 한번 보며, 그 담백하기 그지없는 영상과 자연스런 감동을 다시금 느끼고 싶다.

1.9 ──

인생을 조금 살다 보니, 사람의 행위와 세계관을 둘러싼 여러 가지 차이를 낳는 결정적인 요인 중의 하나는 결국 기질이나 취향이라는 생각이 든다. 특히 문학이나 예술이 그렇다(물론 경제적, 계층적 차이는 다른 맥락에서 얘기되어야 하겠다). 예를 들어 서로 완연히 다른 감성을 지닌 서경식과 황현산의 글에 대한 평가와 호오도 근본적으로 기질이나 취향의 차이에서 연유하지 않을까 싶다. 그 차이는 어떤 토론이나 대화를 통해서도 메꿀 수 없다. 타자의 취향을 이해하기 위한 마음만이 존재할 뿐, 그 차이를 메우고자 하는 노력은 대개 실패하리라. 그런 의미에서 이 시를 천천히 읽어보고 싶다. 비스와바 쉼보르스카의 이 시는 바로 취향과 기질의 차이를 노래한 아름다운 가편佳篇이다.

선택의 가능성 Możliwości

비스와바 쉼보르스카

영화를 더 좋아한다.

고양이를 더 좋아한다.

바르타 강가의 떡갈나무를 더 좋아한다.

도스토옙스키보다 디킨스를 더 좋아한다.

인간을 좋아하는 자신보다

인간다움 그 자체를 사랑하는 나 자신을 더 좋아한다.

실이 꿰어진 바늘을 갖는 것을 더 좋아한다.

초록색을 더 좋아한다.

모든 잘못은 이성이나 논리에 있다고

단언하지 않는 편을 더 좋아한다.

예외적인 것들을 더 좋아한다.

집을 일찍 나서는 것을 더 좋아한다.

의사들과 병이 아닌 다른 일에 관해서 이야기 나누는 것을 더 좋아한다.

줄무늬의 오래된 도안을 더 좋아한다.

시를 안 쓰고 웃음거리가 되는 것보다

시를 써서 웃음거리가 되는 편을 더 좋아한다.

명확하지 않은 기념일에 집착하는 것보다

하루하루를 기념일처럼 소중히 챙기는 것을 더 좋아한다.

나에게 아무것도 섣불리 약속하지 않는

도덕군자들을 더 좋아한다.

지나치게 쉽게 믿는 것보다 영리한 선량함을 더 좋아한다.

민중들의 영토를 더 좋아한다.

정복하는 나라보다 정복당한 나라를 더 좋아한다.

만일에 대비하여 뭔가를 비축해놓는 것을 더 좋아한다.

정리된 지옥보다 혼돈의 지옥을 더 좋아한다.

신문의 제1면보다 그림 형제의 동화를 더 좋아한다.

잎이 없는 꽃보다 꽃이 없는 잎을 더 좋아한다.

품종이 우수한 개보다 길들지 않은 똥개를 더 좋아한다.

내 눈이 짙은 색이므로 밝은 색 눈동자를 더 좋아한다.

책상 서랍들을 더 좋아한다.

여기에 열거하지 않은 많은 것들을

마찬가지로 여기에 열거하지 않은 다른 많은 것들보다 더 좋아한다.

숫자의 대열에 합류하지 않은

자유로운 제로(0)를 더 좋아한다.

기나긴 별들의 시간보다 하루살이 풀벌레의 시간을 더 좋아한다.

불운을 떨치기 위해 나무를 두드리는 것을 더 좋아한다.

얼마나 남았는지, 언제인지 물어보지 않는 것을 더 좋아한다.

존재, 그 자체가 당위성을 지니고 있다는

일말의 가능성에 주목하는 것을 더 좋아한다.

비스와바 쉼보르스카, 최성은 역, 『끝과 시작』, 문학과지성사, 2007.

1.12 ───

동시대의 삶의 사회적 예각을 놓치지 않으면서 그러나 과도한 격정에 시를 넘기지 않는 것, 시대를 앓되 자신의 성량과 창법의 개성을 함부로 하지 않는 것, 분노와 슬픔을 지니되 단정함을 유지하는 것, 아픔을 나누어 품으면서 미움에 눈멀지 않는 일, 그것들은 긴요한 만큼이나 결코 쉬운 일이 아니다. (김사인의『시를 어루만지다』중에서)

아, 참 좋다. 특히 "분노와 슬픔을 지니되 단정함을 유지하는 것"은 얼마나 쉽지 않은 경지인가. 간곡한 마음으로 그런 글을 쓰고 싶다.

김사인 편, 김정욱 사진,『시를 어루만지다』, 도서출판b, 2013.

1.22 ───

내가 가장 하기 싫은 일은 바로 '학생들을 가르치는 일'이었던 것입니다. 나 스스로도 전혀 깨닫지 못한 사실이었습니다. (김정운의『가끔은 격하게 외로워야 한다』중에서)

어떤 심정에서 이렇게 얘기하는지 잘 알겠다. 자신의 강의가 학생들에게 사기를 치는 것 같다는 탄식도 무슨 말인지 느낌이 온다. 아직 정년이 한참 남은 그가 정년보장 교수직을 그만둔 것을 나는 십분 이해한다. 내 경우는 좀 복합적인 것 같다. 어떤 순간은 강단에 있을 때, 학생들과 함께 있을 때가 가장 행복하지만, 또 어떤 순간은 강의를 할 때 참 나랑 안 맞는 일을 가까스로 한다는 생각이 든다.

2006년 봄 정년을 13년 남기고 서울대 불문과 교수직을 스스로 그만둔 소설가 이인성의 결단과 그 심리가 이즈음 충분히 이해가 된다. 나야 경제적·문화적 대안이 없으니 당분간은 스스로 행복한 강의를 위해 노력해야 하는 사정이다. 하지만 가끔은 대학을 그만두고 좀 더 자유롭게 쓰며 살고 싶다는 생각을 한다. 특히 대학의 몰락이 본격적으로 운위되는 이즈음 이렇게 생각하곤 한다.

물론 알고 있다. 이런 생각조차도 상대적으로 대학이 얼마나 안온한 공간인가를 깨닫지 못한 책상물림 서생의 턱없는 환상과 착각에 불과하다는 사실을. 여전히 대학을 꿈꾸며 대학에 환상을 지닌 분들에게는 이런 생각이 세상 물정에 둔감한 대학 선생의 한가한 소리로밖에 들리지 않으리라. 그러나 모든 사람은 자신에게 주어진 상황 속에서 새로운 변화와 환상을 꿈꿀 권리가 있다. 인간의 모든 열망과 동경은 상대적이다. 그러니 이런 열망과 환상조차도 지니지 못하는 인생은 얼마나 쓸쓸한 것인지. 모두 다 새로운 변화와 환상을 두려워하는 시대를 우리는 살고 있다. 자기가 가진 그 작은 자유마저 혹시 빼앗기지 않을까 걱정하며, 쳇바퀴를 도는 다람쥐처럼.

김정운, 『가끔은 격하게 외로워야 한다』, 21세기북스, 2015.

1.28 ———

벤야민의 경우처럼 니체도 여자들에게 그리 매력적인 존재가 아니었던 모양이다. 하기사, 장동건이나 레오나르도 디카프리오의 얼굴을 붙인 채 두문불출하며 하루 열 시간씩 책을 보고 글을 쓰기는 쉽지 않으리라. (김영민의 『동무와 연인』 중에서)

그토록 명민한 글을 쓰는 비평가이자 매력적인 에세이스트인 벤야민이 흠모했던 연인 아샤 라시스에게는 별다른 매력적인 대상이 아니었다는 사실이 무척 흥미롭다. 세상의 관계와 진실, 서로의 관심과 염원은 때로 이렇게 어긋나는 것이다. 라시스와 잘 맺어졌다면, 벤야민이 몰핀을 삼키며 죽음에 이르는 마지막 여정과는 다른 운명에 처했으리라. 진실의 심연을 응시하는 건 늘 슬프다.

김영민, 『동무와 연인』, 한겨레출판, 2008.

1.30 ———

"승지 씨는 자상한 혁명가세요."(김석범의 『화산도』 중에서)

'자상한 혁명가'라. 오늘의 화두다. 인간에 대한 따뜻한 마음을 간직한 혁명가에 대해 상상해보는 오후다.

김석범, 김환기·김학동 역, 『화산도』(전 12권), 보고사, 2015.

2.12 ———

천지유정天地有情. '세상의 모든 존재에 사랑이 깃들어 있다'는 의미다. 내가 사랑해 마지않는 영화 〈비정성시〉를 만든 대만의 영화감독 허우 샤오시엔이 좋아했던 말이라는데 〈걸어도 걸어도〉, 〈바닷마을 다이어리〉, 〈어느 가족〉을 만든 일본의 영화감독 고레에다 히로카즈도 이 문구를 에세이집 『걷는 듯 천천히』에서 인상적으로 인용한 바 있다. 책에서 '만물'이라고 번역되어 있는데, 나는 '세상의 모든 존재'라고 번역해보았다. 이 문구를 마음에 깊이 넣어두고 싶다. 세상에 아무런 의미가 없는 삶은 없다.

고레에다 히로카즈, 이영희 역, 『걷는 듯 천천히』, 문학동네, 2015.

3.5 ———

인생이란 게 쓸쓸하고 허무할 따름이구나. 너무나 가까이 지내다 세상을 뜬 분들을 생각하면 다 의미 없는 것 같다. 특히 그들이 의로운 일을 하던 분이기에 더 그런 마음이 생기는 것 같다. 아무도 기억하지 못하는 고귀한 삶과 죽음.

4.10 ———

나이 쉰이 넘어서부터 뭔가 절실히 깨닫는 게 있다. 바로 독서의 중요성이다. 살아가는 데 이만큼 중요한 게 있을까. 젊어서 아무리 공부를 잘했어도 결국 독서를 제대로 하지 못한 사람은 인생을 풍요롭게 살 수 없다. 그것밖에는 길이 없다. 책을 열심히, 꾸준히 읽어야 한다. 하루라도 독서를 하지 않고서는 찝찝해서 잠이 오지 않을 정도가 되어야 한다. (박찬운의 『경계인을 넘어서』 중에서)

너무나 익숙한 얘기지만 이 진실을 체감하기란 쉽지 않다. 누구나 다 아는 것처럼 보이는 책 읽기의 소중함을 우리는 정말 제대로 알고 있는 걸까. 어떤 경우는 나이 쉰이 넘어서야 비로소 이 사실을 제대로 알게 되리라. 나 역시 이삼십 대에는 책 읽기의 중요성을 지금처럼 온전히 느끼지 못했다. "독서를 제대로 하지 못한 사람은 인생을 풍요롭게 살 수 없다"는 말에 공감한다. 물론 그 '풍요'의 기준이 사람마다 다르겠지만 말이다. 각 분야의 고수들이 수십 년에 걸쳐서 깨달은 소중한 정보와 지혜, 노하우, 감성, 지성을 단 하루에 접할 수 있다는 것, 책이 아니라면 어떻게 이게 가능하겠는가.

좋은 책을 읽는다는 건 타자의 인생과 지혜를 연료 삼아 그만큼 더 성숙하고 지혜로워진다는 것을 의미한다. 그렇지만, 내가 책을 읽는 이유는 단지 성숙이나 지혜로움 때문만은 아니다. 그 어떤 쾌락도 좋은 책과 만나는 쾌락에 비길 수 없기 때문이다. 책 읽기는 무엇보다 쾌락이다.

박찬운, 『경계인을 넘어서』, 스마트북스, 2016.

5.21 ——

"혁명이 인성을 바꿀 수 없다."(레지 드브레) 과연 그러하리라. 혁명 이후에도 우리는 누군가를 질투할 것이며, 남보다 더 많은 것을 가지고 싶고 남보다 더 멋진 사람이 되고 싶다는 인정욕망에서 전혀 자유롭지 않으리라. 『상실의 시대, 동양과 서양이 편지를 쓰다』에서 자오팅양은 드브레에게 보낸 편지에서 "혁명의 격정이 지나간 뒤 비천한 인성이 재빠르게 원래대로 되돌려 놓는다"고 적었다. 그래서 우리는 비관주의에 마음의 한자리를 내줄 수밖에 없는 것인가.

혁명이나 개혁에 대한 순진한 환상을 가지기에는 이미 이 땅의 역사는 인간의 비천함과 욕망, 이중성을 충분히 체험했다. 그러나 편한 비관주의자가 되기에는 지금 한국사회에는 산적된 문제가 많다. 모든 게 자본의 논리로 돌아가는 사회, 사회 전체에 극심한 경쟁이 일상이 된 사회. 이런 사회는 사람들의 인성과 태도마저 변화시킨다. 수많은 패배자와 상처받은 사람을 양산하는 사회, 서로가 서로에게 적대적인 사회, 서로 간의 깊은 우애와 신뢰, 연대감을 찾기 힘든 사회. 이런 사회에서 여성 혐오나 일베가 싹튼다. 다양성이 최대한 존중되어야 할 문화예술계도 마찬가지다. 극소수의 성공한 예술가만이 부각된다.

혁명은 쉽지 않겠지만 정말 뭔가 근본적인 변화가 필요하다. 그 변화가 사람들 간의 관계와 정서까지 바꾸게 만드는 그런 변화

가 절실하다. 그 물꼬가 어떻게 가능할까, 이런 생각을 해보는 주
말 아침이다.

6.20 ───

　한때는 낭만주의적 심성과 기질을 지닌 것이 부끄럽기도 했
는데, 이제는 그냥 있는 그대로의 나를 인정하기로 했다. 그게 내
실존이며, 한계이기도 하다. 『비평의 고독』 서문에 나는 이렇게 적
었다.

　　이런 선택을 하면 결국 고립되리라는 것, 패배하리라는 것을 알면
　　서도 그렇게 갈 수밖에 없는 그런 순간들이 있었다.

　생각해보니, 이런 태도야말로 낭만주의자의 심성이 아닌가.
어떤 사람에게는 이런 태도가 지나치게 이상주의적이라거나 비현
실적이라고 여겨질 수도 있겠다. 그런데 어찌하랴. 나는 이렇게 살
아갈 수밖에 없는 기질과 피를 타고난 것을. 이런 의미에서 나는
분명 낭만주의자다. 낭만은 현실을 견디는 힘이 된다. 낭만이 없다
면 내 삶은 얼마나 더 쓸쓸할까. 갓 출간된 『비평의 고독』을 더 사
랑해야겠지만, 내가 펴낸 책 중에서 최고의 제목은 역시 『낭만적
망명』이다.

권성우, 『비평의 고독』, 소명출판, 2016.

6.25 ── 노스승과의 대화

작년 말보다 건강이 좋아지신 것 같다. 한결 마음이 놓인다. 어떤 체계도 없이 자유롭게 이어지며 끊임없이 새로운 화두가 생성되는 세 시간여의 대화.

서빙고동 신동아아파트 13층 거실에서 바라본 한강 풍경, 더블린의 추억, 하코다테의 야경, 도쿄 유학시절의 아침식사, 도쿄의 까마귀 소리, 숙명여대와 숙명여대 교수들에 대한 기억, 당신의 열정적 강의, "저는 선생님의 수많은 책 중에서 『내가 읽고 만난 일본』을 가장 사랑합니다. 그 책에서 선생님의 내면과 고독이 가장 정직하게 드러나 있다고 생각합니다", "권 교수, 이번 비평집 제목이 참 좋네", "선생님의 예술기행, 학술기행에 대해서는 누군가 종합적인 글을 써야 하지 않을까요?", 작년 12월 한국현대문학관 전시회의 추억, 장충동 족발집, 제자의 눈물, 일본문화의 저력, 도쿄에서 접했던 3대째 내려오는 장어구이 집의 미각, 미국 햄버거에 대한 일화, 일본 유학시절의 고독, 해방되기 이전에 다녔던 유치원의 추억(사모님), "이제 유럽행 비행기의 긴 시간을 견뎌내기 힘들어 AKSE에 갈 수 없네", "아무리 생각해도 선생님은 근본적으로 허무주의자입니다" 에토 준, 오무라 마스오, 호테이 도시히로 교수, 고故 박혜정, 조관자 교수, 전시회 마지막 모임의 감동, 죽염수와 건강……

거실에서의 대화로 시작해 이촌동 생선구이 집에서의 점심

식사를 거쳐 파리바게트에서 차 한잔으로 마감하다. 다시 글 쓰고 살아갈 힘을 얻어온 하루였다.

7.4 ——

일본어가 모어인 재일조선인이 한국어(조선어)를 제대로 구사하는 게 얼마나 쉽지 않을지 상상해본다. 서경식의 형 서준식은 한국의 감옥에서 일부러 일본어책을 반입하지 않았다고 한다. 오로지 한국어를 제대로 공부하기 위해서. 독서를 무척이나 즐겼던 그는 서투른 한국어책 대신 얼마나 일본어책을 읽고 싶었을까. 그러나 그는 인생의 모든 것을 거는 자세로 일본어책을 멀리하고 감옥에서 오로지 한국어로 읽었다.

동영상 토론을 통해 재일조선인 정영환 교수의 한국어 구사가 훌륭하다는 사실을 확인하며 여러 가지 생각을 하게 된다. 물론 내용도 충분한 설득력이 있다. 설사 '우리학교' 출신이라 하더라도, 이 정도의 논리적인 한국어를 구사하기 위해서 그는 얼마나 엄청난 노력을 기울였을까. 아마도 모든 인생과 열정을 건 선택이었으리라. 이미 읽은 글도 있지만, 한국에 돌아가는 대로 정영환 교수의 책 『누구를 위한 화해인가』를 꼼꼼하게 읽어보고 싶다. 일본 교토에서 모든 걸 걸고 한국어(조선어)의 아름다움을 지킨 시인 윤동주의 시비를 본 날, 『제국의 위안부』에 대한 토론 동영상을 보니 만감이 교차한다. 일본에서 스스로 재일조선인으로 규정한 사람들이 얼마나 숱한 차별과 고통, 슬픔 속에서 살아가는지를 조금이라도 안다면, 1980년생 신세대 재일조선인 학자 정영환의 마음, 상처, 고독, 열정에 대해 한 번쯤 생각해볼 필요가 있지 않을까. 박유하 교수의 『제국의 위안부』에 대한 찬반 논의를 떠나 나는 이 점을 얘기하고 싶었다.

언어, 모어, 재일조선인의 슬픔, 디아스포라의 모든 인생을 건 열정과 투쟁에 대해 생각하는 밤, 술 취한 교토의 밤이다.

7.14 ──

비 오는 하코다테 밤거리를 홀로 헤매다 스타벅스를 발견하고 카푸치노 한잔으로 고적감을 달래는 중이다. 이국의 도시에 하루종일 비가 오고 함께하던 사람들과 헤어져 혼자가 되니 카푸치노가 감미롭게 느껴지며 흘러나오는 재즈 음악이 정답게 생각될 정도로 쓸쓸하다. 페친 정승국 선생의 표현을 빌리면, 홀로 하는 여행에서 쓸쓸함은 마치 안개처럼 몸속에 스며든다. 나만 있는 서재에서 비평 쓸 때의 고독과는 완전 다른 감각을 선사하는 그런 홀로인 여정의 고독이다. 덕분에 내 인생, 내 글쓰기에 대해 다시 생각해보는 이국 소도시의 비 오는 밤이다.

7.25 ──

소설가 최인훈은 1970년대 중반 미국 이민을 심각하게 고려한다. 평생을 미국에서 보내는 삶을 아주 구체적으로 상상하고 설계한다. 그는 실제로 서적창고에서 책을 관리하는 직업까지 모색했다. 북한에서 월남한 부모님과 형제자매들도 모두 미국에 이민했던 터. 1970년대는 미국 이민이 커다란 붐이었다. 그에게 미국 이민을 끝까지 선택하지 못하게 만든 것은 자신이 모국어로 글을 쓰는 작가라는 자의식이었다. 이 에피소드가 만년의 걸작 『화두』에 자세하게 등장한다. 그는 결국 미국 생활을 접고 한국으로 돌아온다.

가끔은 외국으로 이민하는 삶에 대해 구체적으로 상상한다. 함께 사는 사람은 이런 삶을 바라는 것 같다. 이즈음 헬조선이라는 표현이 등장하면 그녀는 종종 이민을 생각하지 않을까 싶다. 그녀의 모계 친척들은 풍광 좋고 청량한 날씨의 미국 캘리포니아에 흩어져 산다. 외국에 대한 환상은 없지만 가끔은 아무도 나를 알아보지 않는 이국에서 평생 살아가는 상상을 해보곤 한다. 그런 생각을 하다가도, 나는 모국어로 글을 쓸 수밖에 없는 운명이라는 것을 생각하며, 이민 생각을 가만히 접는다. 최인훈처럼.

글 쓰는 사람에게 모국어는 도저히 벗어날 수 없는 숙명이자 굴레다. 이런 생각을 왜 하는가 생각해보니, 22박 23일에 걸친 일본 학술기행의 후유증이다. 귀국 후 며칠간 몽롱한 상태로 지냈다. 이제 서울이다. 이 치열하고 역동적인 땅에서 다시 내 삶은 시작되어야 하며, 한국어로 글을 써야 한다. 한국어는 내가 가장 섬세하고 치밀하게 운용할 수 있는 언어, 말하자면 문학적 글을 쓸 수 있는 유일한 언어다. 그렇다면 나는 평생 한국어, 한국문학을 사랑할 수밖에 없는 운명이겠다.

7.28 ——

시인 김종삼의 영결식을 전하는 이시영 시인의 문장에 눈길이 오래 머문다. "길음성당에서 천주교식으로 거행된 그의 영결식엔 그 많은 문인들 중 시인 한 사람과 그를 따랐던 문학청년 한 사람만이 참석해 그의 마지막을 지켜보았다고 한다."(『시 읽기의 즐거움』, 31면) 왜 나는 늘 이런 쓸쓸함에 이토록 마음이 움직이는 걸까.

이시영, 『시 읽기의 즐거움』, 창비, 2016.

8.2 ——

한국일보 최윤필 선임기자의 『가만한 당신』을 읽었다. 대체로 2014년에서 2016년 사이에 사망한 서른다섯 명의 삶과 죽음에 대해서 다룬다. 한국일보에 연재되었던 내용을 수정·보완한 글인데 이렇게 단행본으로 묶이니 통일성이 보인다. 이 서른다섯 명 중에서 한국 사람은 없으며 이들이 대개 미국 사람이라는 점이 조금 아쉽지만 그게 이 책의 커다란 흠은 아니다. 그 서른다섯 중에 크게 유명한 인물은 없지만(가령 당신이 30년간 감옥에 있었던 억울한 사형수 글렌 포드(1949~2015)를 안다면 시사와 상식에 꽤 밝은 사람일 테다), 이들의 인생, 삶과 죽음은 계속 마음을 파고든다. 그래서 이 책을 읽으며 인생이란 무엇인가에 대해 다시 생각하게 되었던 것 같다.

이 책에서 다룬 대상 중에는 내부고발자, 피해자, 억압받은 자, 폭력과 비참을 겪는 자들이 많다. 뉴욕 경찰청의 내부고발자였던 로버트 루시를 다룬 대목에서 저자는 "당시의 그에겐 소속감이 절실했다. 부패는 가장 강력한 유대의 끈이었다"고 적었는데, 이즈음 한국사회를 풍자하는 듯하다. 간접적으로나마 이 책에 등장하는 이들의 삶을 대신 살아본 느낌이다.

이 책에는 위대한 삶, 억울한 삶, 안타까운 삶, 용기 있는 삶, 회한의 삶 그리고 인생을 지배하는 우연과 행운, 선택, 불운, 축복, 모순, 부조리, 운명, 이 모든 것들이 스며 들어가 있다. 가끔 문학책 이상으로 문학적인 책을 발견할 때가 있다. 그런 책은 문학의 범주에 대한 근본적인 질문으로 이끈다. 이 책이 그렇다. 저자의 단아하고 유려한 문장력은 덤이다. 저자는 책머리에 "죽음 이후는 없다고 생각한다. 만일 내가 죽게 된다면 내 방식대로 죽고 싶다"고 적었다. 내 마음도 같다.

최윤필, 『가만한 당신』, 마음산책, 2016.

8.16 ——

영화 〈터널〉을 보고 이런 생각을 했다. 터널에 갇힌 사람이 주인공 하정우와 남지현 분의 나중에 죽은 여자 외에도 더 있을 가능성이 존재한다는 것. 사정상 휴대폰으로 소식을 전할 수 없는 상황에 처한 그런 사람도 충분히 가능하리라. 이렇게 보면 〈터널〉

은 2프로가 부족하다.

이 사회에 공식적으로 드러난 피해나 온전히 알려진 죽음이 아닌, 드러나지 못한 피해, 죽음, 상처는 얼마나 많을까. 혹은 은폐된 죽음과 비리는 또 얼마나 많을까. 우리가 제대로 인지하지 못한 죽음과 상처는 또 얼마나 존재할까. 〈터널〉 자체로도 의미 있는 영화지만, 여기서 한 걸음 더 나가야 한다. 미처 인식하지 못한 타자의 상처에 대한 더 넓고 깊은 상상력이 이 시대의 예술에 필요하다.

8. 25 ——

결혼 생활 일 년 만에 커니 부인은 길게 보면 이런 남자가 낭만적인 사람보다 낫다는 것을 눈치챘지만 정작 자신의 낭만적인 생각은 단념하지 않았다. (제임스 조이스의 단편소설 「어머니」 중에서)

자신의 낭만적 열망은 포기하지 않으며, 실제 생활에서는 현실을 선택하는 사람의 마음을 절묘하게 묘사한 대목이다. 역시나 조이스의 인물 심리 장악은 참 대단하다.

제임스 조이스, 이종일 역, 「어머니」, 『더블린사람들』, 민음사, 2012.

10.23 —— 사과의 방식에 대해

작년부터 불거진 신경숙 표절 논란, 최순실 사태 등 일련의 사건을 통해, '사과'를 제대로 하는 게 얼마나 중요한지 새삼 절감한다. 누구나 살면서 실수와 잘못을 저지를 수 있다. 관행이라고 쉽게 생각하다가, 뒤바뀐 현실에 슬기롭게 적응하지 못할 수도 있다. 여기서 중요한 것은 그러한 자신의 문화적 지체와 오류, 잘못을 정확하게 인식하고 마음에서 우러난 사과를 표하는 태도다. 작년의 표절사태도 사과를 제대로 하지 못해 커진 게 아닌가. 사과의 방식은 그 사람의 품격과 지성, 마음, 성찰의 깊이를 드러낸다. 심지어 은폐된 욕망과 의도까지도 투사한다.

인간은 얼마나 단순하면서도 얼마나 교묘한 존재인가. 지금 이 나라를 이끌어가는 리더의 가장 치명적인 문제도 정직한 사과를 전혀 하지 못하는 점에 있는 것 아닐까. 말하자면 최소한의 자기 객관화도 힘든 것이다. 문단, 정치, 문화를 비롯한 한국사회 전반에 자기 객관화 능력이 부족하다.

나 역시 부족함이 많은 인간이기에 앞으로 인생을 살면서, 여러 가지 잘못과 오류, 편향에서 자유롭지 않으리라. 그때 성심성의껏, 마음을 다잡고 사과하고 반성하자고 스스로 다짐해본다. 나는 이런 다짐이라도 해야지 그나마 노력하는 한심한 존재이기에.

2.25 ——

　게스트하우스 근처에 갈 만한 식당이 있는가 살펴보다가 재일조선인 할머니가 운영하는 작은 음식점을 발견했다. 처음에는 평범한 일본 음식점이라고 생각했으나, 식당 안에 들어가니 한글이 보인다. 근처 조선대 학생들이 자주 오는 곳이다. 가정식으로 저녁 식사를 하며, 할머니의 기구한 인생 얘기를 들었다. 할머니는 두 살 때 고향이 경북 대구 근처인 부모님과 일본으로 오셨다. 부모님은 오빠들과 함께 북한으로 귀국했다가 몇 년 전 모두 돌아가셨기에 부모님 묘가 북한에 있다. 할머니의 할아버지와 할머니 묘는 대구 인근에 있다. 2012년에 사촌을 방문하여 할아버지, 할머니 묘를 오랜 세월 관리해준 노고에 대해 깊은 감사의 마음을 전하셨다.

　몇 년 전에 거의 마지막이라 생각하고 북한을 방문하여 부모님 묘소를 돌아보셨다. 할머니는 남한과 북한 모두 장단점이 있다며, 간절한 마음으로 통일을 원한다고 말씀하신다. 아들 셋을 모두 '우리학교'에 보냈으며 며느리들도 모두 '우리학교' 출신이다. 철저한 민족교육 집안으로 한류 드라마를 즐겨보시며 이제는 한국(조국)에 대한 자부심도 생겼다고 하신다. 옛날에는 한국 드라마에 나오는 사람들의 옷이 다소 촌스러웠으나 이제는 오히려 일본 사람보다 더 세련된 스타일이라고 말씀하신다. 손자, 손녀가 모두 여덟 명. 이제는 세상을 뜬 남편이 경기중을 마치고 혼자 일본에 와서 가족이 이렇게 번창했으니 참 행복하다는 말을 남기셨다고 전했다.

자상하고 따뜻하지만 동시에 강건한 민족주의자였던 할머니의 일생에 대해 생각해보았다. 정말 커다란 인상을 받았다. 이분을 만나기 위해 숙소가 이곳 고다이라의 게스트하우스로 정해진 게 아닐까. 이전에는 조선대학생이나 무사시노미술대의 한국인 학생들이 많이 식당에 왔으나 요새는 손님이 많이 준 상태라고 하신다. 할머니 말씀과 맥주에 취해가며, 이곳에 자주 방문하리라는 예감이 들었다.

4.20 ────

이글턴의 글을 보니, 대학의 몰락은 거의 전 세계적으로 진행되고 있는 것 같다. 그런데 한국은 그 몰락의 과정이 세계 어떤 곳보다도 빠르고 경박하게 이루어지고 있다. 이제 대학은 완전히 망한 다음에 다시 태어나는 과정이 필요하지 않을까. 어설프게 연명하는 것보다는, 제대로 몰락의 과정을 거치는 게 후세에게 더 도움이 되지 않을까 싶다. 대학을 너무 사랑하기에 이런 얘기를 할 수밖에 없다.

5.16 ———

"한 사람을 알 수 있는 유일한 방법은 희망 없이 그를 사랑하는 것뿐이다."(발터 벤야민의 『일방통행로』 중에서) 언제 읽어도 참 절묘하고 슬픈 구절이다. 청춘 시절 나도 이런 사랑을 한 적이 있었지. 그 어떤 체험보다도 사랑과 사람에 대해 나를 성숙시켰던 그런 사랑, 희망이 없었던 사랑을.

5.28 ———

여전히 강준만은 우리 시대 최고의 논객이다. 그의 글은 어떤 논객 못지않게 배울 게 많은 미덕을 지니고 있다. 정년이 얼마 안 남은 그는 아직도 누구보다도 많이 읽고, 많이 쓴다. 특히 이즈음 그가 천착하는 '감정', '비합리적 존재로서의 인간', '진보적 진영의 한계' 등의 화두는 한국 지식사회가 한 단계 나아가기 위해 꼭 필요한 문제의식이다.

6.29 ——

4년 만에 다시 찾아온 아일랜드 더블린. 유럽의 그 어느 도시보다도 슬픔과 문학과 애수로 채워진 도시. 긴 세월 동안 역사적 상처에 단련된 도시. 낮고 퇴락한 건물들. 그리고 그 거리를 채우는 제임스 조이스의 우울한 후예들. 그리고 무엇보다 아일랜드 맥주 기네스. 내 인생에 더블린을 다시 올 수 있을까.

7.8 ——

아이리쉬 디아스포라Irish Diaspora 연구를 위한 다섯 명 공동연구자의 런던-더블린-골웨이-슬라이고-벨파스트-파리로 이어지는 2주간의 학술기행이 끝나고 나만의 여정이 시작되었다. 첫 목적지는 스트라스부르. 파리 동역에서 테제베 타고 2시간 반 거리다. 비평가 김현이 30대 초반 유학했던 곳이고, 내가 열애하는 책 『김현예술기행』의 주 무대이기에 꼭 한번 오고 싶었던 곳이다. EU의 수도이기도 한 스트라스부르는 한마디로 참 고색창연하고 매력적인 소도시였다.

제2차 세계대전 때 독일군의 폭격을 거의 받지 않아서 그럴 테지만 도시 전체에 수 백년 지난 중세풍 건물이 가득했다. 도시를 타원형으로 에워싸며 흐르는 운하 같은 강, 곳곳의 예쁜 다리들, 도시를 가로지르는 트램, 알사스 지방 특유의 개성적인 목조 건물들.

그러나 이토록 아름다운 스트라스부르에도 끔찍하기 그지

비정성시를 만나던 푸르스름한 저녁

없는 학살의 역사가 있다. 1349년에는 이곳 스트라스부르에서 2천 명이 넘는 유대인들이 산 채로 불에 태워져 죽었다. 그래서일까. 서경식은 『나의 서양미술 순례』 스트라스부르 편에서 이렇게 적었다. "오, 스트라스부르 그(대성당) 밑에는 무수한 뼈가 묻혀 있다."

생각보다 너무나 장대하고 소름 끼치도록 기묘하게 아름다운 스트라스부르 대성당에 들어가 눈물을 한 바가지 쏟았다. 터져 나오는 눈물을 감추려 성당 안에서 쭉 선글라스를 쓰고 있었다. 압도적인 영성 앞에서 내 모든 게 작게 느껴졌기에. 아니, 내 눈물은 온전히 작년 가을 세상을 떠난 어머니를 향한 것이었다. 이 위대한 건축을 위해 모든 것을 바친 땀과 정성에 대해 생각하게 되었고, 자연스럽게 어머니를 떠올렸다. 탄생의 신비와 어머니의 정성 앞에서 그 모든 논리는 제한적이리라.

이번 여행 내내 엄마의 나지막하고 따뜻한 음성을 들었다. '이제 엄마 생각 그만하고 너 할 일에 열중하라는 말씀을.' 엄마 걱정마세요. 혼자되신 아버지도 많이 힘들테지만 생각보다 잘 지내시구요. 저도 나름대로 열심히 잘 살아가고 있다구요.

7.24 ——— 진보의 폐허와 열매

진보는 반동을 부른다. 아니 진보와 반동은 손을 잡고 온다. 역사의 흐름은 때로 분류奔流가 되지만 대개는 맥빠지게 완만하다. 그리하여

갔다가 되돌아섰다가 하는 그 과정의 하나하나의 장면에서 희생은 차곡차곡 쌓이게 마련이다. 게다가 그 희생이 가져다주는 열매는 흔히 낯두꺼운 구세력에게 뺏겨버리는 것이다. 하지만 헛수고처럼 보이기도 하는 그런 희생 없이는 애당초 어떠한 열매도 맺지 않는 것이다. 그것이 역사라고 하는 것이다. 단순하지도 직선적이지도 않다. (서경식의 『나의 서양미술 순례』 중에서)

과연 그렇다. 내 자신을 스스로 진보 쪽이라고 말할 수는 없을 테지만, 이 시대에 진보란 무엇일까, 하는 생각을 가끔 해본다. 위에 인용한 대목도 진보에 대한 여러 가지 생각을 불러온 단상 중의 하나다. 지금 생각하면 지극히 당연하고 상식적인 얘기지만, 30여 년 전에 나온 얘기라면 사정이 달라진다. 파울 클레의 「역사의 천사」를 통해 진보가 초래한 폐허와 야만에 대해 암시적으로 묘사한 일역판 벤야민의 「역사철학테제」를 통과했기에 이런 감각이 형성된 게 아닐까. 아니 역사의 굴곡과 퇴행에 대한 정직한 응시가 이런 통찰을 가능하게 했으리라.

진보에 대한 맹신, 개혁에 대한 조급한 마음을 극복하는 것, 역사의 허무를 깊게 인식하면서도 손쉬운 청산에 손 내밀지 않으며 희생자를 기억하는 것이 필요하겠다. 충분한 준비와 실력 없이, 뭔가 단기간에 이 썩은 정치를 바꾸려는 진보에 대한 조급한 열망이 반동을 불러오는 원인 중의 하나가 아닐까.

일본에서 서경식의 책을 한 권, 한 권 다시 읽으니 왠지 더 애잔하고 각별한 마음이 든다. 오래전에 읽었을 때 충분히 인지하지 못했던 대목 대목이 새롭게 보인다. 이런 책이 좋은 책이다. 『시의 힘』도 좋았지만, 곧 나올 신간 『내 서재 속 고전』에 대한 기대가 크다.

서경식, 박이엽 역, 『나의 서양미술 순례』, 창비, 2002.

7.27 —— 정동 산책의 즐거움

늘 수강생들과 함께 해오던 정동 산책은 한 학기 수업 중에서 가장 즐겁고 유익한 시간이었다. 정동에 있는 배재박물관, 이화박물관, 헤이그밀사가 파견되었으며 동시에 을사보호조약이 체결된 장소 중명전, 아관파천의 무대였던 구 러시아 공사관 터, 정동극장, 서울시립미술관 등을 둘러보곤 했다. 이 땅 근대의 운명에 대해 사색하고 함께 노오란 은행잎이 쌓인 늦가을 정동길을 걸으며 서로 간의 우정을 다지곤 했다.

올해 가을부터는 정동 산책의 즐거움이 하나 늘게 될 것 같다. 정동 바로 옆에 있는 성공회 성당, 서울에서 보기 힘든 운치 있는 로마네스크 양식의 고색창연한 건물이 그 온전한 매력과 속살을 드러낸다. 문화를 접하는 안목의 깊이가 도시를 얼마나 매력적으로 만드는 것인지 인식할 필요가 있다. 서울의 근대를 알고 싶으면, 아니 그런 거창한 이유가 아니더라도 왠지 우울하고 힘든 일이 있으면 정동을 천천히 산책해보시라. 생의 새로운 열정이 느껴지리니. 이 삭막한 거대도시 서울에 정동이라도 없었으면 서울이 얼마나 더 쓸쓸했을까.

8.10 ──

이제 2주가 지나면 서울로 돌아간다. 유럽 기행 3주를 합쳐 약 6개월간의 도쿄 생활이었다. 도쿄경제대 게스트하우스에서 혼자 지낸 이 시기를 마음에 영원히 새겨두리라. 일본에 대해 조금은 알 것 같다는 느낌이 들자마자 일본생활이 끝나간다. 언제가 될지 모르겠지만, 다시 일본에 와서 좀 더 오래 지내며 공부해보고 싶다. 고쿠분지역의 이자카야, 도쿄경제대 도서관, 주오센 특급, 나가노 서경식 선생 산장에서의 3박 4일, 조선대학생들과의 대화, 재일조선인문학 세미나, 박정진 교수의 호의로 진행된 쓰다주쿠대学津田塾大学에서의 임화 강연, 벚꽃으로 만발한 구니타치 히토쓰바시대학一橋大學, 홋카이도 도마코마이의 눈 내리는 거리, 그 모든 것을 영원히 잊지 못하리라.

9.13 ──

평생 역사 공부를 해야 한다. 특히 현대사 공부를. 이 시대 문학의 위기를 불러온 여러 원인이 있을 터. 그중의 하나는, 내게도 해당될테지만, 문인들의 역사 공부가 현저하게 부족하다는 사실에 있지 않을까. 당연한 말이지만 문학과 역사는 쌍둥이 같은 존재다. 한홍구의 칼럼에 등장하는 세 명의 여성 독립운동가(혁명가)들, 즉 영화 〈암살〉의 여주인공 안옥윤의 실제 모델인 남자현, 그리고 김명시, 정정화. 문인들이여 당신은 이들을 얼마나 아는가? 현대사의 이런 비범한 인물을 대상으로 한 읽을 만한 장편소설이 존재하는가?

한홍구 교수의 칼럼을 읽으며 내 현대사 공부가 참으로 부족하다는 사실을 뼈저리게 느꼈다. 한국 현대문학은 그토록 문제적이고 비극적이며 파란만장했던 현대사를 아직 정면으로 통과하지 못했다. 한국 현대사에는 지금까지 한 번도 문학적 소재가 되지 않았던 너무나 극적인 인물과 이야깃감이 아직 많이 남아 있다. 김수영 시인이 고은 시인에게 했다는 말, 제발 공부 좀 더 하라는 그 말을 누구보다 내 자신에게, 그리고 동료인 이 시대 문인들에게 하고 싶다.

12.22 ────

내 맘대로 정한 올해의 책 : 장르와 영역을 불문하고 올해 읽은 백여 권의 신간 중에서 가장 인상적이며 좋은 책을 선정했다.

① 김석범, 『화산도』 : 올해 접한 책 중에서 단연 최고다. 그 깊은 허무와 선연한 역사의 상처. 매 권 약 500면 12권의 분량. 300

면으로 따지면 단행본 20권 분량이다. 아직도 읽는 중이다. 앞으로 문인은 이 작품을 완독한 문인과 그렇지 않은 문인으로 나뉘지 않을까 싶다.

② 가토 슈이치 자서전, 『양의 노래』: 일본의 근현대사를 정면으로 통과해온 한 양심적 지식인의 자서전. 이토록 지적이고 섬세할 수가.

③ 서경식, 『내 서재 속의 고전』: 역시 서경식이다. 이 한마디만으로도 충분하다.

④ 존 윌리엄스, 『스토너』: 정말 차분하며 매혹적인 장편소설이다. 평범하면서도 애틋한 대학교수의 삶, 일상, 욕망을 엿보았다. 내게 스토너 같은 친구가 있으면 좋겠다. "아마 문학을 사랑하는 사람들은 이 조용한 소설에서 쉽게 눈을 떼지 못할 것이다"(최원호)라는 문구가 내게도 그대로 들어맞았다.

⑤ 김사인 시집, 『어린 당나귀 곁에서』: 점점 깊어지고 그윽해지는 김사인의 시편들. 모든 존재와 생명에 대한 넉넉한 애정과 따뜻한 시선. 그리고 여백의 미학. 어찌 서정시를 과거의 것이라고 할 수 있으랴.

비정성시를 만나던 푸르스름한 저녁

아차상은 정병준의 『현앨리스와 그의 시대』 : 한국 현대사의 깊은 슬픔과 비극, 그 통렬한 흔적과 자취. 그리고 영원히 이 땅에 돌아올 수 없었던 운명들.

가토 슈이치, 이목, 『양의 노래』, 글항아리, 2015.

김사인, 『어린 당나귀 곁에서』, 창비, 2015.

김석범, 김환기 · 김학동 역, 『화산도』(전 12권), 보고사, 2015.

서경식, 한승동 역, 『내 서재 속 고전』, 나무연필, 2015.

정병준, 『현앨리스와 그의 시대』, 돌베개, 2015.

존 윌리엄스, 김승욱 역, 『스토너』, RHK, 2015.

2014

2.23 ─────

인간이 지닌 가장 궁극적이고 근원적인 욕망은 무엇일까. 내 생각에 그것은 타인으로부터 관심과 사랑을 받는 것, 말하자면 '인정에 대한 욕망'이다. 욕망의 비움을 얘기하고 그러한 욕망에서 완전히 자유롭게 보이는 사람도 결국 이러한 인정에 대한 욕망에서 전혀 자유롭지 않으리라.

나는 욕심이 없다고 얘기하는 사람의 내면에는 또 다른 굴절된 욕망이 자리 잡고 있지 않을까. 진보적이며 이타적인 사람 역시 이러한 인정에 대한 욕망에서 전혀 자유롭지 않다. 노무현 정권을 이끌었던 정권 실세들이 이러한 인간의 욕망에 대해 좀 더 진솔하게 응시하고 자신들과 다른 관점을 지닌 사람들의 욕망을 이해하기 위해 지혜롭게 노력했다면, 한층 더 의미 깊은 정치적 진전을 성취하지 않았을까 싶다. 개혁에 동의하지 않는 진영을 설득하고 헤게모니 투쟁에서 승리하기 위해서는 무엇보다 그 타자들의 욕

비정성시를 만나던 푸르스름한 저녁

망에 대한 정확한 파악이 필요하다. 그들의 오류는 자신은 대단히 개혁적이며 순수한 사람이고 적대자는 저열한 욕망을 지닌 사람이라고 이분법적으로 인식한 점에서 연유하지 않았을까 싶다. 나 역시 인정에 대한 욕망에서 자유롭지 않다는 사실을 있는 그대로 인식하는 순간, 그 인간의 정신은 한 뼘 더 성숙하게 되지 않을까.

생각해보면, SNS를 하는 욕망의 심연에는 바로 이러한 인정에 대한 욕망이 자리잡고 있을 테다. 지금은 내가 이 정도밖에 안 되지만, 그래도 나는 꽤 괜찮은 사람이며 타인들로부터 사랑받을 만한 사람이라는 자의식, 이런 욕망이야말로 거의 모든 인간이 지닌 욕망의 심연이다. 문제는 그토록 인간적인 욕망을 격조 있게 드러내느냐, 아니면 천박하게 드러내느냐 그 차이가 아닐까. 때로는 그 차이가 한 인간의 운명과 인생을 결정하리라. 문학과 예술은 그 차이를 가장 세밀하게 드러내는 창의적 발명품이다.

3.10 ———

자신의 비열함을 인식하는 것이 문학의 진정한 길일 것이다.(황현산)

과연 그렇다. 타자의 마음을 움직이는 기품 있는 글을 쓰려면 이런 경지를 통과하는 과정이 필요하지 않겠는가.

3.13 ——

"모든 초고는 걸레다." 헤밍웨이의 말이다. 그는 「노인과 바다」를 400여 차례 고쳐 썼다. 두 대통령은 눈이 높았다. 한마디로 고수다. 고수일수록 퇴고에 많은 시간을 할애한다. 실제로 쓰는 시간보다 고치는 시간이 더 길었다. (강원국의 『대통령의 글쓰기』 중에서)

내가 쓴 글을 보더라도, 퇴고를 많이 거친 글들이 그렇지 않은 글보다 훨씬 낫다. 퇴고는 글의 퀄리티를 결정적으로 규정한다. 퇴고와 수정의 그 지루하고 피 말리는 과정을 얼마나 견딜 수 있느냐에 따라 그 글의 운명과 품질이 결정된다.

강원국, 『대통령의 글쓰기』, 메디치미디어, 2014.

4.21 ——

이제 역사와 인간, 지성, 대학은 퇴행하는 중이다. 대통령을 비롯한 정치가의 식견과 안목, 지성도 뒷걸음치고 있다.

반파시즘 투쟁을 떠맡았던 전후 이탈리아의 풍요로운 지적 문화를 형성했던 세대는 거의 퇴장했다. "가장 뛰어났던最良 인간들"은 거의 세상을 떠났다. 지금은 조야하고 천박한 포퓰리스트들의 거칠고 사나운 목소리들이 사회를 휘어잡으려 하고 있다. 전세계에서 이민 배척을 외치는 극우세력이 대두하고 있다. 그런 현상은 이탈리아에 국한된 게 아니다. 일본에서도 심각하다. 나탈리아 긴츠부르그와 프리모 레비가 지금 살아 있다면 무슨 말을 할까. (서경식의 『내 서재 속 고전』 중에서)

서경식이 말한 이 대목은 이 시대 한국사회에서 그대로 적용되리라. 세상을 떠난 노무현이나 김대중, 김현, 김근태, 조영래 같은 사람들의 시선에서 보았을 때, 이즈음 한국사회는 어떻게 보일까. 아직 생존해 있는 노작가 최인훈은 이즈음 한국사회에 대해 어떻게 생각할까?

아무리 인류사가 수많은 퇴행과 일시적인 몰락에도 불구하고, 장기적으로 보면 앞으로 조금씩 조금씩 진전하고 있다는 생각을 해도, 이 시대의 천박, 퇴행, 야만이 너무 뼈아프다. 과연 우리 사회는 얼마나 더 좋아질 수 있을까. 그게 가능하다면 언제쯤에. 아무리 비관과 허무에서 벗어나려고 해도 쉽지 않다. 한 사람의 평범한 서생과 선생으로서 이 시대를 어떻게 살아야 하는가. 세월호 사건에 겹쳐 이런 생각에 요새 통 잠을 잘 수가 없다.

마지막 희망을 얘기하지만, 그 희망조차도 안목과 지성, 인간과 세계에 대한 깊은 이해가 동반되어야 하는 게 아닌가. 그렇지만 한 번만, 한 번만 더 기대해보기로 한다. 세월호 사건으로 우리 사회가 집단 우울증에 걸린 이 순간만큼은 기적 같은 희망이 필요하다.

서경식, 한승동 역, 『내 서재 속 고전』, 나무연필, 2015.

6.14 ─────

기본적으로 타인을 이해하려 노력하지만 실패하는 자가 쓰는 문장
이 제게는 좋은 문장이에요. (김연수의 『청춘의 문장들+』 중에서)

소설가 김연수에 따르면 타인을 이해했다고 생각하는 사람
은 오만해질 수 있다. 그러나 타인의 마음을 이해하지 못했다고 생
각하는 사람의 그 주저, 포기, 절망에서 진정한 겸손이 싹트는 것
이다. 그러니 "타인에 대해서 쓸 수 없다, 타인을 이해한다는 것은
불가능하다". 바로 이런 경지를 통과한 사람의 문장이 진정으로
좋은 문장이라는 것이다. 좋은 문장의 요건에 대한 또 하나의 매력
적인 정의다. 역시 김연수다운 표현이다.

김연수, 『청춘의 문장들+』, 마음산책, 2014.

9.27 ─────

2005년 2월 17일. 어제는 가까운 사람들과 오랜만에 저녁을 먹었다. 이
제 함께 모여 떠들어도 아무 재미가 없다. 농담은 유치하고, 각자의 단점
들이 너무 뚜렷하게 드러나 보이고, 참신함이나 열정을 찾기 어렵다. 나
는 점점 더 좁아지고 불만투성이다. 이 느낌은 여간 확실한 것이 아니어
서, 달리 바꾸어 볼 수 없는 것이 무척 안타깝다. 나에게는 왜 넉넉한 마음
이나 감싸 안으려는 마음이 없을까. (이성복의 「공부방 일기」 중에서)

비정성시를 만나던 푸르스름한 저녁

시인 이성복의 일기를 읽다가, 이 대목에서 멈칫했다. 이즈음 나 역시 위의 일기와 비슷한 생각을 한 적이 있기 때문이다. 왜 그랬을까? 내 마음을 스스로 분석해 본다. 생각건대, 내 단점들이 점점 명료하게 보이니, 타인들에게 그 마음을 투사한 게 아닐까. 상투적인 겸손이나 자기성찰이라고 하고 싶지는 않다. 세월이 갈수록 내 단점과 부족함이 점점 더 크게 보인다. 지금으로서는 이런 순간이 성숙의 한 지표가 되길 바랄 뿐이다. 어떻게 다시 타자와 주변 사람들을 넉넉하게 사랑할 수 있을까. 나와 다른 주변 사람들과 지인의 마음을 얼마나 따뜻하게 감싸 안을 수 있을까. 역시 이성복은 이성복이다.

이성복, 「공부방 일기」, 『고백의 형식들』, 열화당. 2014.

10.6. ——

어울리고 사귀는 것이 중요한 재능이라는 것, 그리고 유감스럽게도 그런 재능이 나에게는 주어져 있지 않다는 것을 나는 너무 일찍 알아 버렸다. 사람들 속에 섞여 있을 때 나는 불안했다. 나는 거의 항상 외로움을 느꼈다. (소설가 이승우의 『소설을 살다』 중에서)

이런 감각과 기질을 지닌 이승우를 어찌 좋아하지 않을 수 있으랴. 내가 가장 신뢰하고 좋아하는 작가다. 역설적으로 이런 이승우였기에 그만의 소설을 쓸 수 있었으리라. 위에서 인용한 이승우의 쓸쓸한 마음은 곧 내 마음이기도 하다. 다만 그 사실을 나는 다소 늦게 알아버렸다는 게 이승우와 나의 차이라면 차이겠다.

이승우, 『소설을 살다』, 마음산책, 2008.

2013

2.16 ——

어느 때보다도 청파동 거리가 사랑스럽다. 신촌이나 홍대처럼 요란스럽지 않으면서 대학가의 고즈넉한 정취가 느껴지는 곳. 옹기종기 조그마한 찻집과 맛집들, 그리고 그 거리를 메우고 있는 아름다운 청춘들. 가장 오랜 시간 동안 내 생의 흔적이 남아 있을 곳.

6.8 ——

저 사람은 참 착한 사람이다, 저 교수님 참 좋다, 저 목사님은 참 훌륭하다, 저 친구는 참 성격이 좋다는 식의 말을 그다지 신뢰하지 않는다. 물론 객관적으로 인품과 성정이 훌륭한 사람도 꽤 많지만, 대체로 사람들이 저 사람 좋은 사람이라고 표현했을 때, 그 얘기는 발화자 개인의 프리즘과 이해관계, 취향이 투사된 결과인 경우가 많다. 말하자면 그 판단의 객관성을 신뢰하기가 힘들다는 것이다. 좀 더 근본적으로 말해서 한 인간에 대한 평가는 참 쉽지 않고 복합적이라는 말이 되겠다.

보통 사람들이 특정한 사람을 좋다고 말할 때는 자신에게 잘해 주는 사람, 자신에게 살갑고 공손하게 대하는 사람, 자신과 세계관, 정치적 입장, 취향이 같은 사람을 그렇게 표현하는 경우가 많다.

친일파, 독재에 협조한 어용 지식인, 논문 표절하는 교수, 파시스트 지도자를 적극적으로 도운 학자, 완고한 가부장주의자를 생각한다. 이런 사람 중에 인간관계도 잘 맺으며, 세상 사람들이 좋은 사람이라고 평가하는 경우는 얼마나 흔했을까.

니체, 마르크스, 반 고흐, 벤야민, 김수영은 세간의 사람들로부터 과연 어떤 평가를 받았을까. 평판을 무시할 수는 없지만, 그 평판에만 기대어 한 인간을 평가하는 것만큼 반 인문적인 행태도 없으리라.

12.7 ⎯⎯

점점 글을 쓰거나 읽으면서 언어, 표현, 미감에 민감해지는 나를 발견한다. 아무리 내용이 옳아도 표현과 문장이 뒷받침되지 않은 거친 글에 대한 유보, 상대적인 무관심이 분명 내게 있다.

물론 사회적 의제에 대한 투철한 관심, 담대한 비판적 상상력은 언제나 심장을 뛰게 만든다. 그러나 기왕이면 이런 정치적 올바름이 미학적 품격과 행복하게 어우러진 글을 보고 싶다.

2012

7.1 ——

뒷골목의 구질구레한 목로집에서 값싼 술을 마시면서 문학과 세상을 논하는 젊은이들의 아름다운 풍경이 보이지 않는 나라는 결코 건전한 나라라고 볼 수 없습니다. (김수영의 산문 「요즈음 느끼는 일」 중에서)

너무나 멋진 표현이다. 과연 김수영 시인이다.

8.30 ——

나를 기준으로 인간의 키를 재서는 안 된다. 인생은 저마다 같지 않고 우리가 도달하지 못하는 것을 이루는 사람들이 있는 것이다. 세월이여 강이여, 상처 없는 영혼이 어디 있는가. (최인훈의 『화두』 1권 중에서)

『화두』에서 가장 인상적인 문장이다. 어쩌면 우리는 그 상처를 극복하기 위해서 문학을 하고 책을 읽는 게 아닐까. 오늘 사람들을 만나 여러 대화를 나누며 절절하게 느꼈다. 각자의 마음에 새겨진 각기 다른 표정의 상처와 그 곡절을 따뜻하게 이해해야 한다. 그래야 비판할 때는 하더라도 더 좋은 비평, 더 공감되는 에세이를 쓸 수 있으리라.

최인훈, 『화두』(전 2권), 문학과지성사, 2008.

제3부

고독, 책, 슬픔
문학 에세이의 매혹

고립을 견디며 책을 읽다

무라카미 하루키와 서경식의 에세이

1.

작년 말과 올해 초에 걸쳐서 두 권의 에세이, 무라카미 하루키의
『직업으로서의 소설가』와 서경식의 『소년의 눈물』을 다시 읽었다.
역시 무척 좋았다. 여느 책 못지않게 마음에 새겨둘 문장과 인상적
인 구절을 곳곳에서 재발견했다. 둘 다 각별하게 여겼던 작가의 에
세이라서 그런 것일까. 얼핏 보면 이들의 에세이는 완전히 다른 감
성과 세계에 속해 있는 듯하다. 두 권의 책은 각기 판이한 인식과
고유한 문체를 지니고 있지만, 서늘한 각성과 깊은 여운, 진지한
사유의 힘, 고립을 두려워하지 않는 마음을 담고 있다는 점에서는
비슷한 성격의 책이라 할 수도 있겠다.

　　하루키와 서경식의 에세이는 이즈음 이 땅에서 낙양의 지가
를 올리는 힐링을 표방하는 에세이와는 그 결과 품을 달리한다. 일
상과 자신의 고민을 얘기하면서도 인간과 세계에 대한 뜨거운 진

실을 전하며, 글쓰기와 독서에 대한 주목할 만한 견해를 펼쳐 보인다. 내가 두 번째 읽은 『직업으로서의 소설가』와 세 번째 읽은 『소년의 눈물』에 다시 깊이 빠져들었던 것도 바로 이런 이유 때문이었으리라. 이 책들을 읽다 보면, 한국사회, 이 땅의 문학장, 문학제도, 풍속이 한결 명료하게 보인다. 우리가 자연스럽게 생각하는 어떤 관행이 당연하지 않다는 사실을 체득하게 된다. 그렇다면 두 권의 에세이가 지닌 문제의식과 매력을 음미하는 과정은 곧 한국사회와 한국문화의 특성과 모순, 결여를 되돌아보고, 그 희망과 절망을 가늠하는 시간이기도 하리라. 일본어로 처음 발표되어, 한국어로 번역된 하루키와 서경식의 에세이를 통해, 좋은 에세이란 어떤 글인가에 대해서 사유할 수 있는 계기가 되길 바라며 이 글을 단상斷想 형식으로 써본다.

2. 무라카미 하루키, 『직업으로서의 소설가』

하루키의 자전적 에세이 『직업으로서의 소설가』는 소설 쓰기와 소설가라는 직업에 대한 매우 진솔한 기록이다. 이 책을 관통하는 정서는 문학과 소설, 소설가에 대한 어떤 환상과 나르시시즘도 남겨두지 않는 냉철한 시선이다. 예를 들어, 다음과 같은 고백을 곰곰이 음미해볼 필요가 있겠다.

나만 해도 소설을 쓰기 위한 훈련이라고는 전혀 받아본 적이 없습니다. 일단 대학 인문학부 영화연극과라는 곳에 다니기는 했지만, 시대적인 상황도 있어서 공부를 거의 하지 않고 머리 기르고 수염 기르고 지저분한 꼴로 그 근처를 빈들빈들 돌아다닌 것뿐입니다. 작가가 되겠다는 작정도 딱히 없었고 미친 듯이 습작을 써본 적도 없이, 어느 날 불현듯 생각이 나서 『바람의 노래를 들어라』라는 첫 소설(같은 것)을 썼고 그걸로 문예지의 신인상을 탔습니다. 그리고 뭐가 뭔지 잘 알지도 못한 채 직업적인 작가가 되어버렸습니다.[*]

문예창작과나 창작 강의를 위시한 문학 제도를 통해 작가가 되는 것이 일반화된 이 땅의 문학적 관습을 생각건대, 이런 하루키의 고백은 신선하게 다가온다. 제도적인 길에서 자유로운 사람이 그 제도의 관행에 함몰되지 않은 채 창의적인 글쓰기를 스스로 일굴 수 있는 게 아닐까. 하루키는 그런 자유로운 정신을 지닌 작가다.

● ─── 책읽기
하루키는 작가가 되는 과정에서 책 읽기가 중요하다는 점을 거듭 강조한다. 그는 "책 읽기는 예전부터 좋아해서 상당히 열심히 책을 손에 들었습니다. 중고등학교를 통틀어 나만큼 대량의 책

* * *
[*] 무라카미 하루키, 양윤옥 역, 『직업으로서의 소설가』, 현대문학, 2016, 15면. 앞으로 인용문 뒤의 숫자는 이 책의 면수다.

을 읽은 사람은 주위에 없었다고 생각합니다", "틈만 나면 책을 읽었습니다. 아무리 바빠도, 아무리 먹고사는 게 힘들어도, 책을 읽는 일은 음악을 듣는 것과 함께 나에게는 언제나 변함없는 큰 기쁨이었습니다. 그 기쁨만은 어느 누구에게도 빼앗기지 않았습니다"라고 고백한다.

하루키가 보기에 작가가 되기 위해 가장 필요한 노력은 문학 공부도 습작도 창작 강의 수강도 아닌 단연 책 읽기다. 그가 그런 과정을 통해 작가가 되었기 때문이다. "내가 생각하기에는, 소설가가 되려고 마음먹은 사람에게 우선 중요한 것은 책을 많이 읽는 것입니다. 그야말로 흔해 빠진 대답이라서 죄송하지만, 이건 역시 소설을 쓰기 위해 무엇보다 중요한 빠뜨릴 수 없는 훈련이라고 생각합니다." 과연 그렇지 않은가. 흔히 망각하는 사실을 말하자면, 작가가 되는 과정에서 읽기는 쓰기(습작)보다 몇 배나 더 중요하다.

하루키에게 책 읽기는 단지 작가가 되기 위한 수단에 머물지 않는다. 책 읽기는 인생의 구원이자 일종의 학교에 비유될 만한 과정이다. 그래서 하루키는 "만일 책이라는 게 없었다면, 만일 그토록 많은 책을 읽지 않았다면, 내 인생은 아마 지금보다 훨씬 더 썰렁하고 뻑뻑한 모습이 되었을 것입니다. 즉 나에게는 독서라는 행위가 그대로 하나의 큰 학교였습니다"라고 털어놓기에 이른다. 이처럼 시종일관 책 읽기를 강조한 하루키의 언명은 오랜 책 읽기에

서 비롯된 농익은 사유와 지성이 감퇴한 이 시대 문학에 신선한
지적 자극을 제공한다.

●──── 문학상

하루키는 『직업으로서의 소설가』의 제3장을 '문학상에 대하
여'라는 제목으로 서술한다. 그는 "작가에게 상이라는 건 어떻게
되든 상관없는 것입니다. 그런 건 어디까지나 사회적인 혹은 문단
적인 형식상의 추인에 지나지 않습니다"라고 주장하며 다음과 같
이 문학상 제도에 대해 명시적으로 적는다.

나는 태어나서 지금까지 문학상의 심사위원을 맡은 일이 한 번도
없습니다. 부탁받은 적도 없지는 않지만, 그때마다 "죄송하지만 저는
할 수 없습니다"라고 거절해왔습니다. 문학상 심사위원을 맡을 자격이
나에게는 없다고 생각하기 때문입니다. 왜냐하면 이유는 간단한데, 나
는 너무도 개인적인 인간이기 때문입니다. 나라는 인간 속에는 나 자
신의 고유한 비전이 있고 거기에 형태를 부여해나가는 고유한 프로세
스가 있습니다. 그 프로세스를 유지하기 위해서는 포괄적인 삶의 방식
에서부터 개인적이 되지 않을 수 없는 면이 있습니다. 그러지 않으면
제대로 글을 쓸 수 없는 것입니다. (78)

대형 출판사(대부분 도쿄에 집중되어 있는데)가 발행하는 문예지

가 '문학'의 기조를 설정하고 다양한 문학상을 작가에게 부여하는 것
을(말하자면 미끼를 던지는 것을) 통해 그 추인을 행해왔습니다. 그런
탄탄한 체제 속에서 작가가 개인적으로 '반발'에 나서는 것은 웬만해
서는 쉽지 않습니다. 좌표축에서 이탈한다는 것은 곧 문학계에서의 고
립(미끼를 받아먹을 차례가 돌아오지 않는다는 것)을 의미하기 때문
입니다. (104)

하루키는 자신의 개인적인 삶을 유지하기 위해 어떤 문학상
심사도 모두 거절해왔다고 고백한다. 또한 대형 출판사의 문예지
와 연동된 문학상 제도에 대한 반발이 작가에게 고립을 안겨준다
는 착잡한 사실을 지적한다. 한국에서도 간혹 특정한 문학상의 후
보가 되는 것을 거절하는 문인이 있었다. 친일 문인을 기리는 몇몇
문학상을 비롯해 문학상 제도에 대한 비판도 나왔지만, 하루키처
럼 '문학상' 제도와 의식적으로 거리를 두는 저명한 문인은 거의
없지 않았나 싶다. '문학계에서의 고립'을 묵묵히 견디며, 오로지
자신의 글로 승부하겠다는 하루키의 태도는 점점 문학 제도와 미
디어에 대한 문인들의 이런저런 종속이 증가하는 상황에 비추어
보건대 매우 귀한 감성이자 독립적인 태도라 하지 않을 수 없다.

●─── 냉철한 시선

하루키는 문학, 인생, 역사, 세대에 대한 어떤 감상주의와 환

상, 선입견으로부터도 거리를 둔다. 『직업으로서의 소설가』 곳곳에서 하루키 특유의 쿨한 시선과 엄정한 균형 감각을 엿볼 수 있다. 아래 문장을 천천히 읽어보자.

이건 오랜 나의 지론인데, 세대 간에 우열 따위는 없습니다. 어느 한 세대가 다른 한 세대보다 우월하거나 열등하다, 라는 일은 일단 없습니다. 세간에서는 스테레오타입의 세대 비판이 자주 들려오지만 그런 건 전혀 의미 없는 공론이라고 나는 확신합니다. 각각의 세대 간에는 우열도 없고 상하도 없습니다. 물론 경향이나 방향성에는 저마다 차이가 있겠지요. 그러나 질량 그 자체는 전혀 차이가 없습니다. 혹은 굳이 문제로 삼을 만한 차이는 없습니다. (137)

하루키가 보여준 이 같은 관점은 세대 간의 심각한 견해차와 갈등이 빈번하게 발생하는 한국사회에서 깊이 되새겨 볼 가치가 있다. 예컨대 이렇게 생각해 볼 수 있지 않을까. 지금 학점과 취업에 온통 신경을 빼앗긴 이 시대의 청춘들이 1980년대에 대학을 다녔다면, 가끔 일부 50대가 추억담 비슷하게 회고하는 그런 낭만적이며 저항적인 대학시절을 보냈으리라. 물론 그 역도 마찬가지다. 이른바 586세대가 지금 대학을 다닌다면, 대부분 자신의 모든 노력과 열정을 학점과 취업에 온전히 바치지 않았을까 싶다. 거기에 우열은 없다. 그 시대, 그 세대의 고유한 표정과 운명이 있을 뿐이다. 어떤 세대건 자신에게 주어진 여건과 환경 속에서 나름대로 최선을 다해 살아가는 것이리라. 그러니 한 세대가 다른 세대에게 건네는 비판은 대체로 무의미하지 않을까. 대개 그런 비판은 완고한 자기중심주의의 변형에 불과하다. 인간과 세대에 대한 열린 마음, 현상의 이면까지 꿰뚫는 냉철한 시선이 하루키에게 대중의 욕망을 정확히 감지하는 문제작을 끊임없이 쓰게 만드는 소중한 자산이리라.

●──── 고립을 피하지 않는 태도

하루키는 "나는 일단 공공장소에는 나가지 않고 미디어에 얼굴을 내미는 일도 거의 없습니다. 텔레비전이나 라디오에 나 스스로 출연한 적은 한 번도 없습니다(본의 아니게 자기들 마음대로 보여준 적은 몇 번 있었지만). 사인회도 일단 하지 않습니다"라고 언급한다. 물론 한국의 작가 중에도 이와 비슷한 부류가 있으리라. 그러나 하루키만큼─아니 그 정도는 아니더라도─대중의 폭넓은 사랑을 받은 문인이 이런 태도를 스스로 실천하는 경우를 나는 거의 본 적이 없다. 책 판매에도 실질적인 도움이 되는 수많은 사인회, 출판기념회, 미디어와의 만남에서 자유로운 작가는 정말 흔치 않다. 역설적으로 생각해 보면, 하루키가 바로 이런 독립적인 태도를 오랜 세월 동안 견지해 왔기에, 시류에 흔들리지 않고 그만이 쓸 수 있는 개성적인 글과 작품을 선보일 수 있었던 게 아닐까. 물론 하루키의 이러한 태도를 이상화할 필요는 없다. 그럴만한 능력과 여유가 있기에 그렇게 살 수 있었을 테다. 하지만 충분한 명성과 재능, 여유를 지니고 있으면서도, 인맥과 제도를 철저히 따르며 조급한 인정욕망에서 전혀 자유롭지 않은 예술가도 많으니, 하루키의 태도를 평가절하할 필요는 없다. 엄중한 마음으로 고립을 두려워하지 않는 태도에 대해 생각해 본다.

3. 서경식, 『소년의 눈물』

한국어로 번역되어 이 땅 독자들의 속 깊은 애정과 관심을 받은 재일 디아스포라 작가 서경식의 에세이 중에서 내 마음 가장 깊은 곳에 다가온 책은 『소년의 눈물』이다. 마음이 우울할 때마다, 인생이 위기에 처했다는 생각이 들 때마다, 이 책의 몇몇 대목을 다시 읽는다. 『소년의 눈물』은 일본에서 차별받는 소수자로 살아가는 소년 서경식의 책 읽기와 감성, 지적 성장의 행로를 담담하게 보여준다. 가령 이런 대목은 마음을 온통 훔치며 깊은 페이소스를 남겼다.

지금도 이따금, 위기를 모면하고 용케 책장과 서랍 속에 살아남은 낡은 책들을 펼쳐들 때가 있다. 낙서와 손때로 지저분해진 책을 한 장 한 장 들추고 있노라면, 어린 시절 기뻐하고 슬퍼하던 감정들이 가슴 깊은 곳에서 어수선하게 꿈틀거리기 시작한다. 성장에 대한 동경과 두려움, 자부심과 열등감, 희망과 실의가 격렬하게 교차하던 그 나날들이.*

참으로 문학적인 문장(번역)이 아닌가. 지금은 누구보다도 단단한 지성과 남다른 세계인식을 통해, 사유의 힘을 담은 에세이의 품격과 매력을 보여준 그에게 소년 시절 "성장에 대한 동경과 두려움, 자부심과 열등감, 희망과 실의가 격렬하게 교차하던 그 나날"들, 그토록 우울하던 순간들이 있었다는 사실은 평범한 사람들에게 커다란 위안을 주지 않을까 싶다. 누군들 그렇지 않겠는가. 이런 문장을 통해 우리는 한 인간의 무한한 가능성과 지적 성장에 대해, 그 누구도 자유로울 수 없는 그 희망과 절망의 순간에 대해 생각하게 되는 것이리라. 서경식은 자신이 소년과 청춘 시절 겪은 그 실의, 두려움, 열등감의 심연을 응시했기에, 지금 그만의 기품 있는 글을 쓸 수 있는 게 아닐까.

●───── 고립과 책읽기

서경식은 일본사회에서 재일조선인으로 살아온 자신의 심경을 "내 출신과 문화를 홀로 등에 짊어진 채 나는 다른 모든 학생들과 정면으로 대치하고 있는 듯한 기분이었다"고 토로한다. 그는

* * *

* 서경식, 이목 역, 『소년의 눈물』, 돌베개, 2004, 17면. 앞으로 인용문 뒤의 숫자는 이 책의 면수다.

"어머니를 모시고 함께 나선 입학 전 면접에서, 전교생 중에서 재일조선인 학생은 나 하나뿐이라는 사실을 통보받았다". 이 괴로움과 상처, 모든 게 꽉 막힌 듯한 실존적 조건에서 벗어나기 위해 그는 시간이 날 때마다 책 읽기에 몰두한다. 당시에 그가 잘할 수 있는 것, 자신이 이 세상에서 살아가는 이유를 입증하는 것은 오로지 '책 읽기'였다. 그는 책 읽기를 통해, 스스로가 마주한 고립과 절망의 시간을 통과해 왔다.

무라카미 하루키와는 다소 다른 맥락에서 서경식은 유년기부터 책을 무척이나 좋아했다. "초등학교 시절 운동능력 면에서 나는 최하위 그룹에 속해 있었고, 스스로도 그러한 사실을 절실하게 느끼고 있었"던 서경식에게 책 읽기와 글쓰기는 자신의 존재 근거를 해명할 수 있는 특별한 재능이자 놀이였다. 활동적인 형들과 대비되는 서경식 만의 책 읽기 감성에 대해 그는 이렇게 적는다.

목적지인 강변에 적당히 텐트를 치고 형들은 저마다 수영을 하거나 물고기를 낚거나 토마토를 서리하러 밭에 잠입하기 시작했는데, 나는 썩 마음이 내키지 않았다. 캠핑 따위보다는 집에서 책 읽기를 더 좋아했던 것이다. 남자라면 밖에서 씩씩하게 뛰어놀아야 한다는 일반적인 상식은 내게는 항상 고통의 씨앗이었다. (55)

인간의 기질과 성정은 참으로 다양하니, 당연히 이런 감성,

이런 유년의 괴로움도 존재하리라. 마치 토마스 만의 자서전적 소설 「토니오 크뢰거」의 주인공을 연상시키는 이 같은 영혼을 타고 난 부류가 꽤 있지 않을까. 이 고통과 고립의 감성을 온전히 이해하지 못한다면, 당신에게 서경식의 에세이가 설레는 충만감으로 다가오지는 않을 테다. 『소년의 눈물』에서 여실히 드러나듯이, 그에게 책 읽기는 지루한 일상을 견디게 만드는 만화경이자, 고단한 나날 속에서 희미한 희망을 꿈꾸게 만드는 유일한 근거였다.

● ─── 프란츠 파농과 루쉰

책 읽기와 인간과 사회에 대한 왕성한 지적 호기심을 통해 단련된 서경식의 예민한 감성은 어느 순간 역사, 민족과 만난다. "'조국'과 '동포'는 내게 자연스런 것도 자명한 것도 아니었지만, 그럴수록 나는 거기에 내 삶을 던져야만 한다고 생각"했다. 그런 그에게 알제리의 전사 프란츠 파농Frantz Fanon은 하나의 전범典範이었다. 그는 "재일조선인 청년들의 심금을 울리는 존재였던 것이다", "다정다감했던 나의 친구들은 감수성이 예민한 그 순서대로 입시 경쟁에서 떨어져나갔다"고 말할 정도로 역사와 혁명, 세계와 인간에 대해 그 역시 민감했던 서경식은 "원대한 이상과 일상의 욕망, 그 괴리에 온몸이 찢기면서도 제 삶을 의미 있는 무엇으로 만들려면 서투를지언정 이상을 향해 도약해야만 한다"고 생각하며 대학 시절 이상理想을 위해 분투했다. 그러나 역사의 간지奸智

와 혁명의 퇴조는 그를 단지 이상주의자로 내버려 두지 않았다. 현실은 이상보다 훨씬 간교하고 복잡했다. 이상과 차별 없는 세상을 꿈꾸며 기꺼이 조국으로 유학 간 두 형은 감옥에 갇혔으며, 서경식이 살아가는 세상은 여전히 수많은 벽과 차별로 둘러싸인 일본이었다. 그 역사의 파고와 가족사의 오랜 슬픔을 그는 견뎌야 했다.

대학을 졸업하고 3~4년이 흘렀을 무렵, 나는 어느 지방 도시의 파친코 가게에서 수습사원으로 일하고 있었다. 한때는 마작장에서 주임 같은 일도 했다. 나는 곧 그 방면에 전혀 재능이 없다는 사실을 깨달았지만, 그렇다고 다른 대안도 없었다. 고통 속에서 하루를 끝내고 파친코 가게 2층 숙소에서 우울하게 옆으로 웅크려 누웠을 때에도 이따금 루쉰을 읽었다. (177)

자신의 적성과는 전혀 맞지 않는 파친코 가게 사원 업무, 마작장 주임 일을 하면서, 그는 그 우울한 일상을 하루가 끝난 후의 루쉰魯迅 읽기로 달랜다. 파친코 가게와 루쉰 사이에 놓인 심연과도 같은 그 커다란 이질감을 느꼈을 서경식의 착잡한 심경에 대해 생각해 본다. 어떤 희망도, 다른 대안도 주어지지 않았던 그 스산한 시간, 자신의 열망(동경)과 실존 사이에 거대한 균열이 존재했던 일상을 하루하루 견디며, 그는 루쉰을 읽었다. 나는 무엇보다도 존재의 불안감과 희망 없는 비루한 일상으로 채워진 그 시기에 행해진 책 읽기야말로 서경식에게 인간의 복잡함, 세계의 어두움을 깊이 이해하는 에세이스트로서의 감성을 키워주었다고 생각한다.

『소년의 눈물』이후에도 그는 『시대의 증언자 쁘리모 레비를 찾아서』, 『시대를 건너는 법』, 『나의 서양음악 순례』, 『나의 이탈리아 인문 기행』등 여러 권의 에세이, 칼럼집, 예술기행집을 펴냈다. 그중에서 예민한 청춘의 성장과 좌절, 그 동경과 성숙을 둘러싼 내면이 가장 생생하게 드러난 책을 들자면, 『소년의 눈물』을 꼽지 않을 수 없다. 인간의 슬픔과 역사의 비극을 끝끝내 응시하는 서경식의 글에 의해, 이 땅의 에세이는 신선한 충격과 통렬한 자극을 받았다고 할 수 있지 않을까.

4. 더 깊고 다양한 에세이 정신을 위하여

에세이의 전성시대라 할 만하다. 대형서점의 가장 주목받는 코너에는 매력적이며 창의적인 제목의 수많은 에세이 신간이 진열되어 있다. 사람들은 희망 없는 미래, 상처받은 내면을 달콤하고 따뜻한 힐링 에세이나 처세술 책을 통해 위무한다. 물론 이런 에세이와 산문의 소중한 기능이 있으리라. 그런 에세이로부터 커다란 공감과 위안을 얻는 대중의 마음을 쉽게 무시할 수는 없겠다. 누구나 하루키나 서경식의 심성을 닮을 수 있는 건 아닐 테니까.

이런 사실을 인정하면서도, 에세이를 좋아하는 문인으로서 다음과 같은 얘기를 적어두고 싶다. 한국어로 발표되는 에세이는 한층 다양해져야 하며 지성과 사유의 힘을 더 키워야 한다고. 무라카미 하루키의 『직업으로서의 소설가』와 서경식의 『소년의 눈물』은 현저하게 다른 감성을 지닌 에세이다. 그러나 이 두 권의 책은 모두 문단이나 사회로부터의 고립을 감수하면서 수행되는 자유 정신에 근거한 글쓰기 감성에 대해, 꾸준한 양서 읽기가 작가의 글쓰기에 얼마나 소중한 자산으로 작용하고 있는지를, 지성과 사유가 지닌 힘이 에세이를 얼마나 깊고 풍요롭게 만드는지를 알려준다. 한국어로 번역된 이들의 책은 이미 이 사회의 문화자산이다. 앞으로 한국어로 쓰일 에세이가 더 품격과 매력을 얻기 위해서도 하루키와 서경식의 에세이는 한층 깊이 음미될 필요가 있지 않을까.

(2019)

고독과 쑥스러움

김학영, 김석범의 삶과 글쓰기에 대해

지난 일이 년간, 마치 기나긴 열병을 앓는 것처럼, 자이니치在日 작가 김학영金鶴永(1938~1985)과 김석범金石範(1925~)에 흠뻑 빠져 지냈다. 애초에 일본어로 발표된 그들의 소설은 한국어로 발표된 여느 작품 못지않게 농밀한 슬픔과 묵직한 감동, 가슴 시린 전율을 선사했다. 아마도 나는 그들의 문학과 인생을 깊이 사랑했던 것 같다. 정치적 입장도 다르고 문학적 결도 판이한 그 두 작가가 마음을 깊이 관통해, 장기적인 연구와 공부에 대한 강한 열망을 불러일으킨 이유는 무엇인가? 이 글은 이러한 물음에 내 나름의 답변을 구하기 위한 에세이에 해당한다.

　　김학영의 「얼어붙은 입」과 김석범의 대하소설 『화산도』는 문학평론가로 활동한 30여 년의 세월을 통틀어 보더라도, 가장 인상적인 독서체험에 해당하는 작품이었다. 이 소설들과의 만남은, 그로 인해 문학관이 확장되고, 새로운 지평이 열리는 인문적 체험의 과정이었다. 『화산도』와 「얼어붙은 입」을 읽으면서 느낀 깊은 여운으로 인해, 나는 이 작품들에 대한 좋은 글을 쓰고 싶다는 소망을 간직하게 되었다. 그 열망은 김학영과 김석범에 대한 논문과 평론, 기행문 발표로 이어졌다. 조금이라도 그 문학세계를 더 이해하고 싶은 열망에, 아직 건강하고 왕성하게 활동하는 김석범 작가를 만나러 도쿄로 날아가 새벽까지 함께 술을 마시며 대화의 시간을 가졌다. 주위 문인들이나 지인들에게 김학영과 김석범을 읽어보라고 적극적으로 권유하기도 했다. 무엇보다 그들의 작품이 깊은 감동을 선사했지만, 동시에 그들의 인품과 성정, 인생에 대한 태도 역시 매우 인상적이었다. 이제부터 그 얘기를 하고자 한다.

자이니치 작가 김학영金鶴泳(1938~1985)의 삶과 죽음을 생각하면 지금도 마음이 아려온다. 김학영은 생래적으로 극심한 '말더듬이'로 태어나, 평생 그 말더듬이 증상으로 인해 커다란 상처와 고통을 겪었다. 그가 도쿄대 공대 박사과정에 다니다가, 대학원 공부를 포기하고 작가가 된 것도 결국 말더듬이 증상으로 인한 고통 때문이었다. 대학원 세미나 발표와 대화에서 김학영은 말더듬이 증상으로 인해 엄청난 모멸감을 느끼고 커다란 상처를 받았던 것 같다. 이 체험은 자전적 소설 「얼어붙은 입」에 등장하는 주인공 최규식의 사례를 통해 생생하게 형상화된다. 이를테면 이런 대목이 김학영의 상처를 있는 그대로 환기시킨다.

나는 지금까지 참으로 얼마나 많은 비웃음을, 굴욕을, 말을 더듬는 연유로 해서 맛보아 왔던가. 그리고 얼마만큼 참혹하며, 얼마만큼 쓸쓸한 기분에 휩싸여서 설움의 구렁텅이로 떨어져 내렸던가. (…중략…) 인간과 인간의 관계에서 그 매체 역할을 하는 것이 언어인 것이다. 사람과 사람이 만날 적마다 주고받는 것이 언어요, 그리고 그것이 전부인 것이다. 인간과 인간의 의사는 언어로밖에는 교환할 수가 없는 법인데, 그 언어 한마디 한마디를 더듬지 않으면 안된다는 것, 그래서 생각한 바를 생각대로 전달할 수가 없다고 하는 것, 그것보다 더 불편한 일이 어디 있으랴.*

승차권을 사는 데도 음성이 움츠러들고, 식당이라든가 다방에서 무언가 주문을 할 때에도 음성이 움츠러들며, 하찮은 몇 마디 대화를 나눌 때에도 떠듬떠듬 더듬어야 하고, 전화가 겁이 나서 몸서리치고, 사요나라라는 작별 인사 한마디까지도 거북해서 쩔쩔매는 그런 인간에게 있어서, 말더듬이 이외의 다른 일이 어떻게 문제가 될 수 있으랴. (165)

말더듬이 이외에도 김학영의 인생은 크나큰 고통과 가슴 아픈 슬픔의 연속이었다. 그는 일본사회에서 늘 차별을 인식하며 살아가는 재일조선인(한국인)이라는 조건에 더해, 아버지와의 심한

* * *

*   김학영, 강상구 역, 『얼어붙은 입』, 한진출판사, 1985, 32면, 앞으로 인용문 뒤의 숫자는 이 책의 면수를 의미한다.

비정성시를 만나던 푸르스름한 저녁

갈등, 귀국정책으로 인해 북한으로 간 누이 셋과의 이별 등 가족사의 상처로 인해 누구보다 신산(辛酸)한 인생을 영위했다. 말더듬이를 비롯한 그의 상처와 실존적 불우는 가족과 친구를 비롯한 그누구로부터도 온전히 이해받지 못했다. 「얼어붙은 입」에서 등장하는 "인간은 그 어떤 경우에든, 말더듬이든 아니든, 나 자신을 완전하게 남에게 전달할 수는 없는 것이고, 이해시킬 수도 없는 일이며, 또한 이해해 주기를 바랄 필요도 없는 걸세"라는 대사는 바로그러한 소통과 상호 이해의 힘겨움을 뼈아프게 드러낸다.

내게 참으로 인상적이었던 것은 김학영에 대한 한국 문인들의 기억이다. 한국을 방문하여 몇몇 한국 작가들과 교류를 했던 김학영은 그들에게 깊은 인상을 남겼다. 물론 이미 고인(故人)이 된 문인에 대한 기억은 추모감정으로 인해 애틋하게 서술되는 경우가많지만, 이 점을 감안하더라도 김학영과의 만남은 매우 각별한 체험으로 회상되고 있다.

예를 들어 소설가 하근찬(1931~2007)은 김학영에 대해 "그런모습이 나는 무척 마음에 들었다. 우울한 것 같으면서도 어딘지 모르게 조용하고, 조금은 수줍어하는 것도 같아 어떤 순결한 것이 풍기는 듯한 느낌이었다. 매우 내향적이고, 순진한 데가 있는 사람이로구나 하고 나는 생각했다"고 적었다. 소설가 송영(1940~2016)은 "그는 마치 조용한 호수의 맑은 수면과 같은 모습으로 앉아서좌중에서 떠들고 있는 사람들의 얼굴을 가만히 지켜보고 있었다"

고 김학영의 인상에 대해 기억했다. 「얼어붙은 입」의 번역자 강상 구는 "김학영은 인품이 부드러운 사람이었다. 이름 그대로 학처럼 단정한 사람이었다", "언제나 수줍은 듯한 웃음을 머금은 그 표정 은 누구에게도 부담을 주지 않았다"고 전했다.

그러나 김학영의 문학과 그 존재에 대한 이처럼 따듯한 이해 는 불행하게도 생전의 그에게는 주어지지 않았던, 나중에 도착한 선물이었다. 작가로서 보낸 그의 인생은 충만감이나 행복과는 너 무나 거리가 멀었다. 대표작 「얼어붙은 입」(1966)으로 김학영은 문 예상文藝賞을 수상했고 재일조선인 문단에서 알려지는 계기가 되 었다. 그러나 그의 작가 생활은 좋은 작가와 작품으로 일본 문단 에서 알려지고 싶다는 자신의 열망과 행복하게 만나지 못했다. 김 학영은 일본 문단에서 최고의 권위를 인정받는 아쿠타가와상芥川 賞 후보에 네 번이나 거론되었지만 결국 상을 받지 못했다. 이 점은 그가 한국 국적이라는 사실도 은연중에 작용했으리라.

김학영은 아쿠타가와상을 받지 못한 것에 대해 커다란 절망 을 했다고 전해진다. 그는 1983년 12월 14일 쓴 일기에서 "『향수는 끝나고 그리고 우리는』으로 나는 꼭 상을 받고 싶다. (…중략…) 그렇게 생각하지 않으면 안 될 정도로 나는 몰리고 있다"(이한창의 「일기와 작품을 통해 본 김학영의 자살 원인」에서 재인용)고 고백한다. 일 기가 아니면 결코 드러내기 쉽지 않은 내밀한 속마음이다. 일본 문 단에서 일본어로 글을 쓰는 자이니치 작가로 얼마나 외로웠으면,

얼마나 힘들었으면 이런 일기를 썼을까. 누구보다도 단아하고 순정한 내면을 지닌 존재로 회상되는 김학영도 자신의 글쓰기를 문단에서 인정받고자 하는 욕망에서 전혀 자유롭지 않았다. 그 누군들 이런 욕망에서 완전히 자유로울 수 있을까. 김학영의 이런 태도는 너무나도 인간적이다. 한 작가의 슬픔과 죽음을 제대로 이해한다는 것은 바로 이러한 인간적인 욕망과 속 깊은 진실을 응시하는 과정이리라.

상을 받지 못한 절망감 때문이었을까. 김학영은 "노을녘이면 자살하고 싶은 충동이 일곤 했다"고 적었다. 실제로 그는 1985년 1월 4일 자신이 태어난 군마현群馬県 고향 생가에서 가스 자살로 인생을 마감한다. 참으로 가슴 아픈 일이 아닐 수 없다. 마치 오랜 세월을 함께 보낸 절친한 친구의 갑작스러운 죽음마냥 김학영의 자살이 내 마음을 아프게 헤집었다. 너무나 비통한 죽음이 아닌가. 왜 그는 자살했을까. 의미 없는 가정이지만, 만약 그가 아쿠타가와 상을 받았다면 자살하는 일은 없었다고 생각되기도 한다. 물론 정확한 진실은 알 수 없다. 다만 어떤 예술가에게는 자신의 작품에 대한 공적인 인정이 생명만큼 절박한 일이 될 수도 있다는 사실을 수긍할 필요가 있겠다.

김학영의 작품, 그의 삶과 죽음에 대해 다시 생각해본다. 그는 얼마나 외롭고 힘들었을까, 왜 나는 늘 이런 비극적이며 고독했던 작가에게 마음이 가는 걸까. 그의 집이 도쿄도 고쿠분지国分寺에 있었다는 것도 새삼 신비롭다. 고쿠분지는 2015년 1학기 연구 학기로 고다이라시小平市에 체류하던 시절, 도쿄경제대학과 도쿄 시내로 가기 위해 매일 드나들었던 장소였다. 그곳은 늘 혼자 방문하던 내 단골 술집도 있던 곳이 아닌가. 그의 대표작 「얼어붙은 입」을 읽으며, 이 작품에 대해 글을 써야겠다는 생각을 하는 겨울비가 내리는 쓸쓸한 시간이다. 선하게 생긴 김학영의 생전 사진을 가만히 바라본다. 오늘은 그의 삶과 죽음, 그의 고독과 문학을 생각하며 혼자 외롭게 술 한잔 하고 싶다.

김석범의 인생과 문학적 여정은 김학영과 사뭇 다르다. 이 둘은 여러모로 상반되는 존재이다. 비교적 이른 나이에 세상을 뜬 김학영과는 달리, 김석범은 2017년 현재 우리 나이로 아흔셋이다. 그의 문학은 대중적인 인기가 있다고는 할 수 없겠지만, 한국과 일본의 지식사회에서 매우 높이 평가받고 있다. 제주4·3이라는 미증유의 역사적 상처에서 비롯된 김석범의 작가 인생은 어떤 문인보다도 치열했으며, 그의 문학은 꽤 사랑받았다.

김석범은 평생에 걸친 문학적 업적을 평가받아 올해 제정된 '이호철통일로문학상'의 초대수상자가 됐다. 그는 제주도가 주관하는 '4·3평화상'(2015)의 초대수상자이기도 하다. 대하소설 『화산도』를 비롯한 김석범의 문학은 한때 그 가치를 온전히 평가받지 못했다. 그러나 이제 애초에 일본어로 발표된 김석범 문학은 이 시대 한국문학을 둘러싼 장場의 가장 첨예한 화두이자 논점이 아닐까 싶다. 일찍이 한국을 방문하고 민단民團쪽에 섰던 김학영과는 달리, 김석범은 남한, 북한, 일본 그 어느 쪽에도 온전히 귀속되지 않는 난민의 정체성, 즉 조선적朝鮮籍을 아직도 고수한다.

이렇게만 적으면 김석범은 누구보다 담대한 자유인이자 의연한 기질을 지닌 작가로 보인다. 그러나 김석범 작가를 알면 알수록, 그의 성정과 기질에 대해, 인간이라는 복잡한 존재에 대해 많은 생각을 하게 된다.

김석범 작가는 대하소설 『화산도』를 비롯하여 지금까지 40여 권의 책을 내면서, 피치 못할 경우를 제외하고는 공식적인 출판기념회를 거의 하지 않았다고 한다. 생각해보면 그 점이 김석범의 자부심이기도 한 것 같다. 출판기념회를 하면 대중 앞에서 인사를 해야 하는데 그에 대한 극도의 공포감과 쑥스러움이 있다고 전한다. 말하자면 대중 앞에 선다는 것에 대한 수줍음, 부끄러움이 많다는 얘기겠다. 젊은 시절 김석범 작가는 대인 기피증에 걸린 적도 있다고, 남이나 이성 앞에서 얘기하는 것도 큰 고역이었다고 이 글을 쓰는 사람과의 대화 자리에서 털어놓기도 했다(2016년 7월 11일 저녁 도쿄 우에노에서의 대화 중에서).

구순을 훌쩍 넘겼지만 지금도 그토록 강단 있는 노작가 김석범에게 이런 성정이 있다니 의외였다. 그렇게 부끄러움을 많이 타는 마음 한편에 참으로 대담한 저항정신이 자리 잡고 있다는 것도 정말 인상적이다. 시인 윤동주가 그러했듯이, 수줍은 마음과 치열한 저항정신이 함께 공존할 수 있다는 것을 마음 깊이 기억하고 싶다.

김석범의 이러한 기질과 성정을 너무나 잘 이해한다. 뼛속 깊이 이해한다. 나 역시 그러한 성향이 아주 많기 때문이다. 김석범의 이러한 기질을 확인하며 많이 위로받았다. '아, 그토록 부끄러움이 많은 기질이라도 이토록 위대한 작품을 쓸 수 있구나'하는 생각을 했더랬다. 아니 생각해보면, 그런 수줍음이 많은 기질이었기에 대하소설『화산도』를 쓸 수 있었던 것이 아니었을까 싶기도 하다. 어쩌다 보니, 나 역시 지금까지 여덟 권의 책을 출간했지만 한 번도 출판기념회를 한 적이 없다. 그 마음의 근원이 무엇일까 하고 스스로에 대해 되돌아보니, 양상은 다소 다를지라도 김석범이 말한 일종의 부끄러움과 대인기피증이 아닌가 싶다. 그래서 내가『화산도』를 그토록 좋아하는 것일까.『화산도』는 제주4·3에서 더 나아가, 어느 작품보다도 인간의 기질과 성정, 열정, 콤플렉스, 순정, 부끄러움, 우정, 허무, 욕망, 배신, 기품, 편향에 대해 드물게도 깊은 이해를 보여준다. 사람과 사람 사이도 그러하듯이, 작품과 비평가 사이에도 궁합이 존재한다는 걸 새삼 느낀다.

수줍음과 쑥스러움은 내 평생을 따라다닐 '마음의 병'이자 일종의 작은 자부심이기도 한 것 같다. 언젠가 시인 이성복이 고백했듯이, 다른 사람은 너무 자연스럽게 잘하는 걸 나는 왜 이 모양일까, 할 때가 자주 있다. 이렇게 보면 다소 차이는 있지만, 김학영, 김석범, 이성복 모두 비슷한 인간 유형이 아닐까 싶다. 물론 이들에 비하면 나는 하찮기 그지없는 사람이다. 무대 앞에서, 대중 앞에서 말하는 시간이 지금도 내게는 너무 힘들다.

김학영과 김석범의 빛나는 작품과 그들의 성정을 생각하면서, 나는 결국 문학이 매우 섬세한 인간학이라는 사실을 절감한다. 그토록 부끄러움이 많기에, 그토록 원한과 상처가 크기에 비로소 쓸 수 있는 그런 작품이 있는 것이다. 「얼어붙은 입」과 『화산도』는 바로 이런 계열에 속하는 소설이다.

김학영과 김석범의 인생과 글쓰기를 생각하며 나는 신철규 시인의 시집 『지구만큼 슬펐다고 한다』(문학동네, 2017)의 서문을 떠올렸다. 시인은 이렇게 읊었다.

떠들썩한 술자리에서 혼자 빠져나와
이 세상에 없는 이름들을 가만히 되뇌곤 했다.
그 이름마저 사라질까봐, 두려웠기 때문이다.

절벽 끝에서 서 있는 사람을 잠깐 뒤돌아보게 하는 것,
다만 반걸음이라도 뒤로 물러서게 하는 것,
그것이 시일 것이라고 오래 생각했다.

나는 "떠들썩한 술자리에서 혼자 빠져나와/이 세상에 없는 이름들을 가만히 되뇌"는 마음이 바로 문학이라고 생각한다. 김학영과 김석범의 소설이 그토록 내 마음을 움직인 이유는 무엇일까. 그것은 무엇보다 그들이 "떠들썩한 술자리"와는 어울리지 않는 그 고독한 마음을 견지하고, '혼자 있음'의 사색을 통해 인간의 실존과 역사의 상처를 투철하게 응시했기 때문이 아닐까 싶다. 나도 그 마음을 가지고 싶다. 그런 마음의 자리가 내게 어울리고 편하다. 크게 이름을 알리고 싶은 생각도 없다. 그래서 '바람 한가운데 섬처럼'(허연의 시 「저녁, 가슴 한쪽」 중에서) 그렇게 살고 싶다. 자이니치 작가 김학영과 김석범이 그러했듯이.

(2017)

『화산도』 문학기행

운명과의 만남, 정신과 정신의 대화

인생을 살다 보면, 이건 운명이라는 말로밖에 설명되지 않는 그런 결정적인 만남이 있다. 그 만남으로 인해 전개된 인생이 뜻깊은 변화의 계기를 얻게 되는 그런 순간 말이다. 사람과의 만남도 그러하고 작품이나 책과의 만남도 그러하리라. 내게는 김석범 작가의 대하소설 『화산도』와의 만남이 바로 그러한 예에 해당한다. 그 만남은 비평가, 근대문학 연구자로서의 내 삶에 근본적인 자극과 새로운 열정을 선사했다. 물론 이 작품으로 인해 인생이 전면적으로 변화했다고 할 수는 없으리라. 나는 여전히 대학에서 학생을 가르치고 있고 문학비평가로 활동하는 중이다. 그러나 『화산도』와의 만남으로 인해, 참으로 오래간만에 온 정성으로 이 작품에 대해 공부하고 싶다는 열망, 좋은 글을 쓰고 싶다는 간절한 소망이 생겼다는 것만은 부인할 수 없는 분명한 진실이다.

　　비평을 '정신과 정신의 만남'이라고 칭했던 한 선배 비평가의 표현을 빌자면, 『화산도』와의 만남, 김석범 작가와의 만남은 어떤 정신과의 만남 못지않게 나를 자극했고 독서의 충만감으로 가득 차게 만들었다. 이 글은 바로 그 만남으로 형성된 변화, 열정, 충만감, 감동, 행복, 슬픔, 기행, 자극에 대한 기록의 한 편린片鱗이다.

1988년 『화산도』 1부 다섯 권이 실천문학사에서 간행되었을 때부터 이 작품은 일종의 신화처럼 눈 밝은 문인과 연구자들 사이에서 입소문을 통해 회자되곤 했다. 그 후에도 일본어판 『화산도』는 오랜 시간 동안 연재되었다가 1997년에 일본어로 완간됐다. 그로부터 다시 18년의 세월이 흐른 2015년에야 『화산도』에 대한 신화는 한국어 완역을 통해 비로소 구체적인 실감으로 다가왔다. 노벨문학상을 받아 마땅한 작품이라 『화산도』를 평가했던 몇몇 일본학자와 문인의 발언은 이 작품에 대한 내 호기심을 한껏 부풀렸다. 그해 10월 『화산도』 한국어판이 발간되자마자 주문하여 거의 밤새며 설레는 마음으로 1권을 독파했다. 그러나 더 이상 읽을 수가 없었다. 『화산도』를 계속 읽기 시작한다면, 내게 주어진 여러 가지 일을 기간 내에 마치지 못할 수도 있다는 초조감이 엄습했기 때문이다. 그만큼 『화산도』 읽기는 내 소설 탐독의 오랜 역사에서 드물게도 엄청난 흡인력과 먹먹한 전율을 선사했던 터였다.

1권 읽기를 마친 후, 『화산도』 나머지 권들을 읽고 싶다는 강렬한 욕망을 억누르며 밀린 일을 묵묵히 처리해 나갈 수밖에 없었다. 결국 겨울방학까지 기다려, 2016년 1월 한 달여에 걸쳐 200자 원고지 22,000매에 이르는 『화산도』 12권을 완독했다. 그 직후 『화산도』완독이 가져온 문학적 여운을 「망명, 혹은 밀항密航의 상상력 – 김석범의 『화산도』에 대하여」(『자음과모음』, 2016년 봄호)라는 평문에 담았다.

그 이후 시간은 『화산도』에 대해 한층 본격적으로 공부하고 탐구하는 준비를 하는 시간이었다. 『화산도』 번역자인 동국대 일문과 김환기 교수, 일본 근현대문학 전공의 숙명여대 일본학과 이지형 교수와 함께 만나 김석범 작가의 인생과 대하소설 『화산도』에 대해 대화하는 자리가 마련되었다. 『화산도』를 계기로 의기투합한 우리의 술자리는 결국 도쿄에 있는 김석범 작가와의 국제전화로까지 발전했다. 그 짧은 대화에서 작가는 내가 쓴 「망명과 밀항의 상상력」을 읽어보았다며 꼭 도쿄에서 보자며 만남을 기약했다. 무엇보다 김석범 작가를 만나서 허심탄회하게 대화하고 싶었다. 예상보다 그날이 빨리 오리라는 기대감에 가슴이 설렜다.

2016년 7월 1일 오키나와 나하那覇에서 시작된 여정은 교토, 오사카, 고베를 거쳐 도쿄, 아오모리, 하코다테, 오타루, 아사히가와, 삿포로로 이어지는 약 3주의 문화탐방이었다. 이 기행은 재일 디아스포라 문학(문화)탐방과 자료 조사를 위한 연구프로젝트 차 진행되었다. 그사이에 둘러본 몇 군데 지역은 『화산도』에서 항쟁에 필요한 자금 후원과 물품 확보를 위해 일본으로 밀항한 남승지와 강몽구가 밟아온 도정이기도 했다.

제주도에서 밀항한 남승지의 심정이 되어 오사카 쓰루하

시역鶴橋駅 근처의 국제시장과 한인타운을 천천히 거닐었다. 특히 1959년 겨울 김석범 작가가 꼬치구이 포장마차를 했던 쓰루하시 JR역 고가도로 밑을 일부러 몇 번이나 어슬렁거리기도 했다. 남승지의 사촌형 남승일이 살던 고베 산노미야역 근처를 하릴없이 배회했다. 비 내리는 고베항에서 식민지 조선 노동자의 마음으로 바다를 하염없이 바라보았다. 『화산도』에서 "운하로 나와, 메탄가스가 끓어오를 것처럼 더러운 냇가 길을 따라 집으로 돌아왔다"라고 묘사된, 쓰루하시 한인타운 끝에 있는 히라노 운하를 망연히 응시했다. 김석범 작가가 1961년까지 살았던 동네다. 『화산도』에는 그 동네 골목의 허름한 집에 남승지 모친과 누이가 거주하는 것으로 설정돼 있다. 김석범 작가의 추억에 남겨진 미유키 다리를 건너보았다.

『한겨레21』 르포(이문영, 「평생 4·3을 쓰도록 결박된 운명」, 2016)에 의하면 "어머니 뱃속에서부터 밀항자였던 그는 순사들이 무서워 다리를 피해 다녔다"고 한다. 한때 재일조선인의 빈궁과 더러움을 상징하던 히라노 운하는 이제는 잘 정비된 평범한 개천처럼 보였다. 한 신문기사는 히라노 운하와 한인타운의 관계에 대해 이렇게 적었다.

오사카에 한인타운이 생기게 된 것은 바로 이쿠노쿠 근처의 히라노 운하 때문이다. 운하 건설을 위해 수많은 조선인들이 현해탄을 건너갔다. 제주도를 떠나 밀항선을 타고 이쿠노쿠에 머물게 된 그들이 할 수 있는 유일한 한국과의 교감은 제주도 음식이었다. 이쿠노쿠에서 맛볼 수 있는 달달한 제주도 기름떡은 재일 한인들의 고단했던 삶을 지탱해 준 음식이었다. 고향을 쩌내듯 시루에 쩌낸 디아스포라의 한 맺힌 떡 이야기를 함께한다. (「징용 한국인들이 일본서 차린 '한 많은 밥상'」, 『서울신문』, 2015.8.26)

이 히라노 운하의 역사, 그 슬픔과 더러움, 자존과 비참을 제대로 이해할 때, 『화산도』는 한층 더 생생하고 농밀한 실감으로 다가오리라. 앞으로 기회가 주어진다면, 『화산도』에 등장하는 남승지가 밟아온 여정을 그대로 답사하고 싶다는 생각을 했다. 제주, 야마구치현, 시모노세키, 고베, 오사카, 도쿄…….

쓰루하시 한인타운 어느 음식점에서 만난 돌하루방을 보고, 혹시 이 가게 주인은 4·3을 피해 이곳에 인생의 닻을 내린 분의 자손일지도 모른다고 상상해 본다. '제주토속요리'라고 적힌 간판도 나타나고 '제주도 자리젓'이라고 적힌 홍보문구가 사진과 함께 보인다. 저 건너편 식당 앞 테이블에도, 두어 블록 건너 고기집 앞에도 돌하루방이 놓여있다. 실제로 이 지역 한인의 태반이 제주도 출신이라는 얘기를 들었다. 할아버지, 할머니가 조금만 다른 선택을 했더라도 나 역시 일본에서 태어나 재일 디아스포라 2, 3세로 살아가는 운명이었으리라. 그 인생은 평생 차별과 우울을 숙명적으로 마주할 수밖에 없지 않았을까. 새삼 가족사, 민족사의 숙명에 대해 생각해 본다.

관서 지역 탐방을 마친 뒤, 신오사카역에서 신칸센新幹線을 타고 7월 9일 오후 늦게 드디어 도쿄에 도착했다. 고베발 급행 삼등칸 야간열차로 도쿄에 가던 남승지의 심정이 되어보는 감상을 부려보기도 했지만, 그런 마음을 갖기에는 신칸센이 너무나 쾌적했고 신속했다.

하루의 휴식을 거친 뒤인 2016년 7월 11일 오후, 드디어 김석범 작가와 만나기 위해 숙소가 있는 신주쿠에서 중앙선을 타고 우에노 쪽으로 이동했다. 우에노역 역시 『화산도』에서 남승지와 강몽구가 들렀던 주요 공간 중 하나다. 약속 시간이 남아서 우에노역 인근과 서울 남대문시장에 해당하는 아메요코ｱﾒ横를 거닐었다. 남승지가 우에노역 지하도에서 만났던 부랑자들은 전혀 보이지 않았다. 각양각색의 옷을 입은 다양한 국적의 사람들이 쇼핑을 즐기고 있었다.

오랜 세월 동안 김석범 작가의 후원자인 조동현 선생과 2016년 7월 11일 6시에 도쿄 전철 야마노테선山手線 오카치마치역御徒町駅 북구北口에서 만났다. 우에노역에서 한 정거장 거리다. 김석범 작가와의 인연을 평생의 보람이라고 말하는 그는 도쿄 '제주4·3을 생각하는 모임'의 회장이다. 함께 걸어서 인근의 한식당으로 이동하니 옅은 베이지색 반팔 티셔츠를 입은 백발의 김석범 작가가 환한 얼굴로 맞아주었다.

　우에노역 근처의 한식당 '청학동'에서 시작된 김석범 작가, 조동현 선생과의 대화는 근처 카페를 거쳐 새벽 1시 무렵 끝났다. 장장 일곱 시간에 가까운 대화였다. 김석범 작가는 청년 못지않게 열정적이었으며 소탈했다. 앞에 있는 그가 아흔둘의 노작가라는 사실이 믿기지 않았다. 그 연세에 술을 즐기며 자정을 넘겨서까지 대화를 나누는 김석범 작가, 처음 만난 막내 조카뻘 비평가 앞에서도 천진한 슬픔과 격정, 눈물을 보이는 김석범 작가의 면모를 통해, 나는 『화산도』가 그냥 쓰인 작품이 아님을 여실히 실감했다.

　이 만남을 위해, 미리 김석범 작가와 『화산도』에 대한 몇 가지 질문을 준비했지만, 대화는 꼬리에 꼬리를 물고, 때로 술기운에 실려 자유롭게 전개됐다. 이 글은 김석범 작가와의 대화 중에서 가장 핵심적인 내용의 녹음을 풀어 기록·정리하고 그에 대한 내 소감을 덧붙인 것이다. 처음에는 질문에 김석범 작가가 답변하는 형식으로 대화가 진행되었으나, 흥미진진한 대화 내용과 함께 술기운은 우리의 정담情談을 어떤 체계도 없는 자유로운 형식으로 만들었다. 오히려 체계와 중심이 없는 대화이기에 가능한 의미심장한 촌철살인에 가까운 내용이 가득했다. 지난번 전화 통화에서도 느꼈지만, 일본에서 태어난 그는 우리말이 무척이나 유창하다. 이를 화두로 대화를 시작했다.

권 : 김석범 작가님. 이렇게 만나 뵙게 되어 커다란 영광입니다. 우리말을 유창하게 잘하시는데, 이 점이 참 인상적으로 다가옵니다. 일본 오사카에서 태어나셨는데, 일본에서 평생을 보내셨음에도 불구하고, 이처럼 우리말이 유창하고, 한국어의 감각을 기억하시는 비결이 무엇인지요?

김 : 저는 어린 시절을 오사카 조선인 부락인 이카이노에서 보냈어요. 식민지 시대에도 제주와 오사카를 오가는 정기 여객선이 있었기에, 그곳에 조선인 부락이 곳곳에 있었고 특히 제주사람이 많았지요. 유년기부터 일본어를 배우기 전에 조선인 마을 공동체에서 제주도 사투리를 포함한 조선어를 배웠어요. 물론 일본 소학교를 다녔지만, 집에 돌아오면 어머니와 우리말을 주고받으며 대화했어요. 해방 전에 제주도에 가서, 고모님 댁에서 일 년여 거주하며 조선말을 배우기도 했고요. 당시 제주 성내에 가면 일본말을 했지만, 촌에서는 거의 조선말로 대화했어요. 이런 과정에서 나는 일본사람이 아니라, 조선사람(제주사람)이라는 자각이 어릴 때부터 있었답니다. 일본에서 살면서도 늘 '식민지조선에서 흘러와서 일본에 있는 우리는 누구인가?'라는 생각이 싹트곤 했지요. 해방 직전인 1945년 봄에는 징병검사를 핑계로 임시정부가 있는 중경으로 망명하기 위해 제주 성내 북국민학교에서 징병검사를 받기도 했어요. 그때 한라산 관음사에 있었답니다. 물론 그 망명은 실현되지 못했지만요.

비정성시를 만나던 푸르스름한 저녁

스무 살 청춘 무렵에 독립운동에 모든 인생을 바치기 위해 임시정부에 있는 중국 중경으로 망명하는 것을 꿈꾸었으며 실제로 그 망명을 시도하기도 했던 김석범 작가의 담대함에 대해 생각해본다. 그러니 그가 좌우 양쪽에서 협공을 당하면서도, 오랜 고립을 견디면서도 주체적인 입장을 견지했던 심리, 아직까지도 무국적에 가까운 조선적朝鮮籍을 고수하는 집념이 자연스럽게 이해가 됐다. 그야말로 『화산도』를 운명과 같이 쓸 수밖에 없었던 것이 아니었을까.

권 : 선생님 말씀을 들어보니, 왜 그토록 선생님께서 민족(운동)에 대해 각별한 애정을 지니게 되었는지, 우리말을 유창하게 구사하는 이유가 무엇인지를 충분히 이해하게 되는군요. 제가 생각하는 것보다 오사카 조선인 마을 공동체가 무척이나 끈끈하고 단단했다는 인상도 받게 되네요. 실제로 『화산도』에는 조선인 마을 이카이노 지역에 대해 "그곳에는 한민족의 생활 원형이 조금도 흐트러지지 않고 신비한 생명력으로 계속 살아왔던 것이다"(2권 458면)라고 적혀 있네요. 해방 직후 조국으로 다시 돌아오셨지요.

김 : 제가 제주에서 일본에 돌아온 지 한 달 만에 해방이 됐어요. 그래서 1945년 11월에 다시 신생 조국 건설을 위해 서울로 왔지요. 그 당시에는 어머니와 영원히 이별하겠다는 각오로 온 겁니다. '조선건국동

맹' 지하조직 책임자였다가 해방 후 인민당 활동을 하시던 이석구 선생도 알게 됐고 당시 아현동에 있었던 국학전문학교 국문과에서 공부하기도 했어요. 교장으로 있던 위당 정인보 선생도 찾아뵙고 인사를 나눈 기억이 있어요. 남산 인근 후암동에서 학생과 노동조합 청년 대여섯 명이 함께 합숙하며 민족의 향방에 대해 토론하기도 했답니다. 그때 만난 장용석이라는 친구가 있는데, 그 친구를 생각하면 지금도 눈물이 납니다. 저는 1946년 여름에 건강이 안 좋아 한 달 예정으로 다시 일본으로 밀항했다가 사십여 년간 돌아오지 못하는 신세가 되었는데, 그 친구는 서울에 남았지요. 아마 좌우익 투쟁이나 전쟁으로 곧 죽었을 거예요. 1946년 10월부터 매달 편지가 일본으로 왔는데, 1949년경부터 편지가 끊겼어요. 그 편지 25통을 아직 소중하게 보관하고 있답니다. 번역이 되어야 하겠지요.

임시정부, 망명, 국학전문학교, 위당 정인보, 선학원, 노동조합, 사회주의, 허무주의. 그의 젊음과 청춘을 수놓았던 용어들이다. 그는 1946년 가을부터 오사카 이쿠노 지역의 조선소학교 교사로 일한 적도 있는데, 이 점도 그가 우리말을 유창하게 구사하는 동력이 되었을 테다. 『화산도』 1권에 등장하는 장면, 즉 남승지, 김동진, 유달현 등이 해방 직후 서울 학우회 기숙사에서 문학을 주제로 토론하는 인상적인 대목, 남승지가 P전문학교 국문과 학생으로 설정된 구도에는 실제 김석범 작가의 후암동 합숙 생활과 국학전문학교 국문과 학생 체험이 진하게 스며들어 있다. 『화산도』 3권에서 어머님, 누이와 헤어지는 것을 감수하며 평온한 일본을 등지고 다시 격동과 고난의 현장인 제주로 향하는 남승지의 의연한 마음은, 자신이 그런 선택을 하지 못했던 김석범의 자의식을 투사하고 있는 게 아닐까 싶다.

권 : 『화산도』에서 선생님의 실제 이력과 가장 유사하게 설정된 인물이 순정한 혁명가 남승지라고 생각됩니다. 개인적으로 『화산도』 내내 가장 순수하고 헌신적인 혁명가로 등장하는 남승지를 통해 참 많은 감동과 깊은 인상을 받았답니다. 이를테면 "조직원들 가운데 남승지처럼 해방 후에 단신으로 귀국한 사람은 그가 아는 범위 내에서는 한 사람도 없었다. 모두 부모나 형제가 이미 조국에 살고 있었던 것이다"(3권, 202면) 같은 대목이 특히 제 맘을 울리네요. 남승지라는 인물에 대해 좀 더 말씀해주시죠.

김 : 그렇지요. 작품 속에서 남승지 나이는 저하고 같아요. 나는 일본으로 돌아와 4·3에 직접 참여하지 못한 비겁한 입장이 되었지만, 남승지를 나 대신 그 현장에 남아 있는 인물로 설정한 겁니다. 4·3항쟁의 그 치열한 과정에서도 남승지는 끝까지 살아남아 일본으로 밀항하지요. 4·3에 참여하지 못한 채 일본에서 살아왔다는 미안한 마음, 장용석을 버리고 나만 살아남았다는 회한, 결국 동지들을 배반한 것과

다를 바 없다는 부끄러움은 저 자신을 오랫동안 지배한 생각입니다. 말하자면 항쟁에서 도피했다는 죄의식이 소설 속 남승지의 삶에 배어 있다고 볼 수 있겠지요. 결국 이런 생각이 일본에 살면서 『화산도』를 쓰게 만든 힘이 되었어요. 장용석은 나중에 편지에서 '나도 일본에 가고 싶다'고 고백하기도 했어요.

김석범 작가는 친구 장용석을 떠올리며 실제 눈물을 흘렸다. 70년의 세월 동안 생사도 정확히 알지 못했던 청춘 시절의 동지를 기억하며, 눈물을 흘리는 김석범 작가의 마음이 상상도 되지 않는다.

권 : 주인공 이방근은 『화산도』 전편을 관통하는 가장 문제적 인물인데요. 이방근의 어떤 사유나 행동은 선생님 자신의 체험이나 입장에서 연유한 부분도 있을 것 같네요. 이방근에 대한 얘기도 듣고 싶습니다.

김 : 당연한 말이지만, 나하고 이방근은 많이 다르지요. 나는 젊은 시절 사람 만나는 것을 두려워하는 대인공포증이 있었어요. 여성하고 만나면 얼굴이 빨개지는 성격이었어요. 오히려 그렇기 때문에 이방근이라는 인물을 통해, 나와는 다른 어떤 면모를 드러낸 겁니다. 나는 이방근의 그런 적극적인 면이 부러워요. 나도 그렇게 살고 싶은 마음이 있는데, 그렇게 못하는 거지요. 내게는 실제로 그런 체험이 없지만, 어떤 망상 같은 게 있을 수 있잖아요. 그런 내 머리 속 망상이 이방

근이라는 인물을 통해 소설화된 대목이 있답니다. 『화산도』에 대한 기존 평론 중에는 왜 이방근 같은 캐릭터를 중심인물로 설정했느냐는 비판도 있던데, 『화산도』를 제대로 이해하지 못한 평이라 봐요. 이방근을 중심으로 하지 않으면 작품이 성립되지 않거든요. 사실 저는 자유인 그 자체인 이방근이 부러워요. 내가 그래 보지 못했거든요. (웃음).

조 : 저는 이방근이라는 캐릭터를 참 좋아합니다.

권 : 제가 2015년 1학기에 서경식 교수의 초청으로 도쿄경제대 객원연구원으로 있으면서 도쿄도 고다이라시小平市에 있는 도쿄경제대 게스트하우스에서 6개월 동안 체류했답니다. 그 과정에서 서경식 교수와 많은 대화를 나누었지요. 대화 중에, '재일 조선인 예술가 중에서 가장 높이 평가하는 분은 누구입니까?'라는 질문을 던진 적도 있어요. 그 질문에 대해 서경식 선생은 주저 없이 "누구보다 『화산도』의 작가 김석범 선생을 좋아하고 높이 평가합니다. 그는 일본인 다수자의 논리에 빠지지 않은 채, 아주 드물게 독립적이며 자율적인 재일조선인의 정체성을 유지하고 있습니다. 한국에도 잘 가지 않지요. 어떻게 보면 인정에 대한 욕망에서 상대적으로 자유로운 존재가 바로 김석범 선생이 아닐까 합니다. 에너지와 고집이 대단하지요. 그분의 주체성과 독립성을 높이 평가합니다. 저는 예술의 본질이 자기만의 세계를 지니는 것이라고 봅니다. 마치 '고야'처럼요. 이런 면모에 가까운 예술가가 김석범 선

생이라고 생각합니다"라고 답한 바 있습니다. 서경식 교수의 저서들이 대부분 번역되어 한국 지식사회에서도 관심이 꽤 큰 편인데요, 그렇다면 일본에서 함께 재일 디아스포라로 살아가고 있는 선생님은 서경식 교수에 대해 어떻게 생각하시는지 궁금합니다.

김 : 그 친구는 재일조선인 중에서도 민족적 성향이 강한 편이지요. 상당히 문학적이며 미술에 대한 조예가 깊지요. 서경식 교수는 어중간한 입장이 아닙니다. 확고한 그만의 세계가 있습니다. 형인 서승의 영향이 컸을 거예요. 물론 서승과 서경식은 기질이나 감성이 많이 다릅니다. 서승은 성격이 매우 강하며 낙천적이고 서경식은 민족주의적 입장에 있지만 문학적이며 예술적이지요. 사회학자 이정화 선생의 소개로 신주쿠에서 서경식을 처음 만났을 때가 생각납니다. 당시 민족의식이 보통이 아니라고 느꼈어요.

이 말을 들으며, 재일 1세대와 2세대에 드리워진 깊은 민족주의적 성향에 대해 생각해보았다. 세대가 거듭될수록 재일 디아스포라의 민족주의적 성향은 옅어지며 귀화자도 증가한다. 재일 디아스포라의 세대별 인식과 관점의 차이는 앞으로 점점 커질 것이다. 김석범과 서경식은 편협한 민족주의자가 결코 아니다. 그들은 누구보다 특정한 국가에 포섭되는 국가주의, 민족주의에 대해 비판적이지만, 민족주의의 저항적 가능성이 여전히 필요하다고 생각한다는 면에서는 탈민족주의와도 일정한 거리를 둔다.

권 : 『화산도』가 지닌 문학적·역사적 의미가 여러 가지 있겠지만, 그중에서도 무엇이 가장 중요하다고 생각하시는지요?

김 : 내 개인적 소망은 독자들이 『화산도』의 주인공 이방근을 통해서, 해방 직후 전개된 역사, 자주독립을 성취하지 못한 역사의 진실을 제대로 알게 되는 겁니다. 문학작품을 통해 해방공간을 재검토하는 것이 『화산도』의 존재 의의입니다. 해방공간의 '역사 바로 세우기'에 『화산도』가 도움이 되길 바랍니다. 대한민국이라는 나라를 세우기 위해 '학살'이 벌어질 수밖에 없었던 사정을 정확하게 알아야 합니다. 앞으로 한반도가 통일하게 될지라도, 그때 분명히 4·3이 커다란 문제가 될 겁니다.

『화산도』만큼 해방 직후 한국의 현대사와 친일문제에 대해 심도 있는 접근을 시도하는 소설작품은 정말 드물다. 혹자는 김석범 작가의 이런 주장에 대해 친북이라는 딱지를 붙이기도 한다. 그가 2015년 10월, 『화산도』 한국어판 출간을 기념하는 국제학술대회 때 한국입국이 불허된 것도 이러한 점과 연관되리라. 그러나 함께 이 자리에 있는 조동현 선생이 증언했듯이, 김석범 작가는 결코 친북 성향이 아니다. 이에 대해 이문영은 「『화산도』 문학르포 하

(下): 도쿄-"정치적 협격을 당해왔다"」(『한겨레21』 1106호, 2016.4)에서 다음과 같이 적었다.

"선생이 조총련과 북한을 비판하다 요주의 인물이 된 게 언제인데 실상도 모르고 딱지를 붙인다"고 조동현은 답답해했다. "1998년 제주 4·3 50주년 때 조총련이 나한테 선생이 관여하는 행사엔 나가지 말라고 요구했다. 왜 그와 어울리냐며 '금족령'을 내렸다. 북한의 일인 독재를 비판하는 그는 조총련의 눈 밖에 난 지 오래다."

권 : 1997년 『화산도』가 일본어로 완간된 이래, 지금까지 『화산도』 연구가 조금씩 진척되어 온 것으로 알고 있습니다. 일본인 학자나 비평가가 쓴 『화산도』론 중에서 누구의 글이 『화산도』에 대한 가장 정확한 해석이라고 생각하시는지요?

김 : 우카이 사토시鵜飼哲 히토쓰바시대학一橋大學 교수의 글을 가장 좋게 보았습니다.

권 : 아 그렇군요.

우카이 사토시 교수(1955~)는 지난 2015년 10월 동국대에서 『화산도』 한국어판 발간을 기념하는 의미로 열린 국제학술심포지엄 '재일디아스포라 문학의 글로컬리즘과 문화정치학 – 김석범 『화산도』'에서 「꿈과 자유 – 『화산도』 한국어판 완성을 기리며」라는 제목의 글을 발표했다. 그는 망명, 니힐리즘, 꿈을 화두로『화산도』의 문학적 의미를 살펴보며 "이 작품은 다른 어떤 작품보다도 더 다가올 독자를 갈구하고 있습니다"라고 얘기했다. 우카이 교수는 자크 데리다에게 직접 배운 학자(프랑스문학과 사상 전공)로 누구보다『화산도』의 세계에 푹 빠진 일본의 지성이다.『주권의 너머에서』(그린비, 2010)가 한국어로 번역됐다.

권 :『화산도』가 한국어로 번역된 이후에 이제 한국의 비평가나 학자들도『화산도』에 대한 글을 발표하기 시작했지요. 지난번 전화로 제가 쓴 「망명, 혹은 밀항의 상상력」을 읽어보았다고 하셨는데, 어떻게 읽으셨는지 무척 궁금합니다.

김 :『화산도』한국어 번역본이 출간된 이후에 처음 발표된 글인데, 대단히 문학적인 글이라고 느꼈습니다.『화산도』를 제대로 이해하고 쓴 비평이지요. 일종의 에세이에 가깝지만,『화산도』의 중요한 알맹이와 주제가 다 포함되어 있어요. 단지 이론을 앞세우는 글이 아니라, 비평 자체가 일종의 문학에 해당하는 그런 글이기도 합니다. 이렇게 쓰는 게 참 쉽지 않지요. 그래서 내가 정말 권 선생의 글을 읽고 크게 감동했고, 참으로 감사하는 마음을 가지는 거예요. 번역자 김환기 선생

에게도 편지로 이 얘기를 전했어요. 평문 서두에 『화산도』 읽다가 석양을 바라보는 대목*이 정말 마음에 다가왔어요. 평론가의 감성이 느껴지는 글이고 문체나 스타일이 참 인상적이에요. 내가 어떤 글을 '문학적'이라 했을 때, 그건 대단히 의미 있는 표현입니다. 『화산도』는 일종의 우주인데, 그 세계를 잘 집약한 글이 권 선생 평문이라고 봤어요. 권 선생 글을 깊이 공감하며 읽으며, 내가 힘을 얻었어요. 그래서 권 선생은 꼭 만나고 싶었어요.

조 : 저도 이 글을 두 번이나 읽었는데, 권 선생 평문은 쓰는 사람의 진정성이 느껴지는 그런 글입니다. 김석범 선생이 『화산도』에 대한 여러 글을 읽고, 때로 '이건 아니다'라고 말한 적도 있는데, 이번 권 선생 글을 읽고서는 상당히 좋아하셨어요.

김석범 작가로부터 이런 얘기를 들었다는 게 믿기지 않았다. 그가 내 비평문에 대해 이토록 적극적인 반응을 보이리라고는 전혀 짐작하지 못했다. 그는 대화 중에 「망명, 혹은 밀항의 상상력」이 지닌 비평적 가치에 대해 커다란 의미 부여를 하며 내게 감사의 뜻을 표했다. 그러나 정작 감사해야 할 사람은 내 자신이 아닐까. 『화산도』와의 운명적 만남 자체가 평생의 친구이자 소중한 문

• • •

* 다음 문장을 의미한다. "작품을 읽다가 자주 비감한 마음이 되어 때로 불그스름한 저녁놀이 걸려 있는 창문을 우두커니 쳐다보곤 했다." 『비평의 고독』, 소명출판, 2016, 340면.

학적 자산이 될 것이었다. 김석범 작가의 한 마디, 한 마디에 그동안 한국문학 비평 공간에서 내가 느껴온 위화감과 고립감이 한순간에 위무되는 느낌이었다. 「망명, 혹은 밀항의 상상력」에 대한 애정이 담뿍 담긴 그의 얘기는 어떤 문학상보다도 값진 격려의 메시지였다.

그가 비평 문장의 스타일이나 문체에 대해서도 자세하고 전문적인 얘기를 하는 대목을 들으며, 김석범 작가의 우리말 감각이 얼마나 섬세한 것인지 절감할 수 있었다. 내 글에 대해 가장 듣고 싶은 얘기이기도 했다. 한때 비평 쓰기를 포기할까 고민하기도 했지만, 김석범 작가의 발언을 접하며 어떤 경우든 비평 쓰기를 계속해야겠다는 생각을 새롭게 다질 수 있었다. 나와 다른 입장에 대해 겸손한 마음으로 열려있되, 어떻게든 나만이 쓸 수 있는 글을 써보자는 비평가의 단심을 계속 간직하자고 생각했다. 그러니 『화산도』와의 만남이 운명이 아니라면, 무엇이 운명일 것인가.

그는 대화 중에 "고립되어도 좋다. 그래도 나는 나대로 글을 쓰고 살아갈 것이다"라고 말했다. 김석범 작가의 이런 심정은 그대로 내가 느끼는 심정이기도 했다. 내 비평이 아무리 고립되고 배제되어도 좋다. 나는 나대로 의미 있는 글을 쓰며 살아갈 것이다. 적어도 한국의 문학장에 한정한다면 김석범은 확실히 고립됐다고 말할 수 있으리라. 『화산도』가 한국어로 번역된 지 1년 8개월이 흐른 지금에도, 『자음과모음』, 『제주작가』를 제외한 어느 문예지도

『화산도』에 대한 서평과 리뷰, 비평문을 수록하지 않았다.

　도쿄 우에노에서 서울의 어떤 공간보다도 편하고 즐거운 마음으로 스스로 취해 갔다. 여러 가지 얘기를 나누었다. 대화 녹음을 풀어보니, 좌우 양쪽으로부터 배제되어 고립되어온 김석범 작가의 인생, 제주의 학살, 혁명, 탄광, 박유하, 친일문제, 망명문학, 해방 직후의 역사, 여성과 성性, 고향, 사르트르와 모리악, 조총련, 귀화, 소설의 시점, 번역, 비평의 역할 등 무수한 주제로 자유로운 대화가 오갔다. "『화산도』를 읽는 과정은 일종의 투쟁"이라고 말했던 조동현 선생의 담담한 고백이 아직도 마음에 남아 있다.

　자정도 지나고 새벽 1시가 가까워서야 아쉬운 마음을 뒤로한 채, 김석범 작가, 조동현 선생과 헤어진 후에 신주쿠의 호텔로 향했다. 이미 지하철은 끊어졌고 결국 비싸기로 악명 높은 도쿄의 택시를 탈 수밖에 없었다. 그러나 친절한 운전기사에게 택시비를 건네는 마음은 어느 때보다도 가볍고 흔쾌했다. 이토록 깊은 지적 자극과 충만함으로 채워진 대화라면, 이 몇 배나 되는 택시비도 기꺼이 내리라. 오늘 대화의 여운을 기억하며 아무리 피곤해도 일기를 쓰고 자야겠다는 생각을 하며 하루를 마감했다.

　다음 날인 7월 12일 오전 도쿄역에서 신칸센을 타고 사과의 명산지 아오모리青森로 향했다. 쓰가루 해협이 보이는 아오모리 항구는 홋카이도로 넘어가기 위한 관문이다. 식민지 조선에서 건너온 저 수많은 징용노동자가 이곳에서 배를 타고 홋카이도로 건너

갔으리라. 항구의 풍경은 그 슬픈 역사를 모르는 듯 너무나 호젓하고 아름다웠다. 마침 내가 도착한 날은 참으로 청명한 날씨였다. 영롱한 하늘과 에메랄드빛 바다가 오묘한 조화를 이루고 있었다. 식민지의 가난한 청년노동자가 제국의 배를 타고 우울하고 착잡한 마음으로 건넜던 바다를, 이제 나는 특급기차를 타고 해저터널을 통해 건너게 되리라. 세계적으로 유명한 하코다테函館의 야경을 다시 볼 생각을 하며, 그 컴컴한 터널을 통과하게 되리라.

일단 일차 '화산도 문학기행'은 여기까지다. 『화산도』 연구는 이 기행 이후 본격적으로 시작됐다. 「망명, 혹은 밀항의 상상력」에서 "나중에 기회가 된다면 『화산도』에 드러난 친일문제, 정치와 예술, 허무주의와 고독, 조직과 자유, 혁명과 반혁명에 대한 사유, 지극히 문학적인 묘사와 표현, 제주도의 인문지리, 해방 직후 서울 도심의 문화적 풍경, 등장인물들의 꿈, 문학적 한계 등에 대해 글을 쓰고 싶다"고 적었다. 그 주제들에 대해 하나 하나 탐구하게 되리라. 이를 위해 장기적 준비와 세미나를 통해 『화산도』에 대한 공부를 한층 체계적으로 진행하고자 한다. 그런 노력의 방편으로 우선 몇 달간의 준비작업과 세미나를 거쳐, 아일랜드 연구 프로젝트를 함께 수행했던 동료들과 '『화산도』 읽기 세미나'를 조직했다. 2015년 말부터 현재까지 『화산도』 세미나 팀은 한 달에 『화산도』 한 권씩 읽으며, 4·3의 역사, 섬 문화와 학살, 문화적 교섭에 대해 공부했다.

고민 끝에『화산도』에 대해 장기적으로 연구하고픈 마음에, 연구재단 저술과제 프로젝트에 신청했다. 「밀항, 망명, 귀환의 상상력: 김석범의『화산도』읽기」라는 연구계획서였다. 다행히 선정되어 앞으로 3년간 연구비 지원을 받으면서『화산도』공부에 전념할 수 있을 것 같다. 이런『화산도』와의 만남을 운명이라는 말 빼고는 어떻게 설명할 수 있을까.

이 과제가 끝날 무렵이면 나는 다시 한번 '화산도 문학기행'을 떠나려 한다. 지난번 기행 때 가보지 못한 시모노세키까지 두루 둘러볼 생각이다. 그때까지 김석범 작가가 건강한 모습으로 살아계시기를 간절한 마음으로 바란다. 그때 다시금 '청학동'에서 김석범 작가와 술 한잔하며 넉넉히 대화하는 시간을 꿈꿔본다. 더 가까이는 2018년 4·3항쟁 70주년 기념행사에 조국을 자유롭게 방문하여 4·3 영령을 위로하는 김석범 작가의 모습을 볼 수 있기를 염원한다.* 충분히 가능하리라. 김석범 작가의 정신적 고향인 제주 기행이 온전히 자유롭게 성사되었을 때, 나는 한층 가벼운 마음으로 '화산도 문학기행'을 위한 여정을 다시 꾸릴 수 있을 것이다.

(2016)

김석범, 김환기·김학동 역,『화산도』(전 12권),보고사, 2015.

• • •

* 실제로 김석범 작가는 2018년 제주4·3 70주년 추모식에 직접 참여했다.

살아남은 자의 슬픔과 분노

두 번째는 더 깊고 아린 체험이었다. 지난 일 년여에 걸친 월례 세미나를 통해, 김석범 대하소설 『화산도火山島』 전 12권을 다시 완독했다. 2015년 10월 『화산도』가 한국어로 완역되어 약 3개월에 걸쳐 처음 독파한 지 2년여 만이었다. 좋은 작품 읽기가 늘 그러하듯이, 첫 독회에서 스쳐 지나갔던 문제적 장면, 애틋한 마음, 가슴 저린 비극, 뇌리를 스치는 생생한 묘사가 새삼 신선하게 다가왔다. 『화산도』 두 번 읽기를 통해, 나는 이 작품의 뛰어난 문학성과 비범한 상상력, 치열한 역사의식, 인간과 사회·혁명에 대한 깊은 안목에 대해 다시금 말하고 싶어졌다.

누구보다도 『화산도』에 대한 각별한 관심과 애정을 지닌 히토쓰바시대학 우카이 사토시鵜飼哲 교수는 "『화산도』 전권의 한국어 번역은, 우리들이 살고 있는 시대 및 동아시아에 있어, 아마도 최대의 문화사업이 아닐까 생각됩니다"라고 적은 바 있다. 그렇다. 『화산도』는 단지 제주4·3을 배경으로 삼은 한 편의 소설작품에 그치지 않는다. 이 작품은 남북한, 일본과 미국을 포괄하는 동아시아 현대사의 기원과 의미를 근원적으로 되묻는 귀한 역사적 사료이기도 하다. 『화산도』는 단지 한 번 읽고 끝낼 소설이 아니라, 수많은 문제의식과 첨예한 아젠다를 품고 있는 문화적 자산이자 늘 되새겨야 할 우람한 고전古典이다. 일본인 우카이 사토시 교수의 『화산도』에 대한 평은 이 작품이 지닌 문화적 보편성을 인상적으로 드러낸다.

작가는 2017년 9월 18일 '김석범 문학 심포지움'에서 발표한 「화산도와 나─보편성에 이르는 길」에서 "'일본어로 조선을 쓸 수 있는가?' 어려운 문제입니다. (…중략…) 고향 제주에서 벌어진 미증유의 대학살 '4·3'을 테마로 글쓰기를 시작한 나에게 일본어로 조선에 대한 글을 못 쓰게 된다면, 글쓰기에서 물러나야만 했습니다"라고 고백한다. 애초에 한국어로 「화산도」를 쓰다가 결국 그는 일본어로 『화산도』를 완성했다. 이 점은 일본어로 조선(문학)의 보편성을 표현할 수 있다는 사실에 대한 통렬한 자각의 발로이다. 『화산도』는 가와바타 야스나리川端康成의 '일본문학은 상위문학이고 재일조선인문학은 그 밑에 있다'는 편견, 즉 '조선을 테마로 한 작품은 보편성이 결여되어 있다'는 완강한 선입견에 대한 저항의 찬란한 결실이다. 작가는 일본어로도 조선의 역사와 문화를 제대로 표현할 수 있다는 걸 보여주고 싶었으리라.

『화산도』를 통해, 제주4·3의 전개과정은 물론이거니와, 친일문제와 친일문학, 해방 직후의 역사적 과제, 한국의 현대사와 미국의 역할, 제주의 풍속과 인문지리, 혁명과 이념에 대한 사유와 성찰, 재일조선인의 상처와 저항, 밀항과 귀환의 험난한 여정, 해방 직후 일본에서 귀국한 진보적 지식인들의 투쟁과 내면, 서북청년단의 행태와 욕망 등은 빼어난 미적 형상화에 도달한다. 이 모든 주제는 작품 속에서 단단하게 결합돼 적절한 자리에 배치된다.

4·3 당시에 일본에 있었기에 작품 현장 확인을 위한 답사도 제대로 하지 못했던 김석범에게 어떻게 이런 일이 가능했을까. 무엇보다 역사적 비극의 현장에 부재했다는 '살아남은 자의 슬픔과 분노'가 그로 하여금 장장 20여 년 동안 대하소설 『화산도』를 쓰게 만든 마음의 동력이었다. 작가는 4·3의 참화惨禍를 피해 대마도로 밀항한 친척과 함께 만난 여성이 고문으로 유방이 사라진 것을 비통한 마음으로 확인하며, 제주에서 자행된 미증유의 대학살에 대해 엄청난 충격을 받는다. 때로 슬픔은 그 어떤 정서보다도 강렬한 힘이 된다.

해방 직전 일본에 있는 가족과 영원히 이별하겠다는 각오로, 홀로 조국을 거쳐 임시정부가 있는 중국 중경重慶으로 망명을 시도했던 작가 김석범의 행로에 대해 생각해 본다. 해방 직후 국학전문학교에서 국문학을 전공하며 위당 정인보 선생을 만나 대화하기도 했던 김석범이 있었다. 1946년 2월 8일부터 9일 사이에 종로 YMCA 강당에서 열린 조선문학가동맹 주관의 '전국문학자대회'에 참석하여, 시인이자 비평가 임화林和가 연단에서 「조선 민족문학 건설의 기본과제에 관한 일반보고」를 발표하는 것을 멀리서 지켜보던 청년 김석범의 마음을 상상해 본다. 그 마음과 체험, 역사적 상상력이 『화산도』 곳곳에 켜켜이 배어들어 있다. 김석범은 20대 초반에 간접 체험한 고향 제주(그는 일본에서 태어났지만 부모의 고향 제주를 마음속의 고향으로 생각하고 있다)의 참혹한 비극을 평생 창작의 원동력으로, 사회적 실천의 근거로 삼아왔다.

"작가를 만나면 작품보다 환멸을 느낄 때가 많다. 그러나 김석범 선생은 참으로 진솔한 편이다. 인간적으로 존경한다"고 했던 조동현의 발언을 기억한다. 오랜 세월 동안 작가 김석범을 깊이 이해하고 도운 그는 "『화산도』를 읽는다는 것은 일종의 투쟁"이라고도 했다. 왜 그렇지 않겠는가. 이토록 가벼운 시대, 때로 그 어떤 무거운 역사적 과업과 깊은 인식도 스마트폰 앞에 속수무책인 시대에 200자 원고지 22,000매에 이르는 대하소설 『화산도』를 독파한다는 것은 이 땅에서 벌어진 슬픈 역사와 인간에 대한 극진한 애정과 이해 없이는 참으로 힘겨운 도정이 아니겠는가.

올해로 우리 나이로 아흔넷에 이른 김석범은 현재 『화산도』 이후의 스토리 『바다 밑에서海の底から』를 일본의 대표적인 월간지 『세카이世界』에 연재하고 있다. 『바다 밑에서』에는 이방근의 자살과 남승지의 일본 밀항 이후에 전개되는 얘기, 즉 제주에서 그토록 애틋한 관계였던 남승지와 이유원이 일본에서 맞이하는 슬픈 해후와 어긋남의 장면이 인상적으로 펼쳐진다. 또한 4·3 현장에서

가까스로 탈출하여 일본으로 밀항한 남승지와 한대용이 이방근의 삶과 죽음을 추모·회상하는 대목도 이 소설의 주요 스토리다. 이번 2018년 4월호 『세카이』지에는 『바다 밑에서』 14회 연재분이 수록됐다. 90대 중반에 가까운 연세에 아직도 소설을 월간지에 연재하고 있다니, 노대가의 참으로 엄청난 문학적 열정의 소산이라 하지 않을 수 없다. 생이 지속되는 한, 제주4·3에 대해 계속 발언하고 형상화해야 한다는 절박한 의무감이 아니었더라면, 이런 마음이 과연 가능했을까.

이제 『화산도』에 대한 본격적인 연구와 이해는 비로소 시작되었다. 무엇보다 『바다 밑에서』를 비롯한 김석범 작가의 다른 저작들이 번역되어야 하리라. 특히 또 한 편의 『화산도』 후일담이라 할 수 있는, 『땅밑의 태양地底の太陽』(集英社, 2006)과 김석범 작가의 산문집, 평론집도 한국어로 옮겨져야 하리라.* 최인훈의 산문과 소설의 관계가 잘 보여주듯이, 김석범 작가의 산문 역시 소설과 밀도 깊은 관계를 이루며 또 하나의 독창적인 세계인식을 우뚝하게 보여준다.

김석범은 "문학작품을 통해 해방공간의 역사를 재검토한 것이 『화산도』 창작의 기본의도이다. 앞으로 통일이 될 때, 4·3이라는 통한의 역사를 정리해두지 않으면 두고두고 문제가 될 것이다.

* * *

---

* 『金石範評論集(김석범 평론집)』 I (文學·言語論), 明石書店, 2019.6이 최근에 간행됐다. II권 '思想·歷史論'은 2019년 연말 간행예정이다.

대한민국을 수립하기 위해 대학살을 자행할 수밖에 없었던 모순을 똑똑히 기억해야 한다"고 말한다.

바로 이러한 청산되지 못한 역사에 대한 남다른 치열한 문제의식이 있었기에, 김석범 작가는 「까마귀의 죽음」에서 『화산도』로 이어지는 4·3을 소재로 한 작품과 실천 활동을 통해, 일본 지식사회에 제주4·3의 참담한 비극을 최초로 알리는 '평화를 위한 파수꾼' 역할을 기꺼이 수행해왔던 것이리라.

곧 4·3 70주년을 맞이한다. 제주의 슬픈 역사, 더 나아가 이 땅 한반도 현대사의 상처와 모순, 그늘을 직시하기 위해서는 무엇보다 『화산도』를 꼼꼼하게 읽어볼 필요가 있겠다. 민주와 평화가 번성하는 시기일수록 첨예한 사회적 대립의 역사적 내력을 정확하게 이해해야 한다. 그렇다면 이 시대 이 땅의 문학과 역사는 어떤 작품보다도 『화산도』의 세계를 정면으로 통과해야 하지 않을까. 이즈음 남과 북, 미국 사이에 한반도 평화를 위한 새로운 기류가 형성되고 있다. 이러한 흐름에 대해 김석범 작가는 누구보다도 반가운 마음이리라. 그는 "언젠가는 민주화가 된 '북'에서도 『화산도』가 독자들의 손에 닿는 날이 올 것이라 믿고 있습니다"라고 자신의 심경을 피력한 바 있다. 그렇다면 『화산도』가 한반도에서 명실상부한 존재증명을 하는 순간은 북한의 독자들이 자유롭게 『화산도』를 탐독하게 될 때가 아닐까 싶다.

2017년 9월 중순 제1회 '이호철통일로문학상' 수상차 서울을 방문한 김석범 작가는 일본으로 귀국차 공항에 가기 직전에 이 땅의 청춘들을 만났다. 3박 4일에 걸친 한국 방문의 마지막 일정은 동국대 학생들과의 대화였다. 그는 이 자리에서 자신의 얘기를 경청하고 있는 증손자뻘 학생들에게 '이 땅의 젊은이들과 함께 해서 너무 좋다고, 이들이 이 땅의 희망이라고, 당신들이 촛불데모(혁명)를 통해 새로운 정부의 탄생에 커다란 기여를 한 주역이라고' 말하며, 중간에 잠깐 눈물을 보였다. 그는 거듭 이 땅의 청춘과 함께 한 감격, 민주정부가 들어선 새 시대에 한국에 오게 된 소회를 토로했다.

역사가 그렇듯 작품도 운명이 있지 않을까. 두 차례에 걸친 보수정권의 파행 이후, 촛불혁명을 통해 새롭게 진전한 한국사회는 『화산도』에서 제기된 문제의식과 의제에 대한 열린 대화를 가능하게 만드는 초석이다. 곧 열릴 4·3 70주년 행사에서 벅찬 감격과 깊은 회한의 표정을 지닌 김석범 작가를 다시 볼 수 있을까. 부디 그렇게 되기를 간절한 마음으로 바란다.

(2018)

김석범, 김환기·김학동 역, 『화산도』(전 12권),보고사, 2015.

내가 만난 재일한인문학, 그 매력과 소중한 자극

1. 재일한인들의 마음을 생각하며

우선 이 뜻깊은 자리에 참석하여, '재일한인문학在日韓人文學'이라는 주제로 발표하게 된 것을 커다란 기쁨이자 보람으로 생각합니다. 도쿄 YMCA라는 이 공간은 지금으로부터 100년 전, 2·8 독립선언이 이루어진 바로 그곳이기도 합니다. 그날 독립선언의 주역들은 눈길에 맨발로 경찰서로 끌려갔다고 합니다. 그들은 눈을 밟으며 경찰서로 가는 도중에 과연 무슨 생각을 했을까요? 타국의 땅 일본에서 차별받으며 살아온 그들의 고단한 생은 독립과 자유에 대한 열망을 한층 강렬하게 지피도록 만들었겠지요.

2·8 독립선언문에서 "정의와 자유의 승리", "동양평화"를 명기했던 재일 한인들의 슬픔, 분노, 저항을 생각하며, 다른 한편으로는 당시 근대를 수용하는 통로이자 출장소이기도 했던 일본의 선진 문명과 편리함에 매력과 안도감을 느꼈을 그들의 복잡한 내면을 생각하며 오늘 이곳에 왔습니다. 지금 이 자리에 참석하신 재

일 한인분들의 마음에 대해 생각해 봅니다. 한 사람의 디아스포라로서, 일본사회에서 평생을 살아간다는 의미에 대해 생각해봅니다. 당신들의 슬픔과 기쁨, 상처와 자부심, 고립과 투쟁, 환멸과 충만감에 대해 상상해봅니다.

　한일 간의 사이가 어느 때보다도 벌어진 이 엄중한 시기에 재일 한인문학을 주제로 발표를 하게 되어 막중한 책임감을 느낍니다. 이런 시기일수록 일본에서 더욱 힘겨운 일상을 영위하고 숱한 편견을 접하게 될 당신들의 마음을 생각하며 이 글을 발표하고자 합니다.

2. 이양지의 「유희」

제가 '재일한인문학'을 처음 접하게 된 것은 이양지李良枝(1955~1992) 작가와의 인연에서 비롯됩니다. 1984년 학부 시절 국문과에 유학온 그녀와 함께 수업을 들었던 기억이 있습니다. 아마도 간단한 대화를 나누었던 것도 같습니다. 물론 그때는 그녀가 소설을 쓰고 있다는 사실을 잘 몰랐습니다. 나중에 이양지의 대표작 「유희由熙」 (1988, 아쿠타가와상芥川賞 수상작)를 찾아 읽으며, 재일 한인 디아스포라(자이니치)의 슬픔과 상처에 대해 생각해봤던 것으로 기억됩니다. 일본에서 극심한 차별을 받다가, 조국에 대한 그리움과 환상으로 인해 서울에 유학 온 주인공 유희가 느끼는 그 분열의 감정을 충분히 이해할 수 있을 것 같았습니다.

유희는 그토록 그리던 조국과 그 땅의 사람들에게 커다란 위화감을 느낍니다. 오히려 서울에서 그녀가 궁극적으로 선택할 수밖에 없는 언어는 결국 일본어라는 사실을 뼈저리게 자각합니다. 아무리 조국에 대한 환상과 동경을 지녔다고 해도, 유희 자신의 감성은 철저하게 일본식으로 훈육되었기 때문입니다. 그런 유희가 조국에서 만난 사람들, 일본과는 다른 관습에 대해 때로 불편한 마음을 느끼는 것은 일면 이해되기도 합니다. 「유희」는 제가 미처 인식하지 못했던 자이니치의 고뇌와 미묘한 마음의 무늬에 대해 생각하게 만든 작품입니다.

그 이전까지 저는 '재일한인문학'에 대한 어떤 자의식도 갖지 못한 상태였습니다. 오히려 한국으로 유학 온 일본 대학원생과의 만남과 대화를 30년의 세월이 지난 지금에도 인상적으로 기억합니다. 윤동주와의 만남이 한국 유학으로 이끌었다는 말에 신선한 충격을 받았었지요. 오늘 이 자리에서 귀한 원고를 발표해 주신 와세다대학 호테이 도시히로布袋敏博 선생님, 니가타대학에 재직 중인 후지이시 다카요藤石貴代 선생님과의 만남을 아직도 가슴 깊은 곳에 간직하고 있습니다.

3. 서경식의 에세이

이양지의 「유희」가 보여주는 문학세계와는 현저하게 다른 감성을
재일 디아스포라 에세이스트 서경식徐京植(1951~)의 글을 통해 느꼈
습니다. 서경식의 두 형(서승徐勝, 서준식徐俊植)의 파란만장한 인생은
남한의 폭력적인 반공주의와 파시즘에 대한 적극적인 저항이자
문제 제기의 역정歷程이라고 할 수 있습니다. 조국에서 새로운 삶을
살고 싶다는 일념一念하에 서울로 유학을 온 그들은 박정희 군사독
재 체제와 이어진 군부정권 하에서 간첩으로 몰려 20년에 가까운
세월 동안 감옥에 갇히게 됩니다. 악독한 고문을 받으면서도 생각
의 자유, 사상의 자유를 위해 분투한 형들의 삶은 예민하고 섬세한
청년 서경식에게 남다른 치열한 사유와 절박한 글쓰기의 계기를
만들어줍니다.

『나의 서양미술 순례』(1992)에서 시작하여,『소년의 눈물』
(2004),『디아스포라 기행』(2006),『시대의 증언자 쁘리모 레비를 찾
아서』(2006) 등을 거쳐 최근의『시의 힘』(2015),『다시 일본을 생각
한다』(2017),『나의 이탈리아 인문기행』(2018)으로 이어지는 서경
식의 저작을 통해 저는 한국어로 발표된 어떤 문학작품 못지않게
밀도 깊은 지성과 사유의 힘, 치열한 사색 끝의 서늘한 우수憂愁, 담
백하면서도 깊은 여운의 문체, 이 시대와 역사에 대한 곡진한 슬픔
을 느꼈습니다. 그의 글쓰기를 통해, 문학평론가인 제게 작품을 바

라보는 새로운 안목과 기준이 형성되었다고 기꺼이 말할 수 있을 겁니다. 매우 첨예한 정치적 어젠다agenda를 다루면서도 깊은 페이소스와 슬픔이 담긴 서경식의 글은 독자들에게 각별한 매력을 선사합니다. 애초에 일본어로 발표된 문장이라는 점을 감안하면, 서경식의 글쓰기가 '번역'이라는 통로를 거쳐 얼마나 뜨거운 호소력과 보편성을 발산하고 있는가를 실감하게 됩니다.

아래에 소개한 서경식의 문장들은 제 뇌리를 정면으로 관통하며, 특별한 감응을 일으켰습니다.

①

지금도 이따금, 위기를 모면하고 용케 책장과 서랍 속에 살아남은 낡은 책들을 펼쳐들 때가 있다. 낙서와 손때로 지저분해진 책을 한 장 한 장 들추고 있노라면, 어린 시절 기뻐하고 슬퍼하던 감정들이 가슴 깊은 곳에서 어수선하게 꿈틀거리기 시작한다. 성장에 대한 동경과 두려움, 자부심과 열등감, 희망과 실의가 격렬하게 교차하던 그 나날들이. (『소년의 눈물』, 17면)

②

설사 외롭고 불안하더라도 오히려 지도자 같은 인물을 의심해보는 태도, 집단에 의지하지 않고 모든 것을 자율적으로 판단해보는 태도를 키우기 바란다. 외로움이나 불안은 존엄한 개인으로 살아가기 위한 대

비정성시를 만나던 푸르스름한 저녁

가인 것이다. (『디아스포라의 눈』, 242면)

③

사이드는 "멸망할 운명임을 알고 있다"고, 그럼에도 불구하고 "우리
는 앞으로 나아가고 싶다"고 말한다. "거의 승산이 없음에도 불구하고
계속해서 진실을 말하려는 의지"를 표명했다. 마치 한 편의 시와 같은
말이다. (『난민과 국민 사이』, 314면)

때로 열등감, 실의, 불안, 외로움이 엄습할 때마다 저는 서경
식의 이 문장들을 천천히 읽습니다. 그러면 커다란 위로가 되지요.
제 인생에도 이런 논쟁이나 선택을 하면 결국 고립되리라는 것, 상
처를 받으리라는 것을 예감하면서도 그렇게 갈 수밖에 없는 순간
이 있었습니다. 그 외로운 시간에 서경식의 글(예문③)을 마음에 새
기곤 했습니다. 에드워드 사이드의 역저 『펜과 칼』의 문구*를 변주
한 이 문장 역시 제게는 한 편의 시처럼 다가옵니다. 치열한 문학
논쟁으로 인해 힘들 때마다 이 글을 떠올리곤 했습니다.
　'나는 왜 그토록 서경식의 에세이에 끌리는 것일까?' 이런 생

· · ·

* 　사이드는 『펜과 칼』(장호연 역, 마티, 2011)에서 이렇게 적었습니다. "우리가 지금 와 있는 곳이 마지
　막 변방, 마지막 하늘인 것 같고, 그 너머에는 아무것도 없어서 남은 것은 오직 파멸뿐이라는 생
　각이 듭니다. 그럼에도 우리는 이렇게 묻습니다. '이제 어디로 가지?' 우리는 또 다른 의사를 찾
　고 싶습니다. 사망 선고를 들었다고 그냥 체념할 수는 없습니다. 우리는 계속 앞으로 나아가고
　싶습니다."

각을 해보게 됩니다. 여러 가지 이유와 문화적 맥락이 있겠지요. 우선 그의 출중한 글솜씨, 시대와 인간의 아픔과 상처에 대해 간곡하게 공감하는 마음, 서경식이라는 인간의 품격과 진솔한 지성 등 여러 가지 이유를 댈 수 있을 겁니다. 여기에 하나 덧붙여 저는 평생 경계인으로 살아온 그의 삶 자체가 이런 사유의 힘을 담은 글을 쓰게 만든 인생의 자산이자 원동력이 아닌가 싶습니다. 디아스포라이자, 한 사회의 소수자로서, 누구보다도 차별, 역사적 상처와 고뇌를 온몸으로 겪은 서경식이기에, 이런 글을 쓸 수 있었겠지요. 분단상태이기에 사상과 글쓰기의 자유가 아직도 제한적이며, 국가주의(민족주의)의 자장에서 탈피하기가 어려운 남북한에서는 서경식의 에세이 같은 글쓰기가 나오기는 쉽지 않을 겁니다. 또한, 일본의 오랜 인문학 전통, 교양의 깊이, 세계 어느 곳보다도 마르크스주의를 비롯한 진보적 사상을 밀도 깊게 수용한 일본 근현대 지성사의 두터움이라는 문화적 토양이 디아스포라 감성과 만나 서경식의 고유한 글쓰기를 생성시켰다고 봅니다.

생각해보면, 2015년 1학기를 서경식 교수가 근무하는 도쿄경제대학에서 객원 연구원으로 지냈던 연유도 서경식의 글과 삶을 좀 더 제대로 알고 싶다는 열망에서 비롯되었습니다. 당시 서경식 교수가 주재하는 세미나에는 조선대학교 재학생과 졸업생도 포함돼 있어, 그들과 '재일조선인在日朝鮮人'을 주제로 대화를 나누었습니다. 일본사회에서 그들이 겪은 차별, 슬픔, 상처를 접하며 그동안 제가 놓치고 있었던 시좌視座에 대해 생각하게 되었지요. 김석범金石範(1925~) 작가의 대하소설『화산도火山島』라는 그 엄청난 세계와 본격적으로 만날 수 있었던 것은 바로 이런 체험 때문이 아니었을까 싶습니다.『화산도』와의 만남은 문학비평가인 제게 하나의 운명입니다.

4. 김석범의『화산도』

일본어판 완간(1997) 이후 18년 만인 2015년 10월 한국어판이 간행된『화산도』전 12권을 2016년 1월에 완독했습니다. 또 다른 재일 디아스포라 작가인 양석일梁石日(1936~), 다카하시 도시오高橋敏夫 와 세다대 문학연구과 교수는『화산도』에 대해 논하며 노벨문학상을 충분히 받을만한 거작으로 평가한 바 있습니다. 과연 그런지 이전부터 제게 전해오던『화산도』의 신화를 구체적으로 확인해 보고 싶었습니다.

200자 원고지 22,000매에 이르는『화산도』를 약 한 달간에 걸쳐 완독한 순간, 정말이지 마음을 편하게 나눌 수 있는 누군가를 불러 밤새도록 이 작품에 대해 얘기하며 술을 먹고 싶었습니다. 분명히 말하건대,『화산도』는 그토록 수많은 소설을 읽어온 제 인생의 역사에서도 결코 잊을 수 없는 깊은 전율과 먹먹한 여운을 선사한 작품에 해당합니다. 그 감동을 언어화한 글이 「망명, 혹은 밀항 密航의 상상력」(『비평의 고독』)이라는 제목의 비평문입니다. 이 글에서 저는 『화산도』의 문학적 의미에 대해 아래와 같이 적었습니다.

『화산도』는 인간과 세상을 묘사하는 거시적 안목, 그 고뇌와 지성의 깊이, 중대한 역사적 사건을 바라보는 넓은 시야, 다양한 인간군상의 생생한 내면, 박진감 있는 스토리, 대하소설이면서도 상당히 치밀하게 구성된 유기적인 소설미학, 이런 다양한 요소가 성공적으로 어우러진 장편대하소설이다. 『화산도』는 작품의 미학적 완성도가 해당 소재를 둘러싼 정치적 힘(호소력)과 비례관계가 될 수 있다는 사실을 대표적으로 보여주는 작품이 아닐까.*

『화산도』를 높이 평가하는 이유는 제주4·3항쟁이라는 민감한 역사적 소재를 정면으로 다루었다는 사실에 그치지 않습니다. 일본에서 일본어로 발표된 『화산도』는 한국 현대문학사의 어떤 뜻깊은 문학적 성좌 못지않게 그 땅에서 살아갔던 인간과 사회에 대한 깊고 넓은 이해, 제주4·3에 대한 면밀한 해석, 제주도 풍속과 문화에 대한 생생한 묘사, 해방 직후 전개된 한국 현대사의 모순과 상처를 총체적으로 형상화하는 거시적 시야를 두루 보여주고 있

· · ·

* 이 글에서 서술한 『화산도』에 대한 주요 대목은 「망명, 혹은 밀항의 상상력」을 수정하고 요약한 것이다.

비정성시를 만나던 푸르스름한 저녁

습니다. 그토록 비극적인 역사적 소재를 다루면서도 인간의 심리
묘사에 탁월하며 등장인물의 성격 창출에 뛰어난 작품입니다. 말
하자면 『화산도』는 예술성과 사회성이 성공적으로 만난 드문 성
과이지 싶습니다.

　　『화산도』 전편 12권을 읽는 과정은 한국 현대사의 가장 비통
한 상처 중의 하나인 제주4·3항쟁을 통해 그 시대를 살아온 다양
한 인간 군상을 깊이 이해하고 그들의 상처와 슬픔을 보듬는 시간
이었습니다. 김석범 작가의 『화산도』와 소설집 『까마귀의 죽음』
을 통해, 이전에는 어렴풋이 알았던 제주4·3의 기원과 역사, 그 비
통한 상처에 대해 한결 생생하고 구체적으로 인식하게 되었습니
다. 그 과정은 한국문학의 현실과 범주, 성취와 결핍, 과거와 미래
에 대해 근본적으로 되돌아보는 도정道程이기도 할 겁니다. 한국사
회는 작가가 『화산도』를 쓰던 1970~1980년대는 물론이거니와 아
직도 사상적 금기, 사회 전반에 뿌리내린 반공 이데올로기, 이념을
둘러싼 극단적 갈등이 존재합니다. 『화산도』에서 묘사된 혁명과
사회주의·허무주의에 대한 밀도 깊은 사유, 4·3항쟁을 바라보는
근원적 안목, 북한(북로당)에 대한 의구심과 유연한 비판, 친일(문
학)에 대한 전면적인 문제 제기 등은 남한이나 북한에서 이 작품이
창작되었다면 아마도 가능하지 않았을 겁니다.

　　이렇게 보면 재일조선인문학의 빛나는 성과로 평가받는 『화
산도』는 남한과 북한의 문학이 지닌 어떤 결여와 특성을 되돌아보

게 만듭니다. 『화산도』를 읽으며 저는 한국 근현대문학의 상상력과 사유의 폭을 제한한 정치·사회적 요인이 뚜렷하게 존재한다는 사실을 새삼 절감했습니다. 물론 주어진 상황 속에서 한국의 작가들은 늘 최선을 다해서 양질의 작품을 끊임없이 발표해왔습니다. 한국문학이라는 문화적 유산에 대한 자존감과 존중은 물론 필요합니다. 하지만 『화산도』를 위시한 재일한인문학(재일조선인문학)과의 만남을 통해, 한국문학이라는 내부적 시점만으로는 포착할 수 없는 근현대문학의 한계와 고유한 성격에 대해서도 정확하게 인식해야 한다고 봅니다. 그것은 한국문학의 '자기객관화' 과정이라고 부를 수 있을 듯합니다.

김석범, 서경식, 김시종 작가(시인) 같은 경계인이나 소수자의 시선으로 바라보면, 한국문학 내부의 성격, 특성, 미덕, 결여가 한층 또렷하게 보이지 않을까 싶습니다. 이 글을 쓰는 사람이 『화산도』나 서경식의 에세이에 깊은 여운을 느꼈던 이유도 바로 그점에 있을 겁니다. 말하자면, 제게 익숙한 한국문학이라는 감각, 한국사회라는 습속을 훌쩍 넘어선 사유의 힘과 신선한 감성을 재일 디아스포라 작가의 글쓰기를 통해 느낄 수 있었지요. 그렇다면 재일한인문학(재일조선인문학)이야말로 한국문학에 생산적인 자극을 주는 참으로 뜻깊은 문화적 자산이겠지요.

지금까지 설명한 의미에서 김석범의 저작, 특히 평론(산문)집 『전향과 친일파』, 『고국행』, 『국경을 넘는다는 것 - 재일在日의 문학과 정치』등이 한국어로 번역되기를 간절하게 소망합니다. 제가 부분적으로 접한 김석범의 에세이나 비평은 소설 이상으로 예리하고 밀도 깊은 사유를 보여줍니다. 그의 에세이는 한국문학과 한국사회에 커다란 자극과 영감을 선사할 것입니다.

5. 김시종의 자서전과 에세이

『화산도』5권에는 4·3항쟁 직후 우체국에서 벌어진 투쟁(사건)에 참여했다가 도주한 청년의 스토리가 등장합니다. 그는 병원, 미군기지, 친척집에 일 년여 간 몸을 숨겼다가 가까스로 밀항을 통해 평생 일본에서 살아가게 됩니다. 외아들이었던 청년은 부모님이 돌아가셨다는 소식을 먼 이국에서 듣고 통한의 심정이 됩니다. 그는 1949년 5월 제주를 떠난 지 49년 만인 1998년에 비로소 고향 제주에 돌아와 부모님의 묘에 절을 하고, "소리 높여 울었습니다". 그 실제 모델이 바로 김시종金時鐘(1929~) 시인입니다.『니이가타』,『광주시편』,『지평선』같이 한국어로 번역된 시집도 참으로 인상적으로 읽었지만, 자서전『조선과 일본에 살다』나 에세이에 가까운『재일의 틈새에서』가 제 마음에 더욱 크게 다가왔습니다. 이 두 권의 책을 통해 한 망명자이자 경계인의 치열하기 그지없는 인생 여정에 대해 자세히 알게 되었지요.

식민지 시대에는 생각 없는 황국 청년이었던 김시종이 해방 직후 조직의 일원으로 4·3항쟁에 참여했다가 일본으로 밀항하는 장면이 『조선과 일본에 살다』에 너무나 생생하게 그려져 있습니다. 우체국 사건으로 쫓기던 김시종은 "이것이 마지막, 마지막 부탁이다. 설령 죽더라도, 내 눈이 닿는 곳에서는 죽지 마라. 어머니도 같은 생각이다"라는 아버지의 말을 뒤로 한 채 부모 곁을 영원히 떠나게 됩니다. 1949년 5월 26일 어머니께서 싸주신 물이 든 죽통, 콩자반, 옷 꾸러미, 오십 전 일본 지폐를 가지고 제주도 북쪽의 무인도 관탈섬으로 갑니다. 그곳에서 나흘을 기다려 일본으로 향하는 밀항선에 가까스로 오르게 되지요. 밀항선을 타기 위한 준비와 부모님과의 이별 장면, 조국에서의 모든 삶을 포기하고 밀항선에 오른 사람들의 불안과 초조, 밀항선 내의 이색적인 풍경과 느낌, 구체적인 항해 과정, 일본에 상륙한 후의 위기를 탈피하여 오사카 조선인 마을 이카이노猪飼野에 정착하는 긴박한 여정 등의 이야기는 웬만한 소설 이상의 흡인력이 있습니다.

"돼지와 같은 삶이 되더라도 살아남지 않으면 살육자를 이겨낼 수 없다"는 『화산도』의 한 구절은 밀항자의 가슴에 스며든 죽음과도 같은 고독과 공포를 표상하고 있습니다. 김시종의 자서전에는 그런 처절한 과정을 통해, 컴컴한 바다를 건넜던 밀항자 김시종의 내면이 깊이 아로새겨져 있습니다. 그래서일까요. 김시종은 "밀항선이라는 말만 들어도 나는 지금도 심장이 쿵쿵거리고 숨이 갑

갑해집니다"(『조선과 일본에 살다』, 99면)라고 고백합니다. 한국의 문학평론가인 제게 이런 스토리는 지금까지 충분히 인지하지 못했던 낯설고 새로운 영역입니다. 그만큼 이 땅의 역사에 대해 제대로 몰랐던 것이지요. 『화산도』 독서체험도 그러하지만, 김시종의 자서전을 읽으며, '아, 이 땅에 이런 사람들이 있었구나'라고 생각했습니다. 이런 생각을 하게 만든 글이 소중한 문학이 아니라면, 과연 무엇이 문학일지요? 이건 특정한 이념의 문제가 전혀 아닙니다.

김시종 시인은 "만일 내가 '재일' 살이를 하지 않았더라면 도저히 만날 수 없었을 나의 '일본'이며 '고국'입니다"라고 적었습니다. 과연 그러하리라고 생각됩니다. 재일在日이었기에 비로소 느끼고 볼 수 있었던 풍경, 감각, 사건, 인식, 지평을 그의 산문과 시에서 발견할 수 있습니다. "친애하는 일본의 시우 K여. 내게 간단히 나라를 버리라고 말하지 말라! 아울러 살기 좋은 일본에 정착하는 나를 허락지 말라!"(『재일의 틈새에서』, 186면)는 김시종의 메시지는 분단과 전쟁, 갈등으로 점철된 슬픈 조국에 비할 때, 상대적으로 풍요와 번영, 사상의 자유를 구가하는 일본으로 밀항한 망명 지식인의 착잡한 내면을 드러냅니다. 그 평화로운 나라가 그러나 재일조선인들에게는 "학교를 떠나 조선인으로서 살아가려면 일거수일투족 긴장의 연속입니다. 자신의 정체를 드러내고 살 수 없는 사회란 인간으로서의 긍지를 유지할 수 없는 사회"이기도 합니다. 하지만 역설적으로 그런 상처받은 경계인의 삶 속에서 그들만이 쓸 수 있는 격렬하면서도 그토록 슬픈 문학이 탄생합니다. 그래서 김시종은 "'재일'을 산다는 것은 조선 본토에서 살고 있는 동포의 사고가 갖지 못한 것을 재일 세대가 만들어 내는 것이라서 그 재일 세대가 '일본'을 살고 있는 것입니다. 조선인의 시야, 발상을 초과하는 일상을 살고 있는 것이 재일 세대입니다"(『재일의 틈새에서』, 340면)라고 적었던 것이겠지요.

6. 글을 맺으며 – 한국문학을 진정 사랑한다는 것의 의미

지금까지 재일 한인 디아스포라문학 중에서 제가 가장 사랑하고 경외하는 몇 분의 작품에 대해서 살펴보았습니다. 물론 이 외에도 이회성李恢成(1935~), 양석일梁石日(1936~), 김학영金鶴永(1938~1985), 유미리柳美里(1968~) 등등의 문인에 대해서도 적고 싶지만, 지면이 허락하지 않네요. 언제 기회가 되면 제 마음을 훔친 이 분들의 기구한 인생과 문학, 슬픔에 대한 긴 에세이를 쓰고 싶다는 열망을 간직하고 있습니다.

저는 대학 학부 시절부터 한국 현대문학에 대해 공부를 해왔고, 1987년 문학평론가로 등단하여 32년의 세월 동안 한국문학에 대한 글을 써왔습니다. 30여 년 동안 대학에서 한국현대문학에 대해 강의를 해왔습니다. 그런 제가 한국문학을 사랑하지 않을 리가 없습니다. 그런데 이 자리에서 그 사랑의 의미에 대해 되물어야 할 필요를 느낍니다. 한국문학을 진정으로 사랑하는 방식은 무엇인지를 잘 헤아려보고 싶습니다. 그 사랑은 곧 대상의 결핍과 특성을 정확하게 직시하는 것과 연결되지 않을까요.

일본어로 발표된 김석범, 김시종, 서경식의 글(작품)은 한국어로 발표된 어떤 문학 작품 못지않게 한국인의 삶과 고뇌, 상처, 지성, 역사, 슬픔에 대해 진실의 심연을 전하고 있습니다. 역설적으로 이런 발견이야말로 앞으로 한국문학의 도약과 진전을 위해서 참으로 필요한 과정이라고 생각합니다. 어쩌면 여기서 더 나아가, 이제 '한국문학'이라는 범주 자체에 대한 재구성과 해체가 필요하지 않을까 싶습니다. 기존의 한국문학이라는 범주와 제도는 세계 곳곳에 흩어져 있는 한인 디아스포라문학의 활력을 충분히 담지 못하고 있습니다. 한국의 현대사가 문학에 강제한 수많은 검열, 사상적 획일화, 이념의 극단적 대립에서 벗어난 뛰어난 작품을 재일한인문학을 비롯한 한인 디아스포라문학에서 찾을 수 있기도 합니다. 좀 더 풍요롭고 열린 한국문학을 위해, 이 시대 한국문학은 재일한인문학(재일조선인문학)의 성과와 뜨거운 마음으로 만날 필요가 있습니다.

오늘 이 자리에 참석하신 여러분과의 열린 대화를 통해서, 제 나름의 방식으로 이런 길을 조금씩 조금씩 열어가고 싶습니다. 감사합니다.

(2019)

권성우, 「망명, 혹은 밀항의 상상력」, 『비평의 고독』, 소명출판, 2016.

김석범, 김환기·김학동 역, 『화산도』(전 12권), 보고사, 2015.

김시종, 윤여일 역, 『조선과 일본에 살다』, 돌베개, 2016.

김시종, 윤여일 역, 『재일의 틈새에서』, 돌베개, 2017.

서경식, 이목 역, 『소년의 눈물』, 돌베개, 2004.

서경식, 임성모·이규수 역, 『난민과 국민 사이』, 돌베개, 2006.

서경식, 한승동 역, 『디아스포라의 눈』, 한겨레출판, 2012.

에드워드 W. 사이드·데이비드 버사미언, 장호연 역, 『펜과 칼』, 마티, 2011

신경숙 표절 파문 단상
신형철과 권희철에게 보내는 편지

이번 신경숙 표절 파문에 대한 당신들의 입장표명을 잘 읽어보았습니다. 그러나 저는 『문학동네』 편집위원으로 활발하게 활동하는 당신들의 의견에 마음이 전혀 움직이지 않았다는 점을 고백하고 싶습니다. 신경숙 작가를 옹호하는 의견이 지금보다 조금이라도 더 많았다면, 문인들의 비판과 문제 제기가 지금처럼 거세지 않았다면 과연 당신들이 이렇게라도 의견 표명이나 했을까 하는 의문을 거둘 수 없습니다. 물론 모른 채 외면하는 것보다는 지금이라도 의견을 발표한 것은 다행이지만, 대세에 밀려서 마치 사후약방문 격으로 발표된 것 같은 의견에 저는 어떤 감동도 근본적인 성찰도 서늘한 인식도 자기비판의 아름다움도 느낄 수 없었습니다.

"같은 것을 다르다고 말할 수는 없다", "의식적 표절이 아니더라도 해당 대목이 상당히 유사한 것은 분명하다"로 정리될 수 있는 당신들의 의견이 얼마나 이 표절 파문의 진실을 엄중하게 인식하고 있다고 생각하는지요.

이번에 소설가 신경숙과 더불어 문인과 독자들의 집중적인 비판 대상이 된 출판사 '창비' 이상으로 신경숙의 이런 엄청난, 그리고 슬프기까지 한 추락에 '문학동네'의 책임이 크다고 생각합니다. 부디 그동안 『문학동네』 지면을 통해 이루어진 신경숙 소설에 대한 글과 대담, 리뷰를 찬찬히 다시 한번 읽어보기 바랍니다. 자연스럽다고 생각하는지요. 물론 때로 의미 있는 대목에 대한 적실한 분석도 있지만, 그 상당 부분이 신경숙에 대한 지나친 확대 해석, 문학적 애정 이상의 과도한 의미부여, 영혼 없는 주례사 비평에 가깝다고 봅니다. 거기서 저는 어떠한 비평적 자의식도 최소한의 균형 감각도 발견할 수 없었습니다. 『문학동네』야말로 '신경숙 신화화'에 가장 많은 책임을 져야 할 문예지 아닌가요. 저는 표절도 문제지만 이렇게 작가를 무비판적으로 신성시하는 문화가 이번 사태를 키운 더 중대한 문제라고 봅니다. 신경숙 작가가 조금이라도 자신의 소설에 대한 균형 잡힌 비판과 문제 제기에 대해 진지하게 고민하는 시간을 가졌다면 이번 파문에 대해 이처럼 어처구니없는 대응, 관점에 따라 오만하다고 여겨질 수 있는 대응을 하지 않았을 것이라고 생각합니다.

저는 이번에 창비의 안타까운 상처에 기대서 문학동네가 적당히 묻어가면 한국문학은 결코 개혁되지 않을 거라고 봅니다. 바로 이런 이유 때문에 당신들에게 편지를 보내게 되었습니다. 한국문학에 새로운 희망이 생성되기 위해서는, 표절 파문에 대한 의례적인 의견 표명에서 더 나아가, 무엇보다 『문학동네』 지면의 혁신이 필요합니다. 가령 활발한 토론과 비판, 다양한 문제 제기를 『문학동네』 지면에 제도적으로 보장하겠다는 근본적 전환이 이루어질 때, 이 더럽고 치명적인 추문을 벗어나 한국문학의 새로운 갱신과 도약이 가능해질 것입니다.

당신들에게 하는 처음이자 마지막 부탁을 드리고 싶습니다. 제게는 앞으로 평생 청탁을 안 해도 좋으니, 부디 양심적이고 열정적인 비평가, 문학을 사랑하면서도 비판적 자의식을 지닌 젊은 비평가들에게 자주 청탁하여, 이제는 누구나 쓰고 싶어 하는 『문학동네』 지면을 자사 출판 작품에 대한 홍보 일변도의 장에서 변화시켜 주기 바랍니다.

신경숙 작가가 이번 추문을 "창작활동의 한 전기轉機로 만들기를 바라는 마음 간절하다"는 당신의 바람에 저도 마음을 함께합니다. 그러나 그런 전기, 기회가 단지 의지만으로 될까요. 그 계기는 자신의 작품을 엄중하게 되돌아볼 수 있는 문화적 감성과 균형감각의 형성 없이는 지극히 제한적일 것입니다. 재수 없이 유탄을 맞았다고 생각할 수도 있는 한 작가가 여론에 떠밀려 사과한다고 과연 문학권력을 둘러싼 침묵의 카르텔 문화가 없어질까요. 그래서 제가 당신들에게 제도적 혁신을 요구하는 것입니다.

당신은 이렇게 말하고 있군요. "한국문학을 조롱하는 일이 유행이 된 것처럼 보이는 때일수록, 더욱, 한국문학이 독자의 신뢰와 사랑을 회복하는 데 기여할 수 있는 방법을 찾아 나갈 것이다."
이런 의지를 표명한 당신의 마음을 신뢰하고 싶습니다. 그러나 단지 신뢰만으로, 당신의 의지만으로 한국문학으로부터 멀어진 독자의 마음을 되돌릴 수 있을까요. 출판, 비평, 문예지 문화의 근본적인 혁신과 제도적 변화 없이는 또다시 지금과 비슷한 추문이 필연적으로 발생할 겁니다.

어쨌거나 저는 때로 당신들의 글을 통해, 비평의 진정한 매력을 만끽하기도 했고, 작가와 문학에 대한 따뜻한 애정을 느끼기도 했습니다. 그러나 어느 순간부터 당신들의 글쓰기에 신뢰가 안 갈 때가 많아지기 시작하더군요. 당신들의 비평을 그 어떤 선입견도 없이 순수하게 즐겁게 읽고 싶군요.

여기서 당신들이 늘 주장하는 '칭찬하는 비평'에 대해 말씀드리고 싶습니다. 누구나 하는 상투적인 비판보다는 작품의 장점을 잘 찾아서 나만의 칭찬하는 비평을 하고 싶다고 했지요. 누구나 할 수 있는 상투적인 비판은 하지 않겠다고 했지요. 좋습니다. 작품의 아름다운 미덕을 섬세하게 포착하는 비평은 얼마나 매력적인지요. 문제는 적확하고 설득력 있는, 말하자면 아름다운 칭찬이 아니라 영혼 없는 칭찬인 경우도 많다는 것입니다.

이렇게 말해볼까요. 당신들의 논리라면 박근혜 대통령도 따뜻하게 이해해야 하는 것 아닌가요. 누구나 할 수 있는 박근혜와 이명박에 대한 지독하게 상투적인 비판을 왜 하나요? 그들 모두 나름의 이유와 정책적 입장, 남모를 고민이 있을 텐데요. 당신들의 논리에 의하면 박 대통령을 비판하는 게 참 쉽고 상투적이니, 그녀의 숨겨진 장점을 잘 포착해서 아름다운 언어로 형상화해야 하지 않겠습니까. 문학과 정치는 다르다고 말하고 싶은가요. 물론 문학과 정치는 다르지만 많은 면에서 유사하기도 합니다. 작품이 하나의 우주라면, 한 인간이 마주하는 정치적 지평 역시 하나의 우주가 아닐까요. 설마 문학은 칭찬하는 것이고 정치는 비판하는 것이라는 생각을 지닌 건 아니겠지요.

제가 참으로 좋아하는 비평가 발터 벤야민은 "칭찬하는 일이 지닌 위험성은 비평가가 자신의 신용을 잃게 된다는 데 있다. 모든 칭찬은 전략적으로 볼 때 백지수표이다"(발터 벤야민, 「문학비평에 대하여」)라고 말한 적이 있습니다. 물론 이런 논리가 항상 적용되지는 않을 겁니다. 정말 좋은 작품에 대한 애정 어린 비평도 필요하니까요. 제가 다른 글에서도 이 구절을 한번 인용한 바 있는데 이렇게 다시 인용한 이유는, 그 칭찬 일변도의 비평이 바로 지금 목도하는 한국문학의 초라한 모습을 가져온 원인이며, 한국문학의 경쟁력을 결정적으로 하락시킨 이유이며, 한국 문인들의 자기 성찰 능력과 지성을 퇴락시킨 주범이라고 생각하기 때문입니다.

저는 2년 전에 한 문예지(『시인수첩』, 2013년 겨울호)에서 이렇게 언급한 바 있습니다.

여기서 아이로니컬한 사실 하나를 지적하도록 하자. 그토록 비판적인 성향의 문인들도 정작 자신이 속해 있는 문학장이나 문학제도에 대한 문제 제기나 문학작품에 대한 비판에는 소극적인 경우가 많다. 비판이 글쓰기의 중요한 스타일이자 실존의 형식이 될 수밖에 없는 비평가 역시 그 점에서는 마찬가지다. 정권이나 정치적 어젠다에 대한 문인들의 비판은 활발하지만, 정작 유의미한 비판이 필요한 문학작품이나 문학제도에 대한 문제 제기는 최근 십여 년 사이에 현저하게 줄어들었다. 퇴행적인 정권이나 정치적 논점에 대한 비판은 양심의 징표로 수용될 수 있는 데 반해, 스스로가 속해 있는 문학장이나 문학작품에 대한 구체적인 비판은 유무형의 구체적인 손해와 불이익을 가져올 수도 있다는 사실이 이와 같은 현상의 배후에 존재한다. 말하자면 정권 비판이나 대통령 비판, 혹은 정치적 어젠다에 대한 첨예한 문제 제기는, 특수한 예외를 제외하면 그 비판의 주체에게 특별한 불이익이 돌아가지 않는다. 그러나 특정한 문학작품이나 문학제도, 문학권력, 문학과 연관된 미디어를 비판했을 경우, 원고청탁, 문단 인맥, 문학상 등의 실제적인 손해를 부를 가능성이 높은 것이다.

저는 바로 이 문제가 한국문학이 독자들의 신뢰를 얻지 못한 대단히 중요한 이유라고 봅니다. 물론 박근혜 대통령을 비판하는 것도 중요하고 세월호 사건을 질타하는 것도 중요합니다. 그러나 문인인 우리는 그 이전에 우리를 둘러싼 문단 시스템의 모순과 치부에 대해서 더 날카로운 시선을 던져야 했던 것이 아닐까요.

저는 이런 자세 없이 이루어지는 사과와 반성은 바로 지금의 난경難境을 일시적으로 벗어나기 위한 제스처에 불과하다고 생각합니다. 당신들이 진정으로 한국문학을 사랑한다면, 그리고 당신이 표현한 "한국문학이 독자의 신뢰와 사랑을 회복"하기를 바라는 마음이 진심이라면 부탁건대, 당신의 그 예리하고 아름다운 필력을 이 시대 한국문학의 결여와 모순에 대한 대담한 지적에 나눠주기 바랍니다.

진심으로 말하건대, 표절에 대한 질타나 단죄보다는 뭔가 생산적인 대안이 필요하다는 충정으로 이 글을 써왔답니다. 마지막으로 모멸과 추문의 시대에 늘 우리의 마음을 울리는 김수영의 시 구절 "풍경이 풍경을 반성하지 않는 것처럼 / 곰팡이 곰팡을 반성하지 않는 것처럼 / (…중략…) 졸렬과 수치가 그들 자신을 반성하지 않는 것처럼 / (…중략…) 절망은 끝까지 그 자신을 반성하지 않는다"(「절망」 중에서)를 소개하고 싶습니다. 당신들의 건강과 건필을 마음 깊이 기원합니다.

2015년 6월 19일, 일본 고다이라시 도쿄경제대 게스트룸에서 권성우 드림.

(2015)

최일남 작가의 수상을 축하드리며

축사를 준비하며 곰곰이 되돌아보니, 저와 최일남 작가 사이에는 이번 수상작이기도 한, 2년 전에 출간된 소설집 『국화 밑에서』의 해설을 썼다는 문학적 인연 외에는 그동안 어떤 인연도 없었다는 점이 흥미롭게 다가옵니다. 당신과 식사를 함께한 적도, 차분하게 대화를 나눈 적도 지금까지 없었지 싶습니다. 그런 저에게 축사를 부탁하신 최일남 작가의 마음에 대해서 생각해봅니다. 역시 당신다운 문학적인 선택이라고 느꼈다면 저의 착각일까요.

사실 『국화 밑에서』의 해설 「64년 동안의 사랑과 문학적 열정」을 쓰게 된 것은 지금 생각해도 참으로 소중한 인연이자 뜻깊은 운명입니다. 저는 소설집이나 시집 뒤의 해설을 써본 적이 많지 않습니다. 한 사람의 비평가로서, 제가 정말 신뢰하는 작가의 문제작 이외에는 가능한 한, 문학책 뒤에 붙어 있는 해설과는 거리를 두고 싶었습니다. 이 땅의 비평이 작품에 대한 애정이나 덕담만큼이나 예리한 비판과 생산적 문제 제기도 필요하다는 생각을 늘 해왔던 터였습니다.

그런 제게, 당신께서 『국화 밑에서』의 해설 부탁을 하셨다는 얘기를 문학과지성사로부터 전해 듣고, 아 이 책에 대해서는 기꺼이 써야겠다고 생각했습니다. 그만큼 제게는 소설가 최일남에 대한 깊은 경외의 마음과 당신이 쓴 작품에 대한 두터운 신뢰가 자리 잡고 있었습니다. 해설을 쓰기 위해 작품 한 편, 한 편을 읽으며, 과연 거장의 목소리다, 오랜 문학적 연륜의 뜻깊은 결실이다, 이런 생각을 했더랬습니다. 그래서 참으로 즐겁고 흔쾌한 마음으로 해설을 썼습니다.

1953년 『문예』지에 「쑥 이야기」를 발표하면서 대학 시절 등단한 작가는 그 이후 66년의 세월이 흐른 지금까지 창작에 매진해왔습니다. 한마디로 경이로운 일이 아닌가 싶습니다. 『최일남 소설어 사전』에 있는 작품 목록에 따르면 당신은 거의 매년마다 소설을 발표했습니다. 오랜 세월 동안 정론직필을 스스로 실천해온 언론인으로 열심히 활동했다는 점을 감안하면, 당신이 글쓰기와 문학에 대해 얼마나 각별하고 오랜 애정을 보여왔는지를 역력히 알 수 있는 대목입니다. 그러니 당신을 '한국 현대소설사의 산 증인'으로 호명하는 것은 매우 자연스러운 표현이 아닌가 싶습니다.

제게 최일남 소설 읽기는 1986년 이상문학상을 수상한 걸작 「흐르는 북」에서 시작되었습니다. 이른바 386운동권 세대인 손자와 평생 북을 쳐온 주인공 민 노인의 따뜻한 교감이 참으로 인상적으로 다가왔습니다. 「흐르는 북」을 통해 저는 사람의 마음에 대한 따뜻한 공감과 편견 없는 열린 정신을 느꼈습니다. 이번 수상작 「국화 밑에서」에서 최일남 문학은 이제 대가의 세계인식이라 부를 수 있을 한층 드높고 감동적인 경지를 보여줍니다. 노년의 실존에 대한 진솔한 응시, 창의적인 언어 감각, 대화에 스며든 인문적 향기와 지성은 『국화 밑에서』를 관류하는 최일남표 소설미학이라고 생각됩니다.

60년을 훌쩍 넘겨, 이제 70년의 세월을 향해가는 기나긴 작가 생활에도 불구하고, 저는 최일남 작가가 누구보다도 마음이 젊은 문인이라고 생각합니다. 한 편의 작품을 직조하는 소설적 열정과 신선한 언어감각이라는 측면에서 보자면, 당신의 소설은 어떤 젊은 작가의 소설보다도 젊습니다. 그 마음의 젊음이 당신으로 하여금 여전히 소설을 쓰게 만들고 있는 게 아닐까 싶습니다. 저는 최일남 작가를 통해, 소설가의 정신적 '젊음'은 육체적 연령과는 전혀 상관없다는 사실을 알게 되었습니다. 해설에도 적었지만, 제가 직접 목격한 그 생생한 예를 이곳에서 말해볼까 합니다.

저는 2010년 2월 20일 한국작가회의 정기총회에서 최일남 작가가 보여준 인상적인 모습을 아직도 잊을 수 없습니다. 촛불시위 불참 확인서를 조건으로 하여 예술단체 자금지원을 하겠다는 이명박 정부의 통보를 계기로 열린 한국작가회의 총회에서, 당시 최일남 한국작가회의 이사장이 보여주셨던 의연한 기개가 제게 참으로 인상 깊게 다가왔습니다. 당신이 "그깟 돈 안 받고 기관

비정성시를 만나던 푸르스름한 저녁

지 잠시 안 만들면 안 되나요"라고 단호한 입장을 밝히자, 그때까지 다소 애매하고 신중했던 작가회의의 대응방안은 원칙과 양식에 입각하여 과감하게 결정되었습니다. 제게는 당시 당신의 이 담대한 발언이 문사적 자존심의 한 상징처럼 느껴졌습니다. 그때까지 답답했던 마음이 뻥 뚫리는 것 같은 시원한 순간이었습니다. 그 자리에서 저는 저 자유 정신을 본받자, 이런 생각을 했던 것 같습니다. 이 일화를 통해, 60년이 넘는 세월 동안 소설을 쓰게 만든 소설가 최일남의 마음, 그 젊은 정신, 예술가의 자유에 대해 곰곰이 아로새기게 됩니다.

다시 생각해보니, 최일남 작가와 저 사이에 『국화 밑에서』 해설 외의 인연이 전혀 없다고는 말할 수 없을 듯합니다. 학부 시절 최일남 작가가 공부한 대학, 같은 학과에서 저도 문학을 배웠습니다. 대학 시절 내내 고민이 생기면, 이 근처의 자하연을 바라보며 생각에 잠겼던 것 같습니다. 늘 한 사람의 비평가로서, 학연이나, 인맥과는 거리를 둔 자유로운 비평가가 되고 싶었습니다. 심지어는 제가 『사회비평』이라는 계간지의 편집위원으로 있을 때는 서울대에 대한 본격적인 문제 제기를 수행한 적도 있습니다. 그럼에도 불구하고, 오늘만큼은 '서울대 인문대 문학상'이라는 존재, 그리고 이 상의 첫 번째 수상자가 되신 최일남 작가의 존재가 너무나 귀하게 다가옵니다.

이즈음 때로 이 대학을 둘러싼 문제, 서울대를 졸업한 사람들의 처신과 행보를 두고 우리 사회에서 여러 얘기가 있기도 합니다. 한 사회의 대표적인 대학을 졸업했다고 해서, 지성과 인격을 두루 갖춘 사람, 상처받은 사람들이나 소수자에 대한 깊은 연대와 공감의 마음을 지닌 사람이 되지는 않을 것입니다. 그래서인지, 때로는 학부 교육과정을 통해, 인간과 세계에 대한 깊은 이해를 보여주는 훌륭한 문학작품을 읽을 기회가 많아진다면, 적어도 지금보다는 서울대에서 더 인간적이며 지성적인 인재, 사람의 마음에 깊이 공감하는 인재들을 길러낼 수 있지 않을까 생각하기도 했습니다.

최일남 작가의 인간적 매력, 올곧은 지성(『동아일보』해직기자 출신), 정중하면서도 따뜻한 인품에 관한 얘기를 제가 신뢰하는 지인과 지면을 통해 몇 번이나 접했던 것 같습니다. 소설작품 읽기가 인격적으로 더 성숙할 수 있는 계기를 제공하는 뜻깊은 인문적 체험이라면, 그 과정에 가장 어울리는 작가가 최일남이라고 생각합니다. 동시에 이러한 의미에서 '서울대 인문대 문학상' 초대 수상자로 최일남 작가가 선정된 것은 참으로 자연스러운 과정이라고 봅니다. 부디 '서울대 인문대 문학상'이 최일남 작가의 문학 여정과 서울대의 인문 교육에 소중한 계기가 되길 바랍니다. 그래서 바라건대, 이 상이 단지 이 땅의 수많은 문학상 중의 하나에 그치지 않고, 엄청난 경쟁과 분단의 고통, 공동체의 극심한 갈등이 지속되는 이 슬픈 땅에서 인간과 세계를 깊이 이해한다는 것에 대해 엄

비정성시를 만나던 푸르스름한 저녁

중하게 되새기게 만드는 귀중한 인문적 자산이 되길 바랍니다.

최일남 작가의 수상을 마음 깊이 축하드리며, 늘 건강하셔서, 또다시 당신의 새로운 소설책을 접하는 커다란 기쁨과 설렘을 누릴 수 있게 되기를 염원합니다. 마지막으로 바라건대, 가능하다면 선생님과 밥 한 끼 함께하며 이런저런 얘기를 나누고 싶습니다. 감사합니다.

(2019)

'죽음 이외의 휴식은 없는' 정신을 기리며[*]

지난 10월 25일 대학시절부터 친구였던 재독 소설가 변소영 창작집 『일곱 개의 다리』 출간 기념을 위한 저녁 모임에 참석했다가 귀갓길에 당신의 부음 소식을 들었다. 대학 동기인 정홍수 평론가의 절박한 전화 목소리를 통해 전해진 부고를 접하고 하늘이 무너지는 듯한 깊은 슬픔을 느꼈다. 그 감정은 어떤 분석도 객관화도 불가능한 그런 통절한 마음의 영역이리라. 글쓰기와 학문 탐구에 모든 열정과 정성을 바친 당신의 숭고한 인생에 대해 생각해 본다. 당신의 삶은 "글쓰기가 전부라는 것. 송두리째 글쓰기뿐이라는 것. (…중략…) 먹는 것, 자는 것, 말하는 것, 심지어 숨쉬는 것까지 오직 글쓰기뿐이라는 것"으로 요약되는 그런 도정이었다.

단독 저서만 치더라도 150권을 상회하는 저술을 펴낸 초인

* * *

[*] 애초에 이 글은 김윤식 선생의 저작과 글 중에서 소설과 산문 탐구에 해당하는 영역에 대해 적기로 예정되어 있었다. 말하자면 이 글은 『서정시학』 겨울호 '김윤식 특집'의 한 원고로 기획 청탁되었던 것이다. 하지만 2018년 10월 25일 저녁 김윤식 선생(1936~2018)께서 밤하늘의 별이 되면서, 이 글은 고인의 인생과 글쓰기를 회고하고 추모하는 추도문 형식으로 바뀌게 됐다. 언젠가 기회가 되면, 이 글과는 별도로, 고인의 비평과 글쓰기에 대한 한층 객관적이며 종합적인 글을 쓸 기회가 있기를 희망한다.

적 열정으로 한국 근대문학 연구와 현장비평에 헌신한 당신의 일생과 글쓰기의 의미를 되돌아보며, 그 과정에 존재했던 한 만남에 대해 기억해 본다.

대학 신입생이던 1982년 어느 가을날, 만 열아홉에도 이르지 못했던 그 앳된 청춘의 시기에 당신을 처음 만났다. 당신이 진행하는 '한국 근대문학의 이해'라는 강의를 청강하며, 내 인생의 윤곽은 그 순간 운명과도 같이 결정되었던 것 같다. '대학 수업이란 정녕 이런 것이구나'를 직접 느끼게 만든 그 가슴 설레던 시간, 그토록 매력적이며 열정적인 강의를 아직도 또렷이 기억한다. 학우들에게 3대 명강의라 널리 회자되던 바로 그 수업이었다. 마성魔性과도 같은 그 시간을 통해, 지적 호기심을 한껏 자극하는 당신의 저서와 만나며 막연한 마음으로 언젠가는 문학비평과 에세이를 쓰는 내 모습을 상상해보곤 했다. 얼마나 많은 시간이 흘러야, 얼마나 많은 책을 읽어야 이런 비슷한 글을 쓸 수 있을 것인가에 대해 생각했지 싶다. 미래에 대한 설렘과 불안이 공존하는 그런 시간이었다.

이 강의의 교재였던 저서 『한국 근대문학의 이해』(1973 초판)의 인상적인 서문을 아직도 잊지 못한다. 당신은 「출발의 의미와 회귀의 의미―책머리에 부쳐」에서 이렇게 적었다.

K군, 군은 상처 없는 무릎을 보았는가. 우리가 미지를 향할 때, 우리

가 더 멀리 손을 뻗치려 할 때, 그리고 우리가 일어서려 할 때, 피를 흘려야 하는 곳은 바로 이 무릎이었다. (…중략…) 이 수없는 거미줄 같은 인연의 끈에서 군은 질식해 본 적이 없는가. 이 감옥에서 탈출하기 위해 이번엔 보이지 않는 또 하나의 너의 무릎을 사용해야 한다. 모든 것이 보이지 않기 때문에 이번의 탈출은 보다 아픈 것이다. 그것은 미지를 향한 너의 야성적 본능이다. 내가 목마른 너에게 물을 떠 준다면 너는 그 물을 마셔서는 안 된다. 그것은 네 갈증의 욕망을 무화시키기 때문이다. 너의 몸을 눕힐 자리를 내가 만들어 준다면 너는 거기서 잘 수가 없으리라. 너는 저 새벽의 광야, 청정한 호수, 태풍 속의 존재이어야만 하기 때문이다. 헛된 소유가 아니라 욕망 자체여야 하기 때문이다. 어떤 소유도 너를 죽이는 것이다. 안일한 나날보다는 비통한 나날을, 죽음 이외의 휴식은 없는 것이다.

전후 세대의 감성으로 앙드레 지드의 『지상의 양식』과 토마스 만의 「토니오 크뢰거」의 목소리가 담긴 이 대목을 접하고 얼마나 가슴이 뛰었던가. 이 글에 등장하는 K군을 나 자신이라고 생각하며, 그런 달콤한 착각 속에서 선생의 강의를 듣고 문학 공부를 했다. 지금 생각해 보니, 이 글은 당신의 인생에 대한 비유가 아닐까 싶다. 실제로 당신은 "죽음 이외의 휴식은 없는" 바로 그런 삶을 평생 영위해 왔다.

당신과의 만남을 통해, 그해 겨울 당신의 첫 예술기행서 『문학과 미술 사이』(1979)와 김현 선생의 『김현예술기행』(1975)을 접했다. 그 문체와 세계인식, 감성이 현저하게 다른 이 두 권의 매력적인 예술기행을 통해, 언어로 형용할 수 없는 깊은 여운과 독특한 감성을 느꼈다.* 물론 그 세계에는 드문 지성과 진솔한 내면, 깊은 허무가 함께 자리하고 있었다. 내 마음을 관통한, 『문학과 미술 사이』의 아래 문장을 천천히 읽어보자.

> 인생에 대한 어떤 초조감 같은 것이 스쳐갔다. 가족, 친지, 직장, 사회적 지위, 그리고 한국인으로서의 자기 위치, 그 속에서 참으로 자기만의 세계란 무엇이며, 나는 무엇 때문에 사는 것이고, 왜 이런 곳에 와서 쭈그리고 있는 것일까. 이런 물음이 몸부림치게 하여 잠 못 이룬 밤이 늘어 갔다. (97면)

> 중년을 넘어선 한 사나이가 자기 과거를 새삼 돌아보고는 이국의 밤하늘 아파트 잠자리에서 잠을 이루지 못하는 이유와 같은 것. 가슴은 텅 비어 있었고, 남은 것이라고는 몇 권의 저서뿐. 그것은 정신이 깃든 것도 아니고 추상어의 나열일 것이다. 거기에 그의 혼은 결코 안주될 수 없다. (207면)

자신이 마주한 인생의 위기감을 고백하는 이 같은 대목을 접

* 권성우, 「동경과 분석, 그리고 유토피아」, 『비평의 매혹』, 문학과지성사, 1993.

하며, 당신의 글쓰기와 학문 그 모든 것을 배우고 싶었으리라. 비평이나 예술기행이 이런 멋진 글이라면, 나도 언젠가는 그런 글을 쓰고 싶었다. 서문에서 저자가 적은바, "미국 중서부, 아득한 지평선을 연일 달리다가 마주친 언덕 위의 포플라를 나는 잊을 수 없다. 토론토 교외에서 마주친 포플라를 나는 잊을 수 없다. 셰익스피어의 고향 스트라트포드 어폰 에이븐에서 본 포플라를 나는 잊을 수 없다. 그 순간 나는 얼마나 가슴 설레이었던가. 마치 그것은 김교신金教臣의 산문을 읽는 것 같았다"는 그 가슴 설렘을 나도 느끼고 싶었다. 그 과정은 저자가 쓴 모든 글과 저서, 저자가 추천한 책들을 따라 읽는 과정이었다. 그래서 당신이 수업시간에 권한 토마스 만의 「토니오 크뢰거」를 도서관에서 찾아 밤새도록 탐독했다.

이제 와서 생각해 보니, 선생과의 만남 이후 펼쳐진 내 인생은 당신의 열정과 자취를 좇는 과정인 동시에 그 울타리에서 벗어나기 위한 과정이지 않았나 싶다.

여행 등의 특별한 예외가 아니라면 매일 원고지 20매 분량의 글을 썼던 당신의 각별한 습관과 정성에 대해 생각해 본다. 지금까지 펴낸 책의 서문을 묶는 것만으로 두터운 단행본(『김윤식 서문집』)이 되었던 엄청난 노고의 의미에 대해 반추해 본다. 올해 봄날까지도 지속되었던 당신의 쉼 없는 글쓰기 노동은 죽음 즈음에 이르러서야 비로소 중단되었다.

학문과 비평, 글쓰기에서 당신이 개척한 소중한 영역과 뜻깊은 문제의식이 너무나 많지만, 내게 소중하게 다가온 두 가지를 여기서 적어보고 싶다. 우선 당신의 일본과 일본의 학문에 대한 열린 자세이다. 당신 또래가 식민지 시대에 배운 일본어와 일본문화의 흔적을 지우고자 의식적으로 마음먹었던 시절, 당신은 일본의 학문과 문화의 저력을 배우기 위해 남다르게 노력해왔다. 루스 베네딕트의 『국화의 칼』(1973) 역자 서문에서 당신은 "우리나라에서는 아직까지도 일본 연구가 황무지인 것으로 판단되어, 이에 무지를 무릅쓰고 감히 번역해 본 것이다. 우리의 입장에서 가장 잘 알아야 할 일본에 대한 탐구가 우리만큼 무관심한 상태에 놓인 풍토는 아마 없을 것이다"라고 적었다. 지금에야 이런 생각은 상식이지만, 45년 전에 이미 이런 생각을 할 수 있었다는 것은 남다른 선구적 혜안의 산물이리라.

김윤식 선생은 학문 연구의 기나긴 세월 동안 한국 근대문학에 깊이 아로새겨진 일본이라는 타자의 그림자를 해부하고 탐구하기 위해 땀과 정성을 바쳤다. 학문에 대한 남다른 열린 마음이 없었더라면 이러한 자세를 일관하여 유지한다는 게 쉽지 않았으리라. 『한일문학의 관련양상』(1974)에서 시작하여, 『한·일 근대문학의 관련양상 신론』(2011)을 거쳐 『내가 읽고 만난 일본』(2012)으로 이어지는 지적 여정은 한국 근대문학의 속살과 지형을 정확하고 명료하게 파헤치기 위한 절박한 수순이었다. 특히 선생의 저서

중에서 말년의 걸작으로 평가받는 『내가 읽고 만난 일본』은 일본
(문학)과 밀도 깊게 대화한 김윤식 글쓰기의 열쇠와 정수精髓를 감
동적으로 보여준다. 선생은 이 책에서 아래와 같이 일본 유학 시절
의 체험과 느낌, 그 막막한 고독의 시간을 기록했다.

> 하숙으로 돌아온 그날 밤 가슴 설레며 『소설의 이론』을 밤을 새워
> 읽는 동안 잠시 숨을 돌릴 때, 고마고메駒込역에서 도쿄대 쪽으로 가는
> 첫 전철(이 전철이 철거된 것은 1971년 초여름으로 기억된다)의 소리
> 가 들렸다. (49면)

> 잠 안오는 밤이 늘어갔다. 갈매기 울음 듣기, 멀리 눈 쌓인 후지산을
> 멍하게 바라보는 때가 나도 모르게 나를 에워싸는 것이었다. 도쿄 타
> 워의 불빛을 보고 있는 나는 무엇인가. 도쿄란 내게 사막에 다름 아니
> 었다. 분주히 왕래하는 사람들은 모두 이방인이었다. 모두가 지하철
> 입구를 향해 달려가고 있는데 나만 거꾸로 걸어나오는 형국이라고나
> 할까. 점점 나는 자의식의 강도에 밀리기 시작했다. (415면)

일본 유학 시기 김윤식의 내면과 고뇌, 외로움의 감정이 생
생하게 드러나 있다. 두 번의 일본 체류 시절 당신이 마주한 숙명
적 고독 속에서 김윤식은 한국문학(이광수)에 드리워진 일본문화
와 지성의 운명적인 그림자를 발견했다. "여기 유학생 이광수들이

비정성시를 만나던 푸르스름한 저녁

있다고 치자. 그들이 읽고 만난 일본을 알아보기 위해 나는 혼신의 힘을 기울이었던가. 아니었다. 그럴 수 없었다. 이광수들이 읽은 책을 모조리 살피고 나도 그것들을 읽어야 했다. 그가 만난 일본을 나도 체험해야 했다. 이 작업이란 너무 허황한 것이어서 길을 잃고 만 것이다.”(『내가 읽고 만난 일본』, 6면) 그런 험난한 과정을 통해 비로소 역저 『이광수와 그의 시대』(1986)가 쓰일 수 있었으리라.

『내가 읽고 만난 일본』은 김윤식의 학문적 여정에서 매우 뜻 깊은 이정표에 해당하는 귀한 저서이다. 이 책을 통해, 이 땅의 누구보다도 일본의 근현대 지성사와 밀도 깊게 대화한 김윤식 글쓰기의 기원과 내밀한 실존적 표정을 엿볼 수 있다.

두 번째로 당신이 이 세상을 뜨기 직전까지 현장비평에 몰두했다는 사실을 전하고 싶다. 선생은 어떤 젊은 비평가보다도 매달 발표되는 소설작품에 대해 성실하게 읽고 썼다. 과연 그 이유는 무엇이었던가. 다음 문장에서 그 해답을 찾을 수 있지 않을까. “누구는 바보라서 현장 속에 뛰어들어 먼지와 똥오줌을 뒤집어쓰고 있는 줄 아십니까. 천만의 말씀입니다. 현장의 먼지 바닥 속을 헤매지 않고는 진짜 ‘실감’을 얻어 낼 수 없습니다.”(「서문」, 『80년대 우리 소설의 흐름』) 당신이 그토록 오랜 세월 동안 소설 월평에 정열적으로 참여한 이유에 대한 명쾌한 해답이다. 바로 이 대목에 현장비평가 김윤식이 지닌 자부심의 근거를 발견할 수 있다. 바로 그렇다. 매달 생산되는 소설 최신작에 대한 꾸준한 읽기를 통해서만 얻어질 수 있는 '실감'이 존재한다는 것, 그 실감 없이는 당대의 문학에 대한 제대로 된 해석과 조감이 힘들다는 것이 당신이 월평(현장비평)에 오랜 정성과 노고를 바친 이유겠다.

당신의 표현에 의하면 "비평이란 결코 도달할 수 없는, 인간 정신의 아득한 그리움"이자, "비평이란 지상 어디서나 성립될 수 없는 한갓 희망 사항"이기도 하다. 또한 당신에게 있어 "비평가란 형식 속에서 운명적인 것을 보는 사람이라고. 형식의 간접성 또는 무의식 속에서 자기 속에 감추어진 혼의 내실內實을, 형언할 수 없는 강렬한 체험으로 맛보고자 하는 자"(『소설과 현장비평』)에 다름없다. 이런 숭고한 마음으로 당신은 때로 현장이라는 먼지 바닥 속을 헤매며 끊임없이 현장비평을 수행해온 것이리라. 바로 그 마음을 배워야겠다고 생각했다.

당신은 이 글을 쓰는 사람의 인생과 글쓰기 역사에서 지울 수 없는 흔적과 영향을 남겼다. 내 글쓰기의 행로는 당신이 내게 준 그 흔적과 자취를 어떻게 벗어나 나만의 글쓰기라는 작은 오솔 길을 만들 수 있을지에 대해 고민한 여정이었다. 당신과 한 시대를 함께 할 수 있어서 행복하고 든든했다. 당신의 글, 삶, 말, 책은 늘 내 곁에 있는 친구인 동시에 범접하기 힘든 경전이었다. 평생 어떤 파벌이나 조직에도 속하지 않고 고독하게 자신만의 성채를 쌓아 올리신 당신의 그 운명적인 외로움과 깊은 허무를 사랑한다. 그 아득한 환각에 대한 도저한 동경까지도.

1985년 4학년 비평론 수업 때 당신이 문득 우리에게 말했던 얘기가 아직도 기억에 선연히 남아 있다. "나는 지금까지 수많은 책을 읽었고, 각계의 숱한 전문가도 만나보았습니다. 방학마다 늘 외국을 비롯해 이곳저곳을 둘러보며 많은 것을 느꼈어요. 그런데도 내일 결정해야 할 사소한 고민을 어떻게 해야 할지 아직도 모르겠네요. 여러분, 인생이란 이런 것입니다." 당대의 석학이자 저명한 비평가가 토로하는 이 진솔하기 그지없는 발언을 통해, 나는 겸허한 지성의 기품을 엿볼 수 있었다.

2014년에 발간된 『내가 읽고 쓴 글의 갈피들』에는 "타락하고 늙어 초라해진 내 모습을 대하고 있으면 첫 평론집의 거울이 지구 저쪽으로 운석처럼 스쳐감을 보게 되어 감격스럽다. 그것은 많지 않은 나의 위안의 하나가 되어준다"는 인상적인 구절이 적혀 있다. 이제 늙어가는 자신의 모습과 오랜 글쓰기 여정을 담담하게 되돌아보는 노평론가의 생전 모습에서 숭엄한 감정을 느꼈다.

당신은 "붓을 꺾기로 마음먹은 적이 한두 번이 아니었소. 그런데도 여기까지 오고 말았소"(『엉거주춤한 문학의 표정』)라고 적었다. 초인적인 열정으로 오로지 쓰기와 읽기에 모든 생을 바쳤던 당신이 이런 생각을 한 적이 있다는 사실 자체가 신선하게 다가온다. 적어도 김윤식이라면, 어떤 순간에도 글쓰기를 포기하는 것을 생각해 본 적이 없을 줄 알았다. 글을 쓴다는 것이 얼마나 많은 고뇌와 실존적 위기의식을 동반하는지를 보여주는 구절이다. 당신의 글쓰기 여정은 비평과 글쓰기에 대한 그 절박한 위기감과 사투한 도정이기도 했으리라.

머리보다 가슴이 시키는 대로 살라는 당신의 조언, "논리에 의존하는 것은 실패하기 쉽다. 심장의 울림, 심정에 따르는 것만큼 확실한 것은 없다"(『문학과 미술 사이』)는 당신의 전언을 가슴에 깊이 새기고자 한다.

당신과 함께 한 일상적이며 사소한 장면도 그립다. 고서로 둘러 쌓인 고적孤寂한 연구실에서 꾸중을 듣던 그 아픈 순간까지도 내 마음에 깊이 박혀 있다. 박사과정 시절, 간간이 공대 식당까지 산책하며 함께 나눴던 대화, 그 순간을 아련하게 기억한다. 한강이 내려다보이던 동부이촌동 서재, 그 책의 숲에서 문학과 시대, 인간에 대해 설파하던 당신의 정정한 목소리를 떠올려본다. 비평가로서 실존적 위기에 빠졌던 그 힘든 시기를 당신이 또박또박 적어서 보내준 장문의 편지를 통해 극복할 수 있었다. 당신이 존재하지 않는 비평 문단과 국문학계는 쓸쓸하고 적막하다. 당신으로 인해 이 땅의 비평과 근대문학 연구는 이전과는 질적으로 다른 새로운 단계로 나아갈 수 있었으리라.

당신은 20대 중반부터 '노예선의 벤허'와 같이 살 수밖에 없는 고단한 운명을 응시하며 "죽음 이외의 휴식은 없는" 바로 그런 삶을 영위해 왔다. 누구보다도 열정적인 삶이었지만, 동시에 누구보다도 고단한 인생이기도 했다. 이제 저 밤하늘의 별이 된 당신이 영원히 평안한 '휴식'을 취하기를 마음 깊이 바란다. 당신은 그런 휴식을 누릴 자격이 있는 사람이 아닐까. 부디 하늘나라에서는 공부만 하지 마시고, 책만 읽지 마시고, 오랜 친구인 소설가 최인훈, 비평가 김현 선생과 함께 편하고 즐거운 시간을 맘껏 누리시기를 염원한다.

당신의 죽음으로 인해 한 시대가 저물어가고 있다. 당신의 안식과 평안을 마음 깊이 기원한다.

2018년 늦가을, 당신과의 만남으로 인해 문학비평가가 된 권성우 씀.

(2018)

김윤식, 『한국 근대문학의 이해』, 일지사, 1973
김윤식, 『문학과 미술 사이』, 일지사, 1979.
김윤식, 『80년대 우리 소설의 흐름』 I·II, 서울대 출판부, 1989.
김윤식, 『소설과 현장비평』, 새미, 1994.
김윤식, 『엉거주춤한 문학의 표정』, 솔, 2010.
김윤식, 『내가 읽고 만난 일본』, 그린비, 2012.
김윤식, 『내가 읽고 쓴 글의 갈피들』, 푸른사상, 2014.

나를 만든 한 권의 책

『문학과 미술 사이』

대학과 학문에 대한 막연한 환상을 마음에 품으며, 1982년 봄 대학 신입생이 되었다. 그러나 그 환상이 사라지는 시간은 입학과 동시에 다가왔다. 졸업정원제로 인한 고등학교의 연장 같은 대학 생활이었다. 우리 신입생들은 학과에 진입하기 전의 계열별 모집단위에 속해 있었다. 학과 소속이 아니다 보니, 속 깊은 대화를 나눌 선배가 드물었고 전공에 대한 공감대를 나눌 친구도 거의 없었다. 어떤 지적 자극도 설렘도 제공하지 않았던 교양수업을 들으며, 공장 같은 똑같은 건물들이 배열된 황량한 캠퍼스를 걸으며 내가 기대한 대학은 이게 아니라는 생각을 했더랬다. 한마디로 지적·정서적 충만감과는 거리가 멀었던 대학 신입생 시절이었다.

교양수업을 마치고 캠퍼스를 걸으면, 이른바 '짭새'라 불리는 사복경찰이 교내에 그득하던 시절이었다. 시인 기형도의 표현대로, "목련철이 오면 친구들은 감옥과 군대로 흩어졌"(시 「대학시절」 중에서)던 그런 격동기였다. 어떤 채워지지 않는 욕구와 막막함,

쓸쓸함, 미래에 대한 막연한 불안감이 마음을 부유하던 시기였다.

수업시간에 빠진 채, 방황하는 시간이 늘어났다. 1학기가 지나도록 캠퍼스 생활에 겉돈 채, 혼자 지내는 시간이 많았다. 모든 걸 걸고 시위에 참여하는 선배들의 실천과 희생이 뇌리에 강렬하게 박혔지만, 당시 내게는 그런 용기가 없었다. 정말 좋은 책을 읽고 싶었다. 이를 위해서는 뭔가 새로운 돌파구가 간절히 필요했다.

2학기를 맞으니, 문득 대학 생활에 근본적인 변화가 필요하다는 생각이 들었다. 그래서 듣게 되었던 수업이 비평가 김윤식 선생의 '한국근대문학의 이해'였다. 늘 단색 넥타이와 세련된 양복을 걸친 채, 단호한 인상으로 열강하던 당신의 모습이 아직도 눈에 선하다. 수업시간 내내 당신의 카리스마와 학문적 열정이 인문대 1동 교실을 압도했다. 막스 베버, 헤겔, 루카치, 이광수, 대학의 본질, 학문의 열정, 고독과 자유, 토마스 만의 「토니오 크뢰거」를 위시한 수많은 관념과 철학, 사상, 문학, 예술이 종횡무진으로 등장하던 그 시간을 기억한다. 그토록 충만했던 한 시간이 마치 10분처럼 순식간에 지나갔다고 느꼈다.

비로소 내가 대학에 있다는 그런 생각이 들었다. 글쓰기, 책 읽기와 더불어 살아가는 내 인생의 윤곽은 바로 그 순간 거역할 수 없는 운명과도 같이 결정되었던 것 같다. 그 시간 이후 자연스럽게 당신의 저서 『문학과 미술 사이 — 현장에서 본 예술세계』(1979)를 읽으며, 나도 이처럼 멋지고 지적이며 아름다운 글을 쓰고 싶다는 생각을 했었다. "하이데거의 「들길」을 읽고 나면 그가 몹시 부러워진다"로 시작해 "허무가 앞뒤를 가로막아 나아갈 길은 이제 보이지 않는다. 그렇지만 그 허무의 안개 저편에 솟아오르는 선명한 이미지가 있었다. 포플라의 모습이 그것"이라는 문장을 거쳐, "포플라는 고독의 표상이기보다는 고독 자체였다. 예술이나 문학이란 내게는 이와 같은 표상의 추구일 따름이리라"로 끝나는 『문학과 미술 사이』의 '머리말'을 통해, 글 쓰는 사람의 고독과 운명, 깊은 허무를 느꼈다. 나도 기꺼이 그런 운명, 고독과 함께하고 싶다는 생각을 했으리라.

당시 『문학과 미술 사이』를 몇 번이나 읽고 메모했다. 그 책에 등장하는 반 고흐, 릴케, 발자크, 로댕, 마네, 톨스토이, 졸라, 드가, 피카소, 렘브란트, 앙드레 말로, 안네 프랑크, 루카치, 토마스 울프 등의 이름을 마음에 깊이 간직하며 배우고 싶었다. 저자의 여정을 따라 아이오와, 파리, 암스테르담, 런던, 셰익스피어 마을, 토론토, 뉴욕, 보스톤, 나이아가라 폭포, 타이페이 등에 언젠가는 꼭 가고 싶다는 생각을 했다(그때는 여행 자유화가 허용되지 않던 시기였다). 동시에 "한 중년 고비에 접어든 사나이가 '떠나기 위해 떠나는' 그런 방랑자의 자리에 설 수도 있는 것일까"라는 저자의 순수한 열정을 마음에 품고 싶었다. 이런 감정이야말로 당시 겨우 가능했던 내 나름의 지적 호기심이자 예술에 대한 막연한 동경, 먼 곳에 대한 그리움이 아니었을까 싶다. 요컨대 나도 이런 매력적인 글

비정성시를 만나던 푸르스름한 저녁

을 쓰고 싶다는 강렬한 열망이 가슴을 치며 지나갔다.

생각해보면 그 이후 내가 보낸 세월은 『문학과 미술 사이』에 적힌 다음과 같은 문장들, 이를테면 "인간의 본질이 혼자 있음 그 것이라면 희랍 시대 인간이나 점령하의 파리의 인간이나 가릴 바 없다", "누구나 과거를 회상하는 일은 아름다운 법, 그렇지만 그것 이 센티멘털해지지 않기 위해서는 고통이 따르는 법"의 의미를 온 전히 이해하기 위한 시간이었다.

『문학과 미술 사이』의 저자는 지난 가을, 2018년 10월 25일 저녁에 저 광활한 우주 속으로 사라졌다. 당신은 이제 평생 함께했 던 책과 글의 세계에서 떠나 영원한 휴식을 취하고 있으리라. 그러 나 당신의 글, 당신의 책과의 만남으로 인해 글쓰기와 책 읽기를 운명이라 여기게 된 수많은 문인, 학자, 비평가가 존재한다. 당신 의 육체는 이 세상에서 사라졌으되, 당신의 정신과 글은 영원히 남 으리라. 책과 글을 사랑하게 만들어 준 당신과의 만남 그 귀한 운 명을 평생 마음에 새기며 살아가고 싶다.

(2018)

김윤식, 『문학과 미술 사이』, 일지사, 1979.

최인훈 작가 영전에 띄우는 편지

최인훈 선생님. 간곡한 마음으로 선생님 존함을 이렇게 불러봅니다. 제가 문단 출입을 거의 안 하다 보니, 먼발치에서 선생님을 딱한 번인가밖에 뵌 적이 없는 것 같습니다. 직접 대화를 나눈 기억도 당연히 없습니다. 그렇지만 당신의 문학과 소설은 제게 너무나소중하고 친근한 존재입니다. 당신의 「광장」, 『회색인』, 『화두』를 읽으며 인생과 지성, 사랑, 역사, 문화를 배웠습니다. 한반도의 슬픔과 기구한 역사, 그 상처와 곡절을 보았습니다. 당신의 작품을통해, '한국소설도 이토록 매력적이며 지성적일 수 있구나' 생각하게 되었지요. 아마도 많은 독자가 이 같은 생각을 했을 겁니다.

당신의 작품과 글쓰기를 통해 한국어의 드넓은 잠재력과 아름다움, 한국어로 표현하는 깊은 사유의 가능성, 한국인의 고뇌와지성, 한국문화의 결핍과 저력, 한국 역사의 슬픔과 그늘을 때로는설레는 마음으로 때로는 안타까운 심정으로 확인할 수 있었답니다. 그러니 당신의 작품을 통과하면서, 한국사회의 정신과 의식은이전보다 한결 성숙해졌다고 말할 수 있을 겁니다. 저도 그렇습니다. 당신을 통해서, 제 인생이 더 깊어지고 넓어질 수 있었던 것 같습니다. 그래서 기회가 될 때마다, 해방 이후 수많은 소설가 중에서 단 한 명을 꼽을 수밖에 없다면, 흔쾌히 당신을 선택하곤 했지요. 그런 당신을 이 세상에서 영원히 볼 수 없다는 사실이 참으로 감당하기 힘듭니다.

당신은 가고 이제 당신의 작품이 남았습니다. 앞으로도 수많은 후세의 독자가 당신의 문학을 통해, 이 사회의 슬픔과 기쁨, 지성과 역사를 알아가게 될 것입니다. 지금 와서 돌이켜보니, 한 사람의 비평가로서, 당신과의 만남은 제 인생의 가장 빛나는 축복 중의 하나였던 것 같습니다. 당신의 소설과 희곡, 에세이, 문학론은 제게 '아! 한국 현대문학에 내 인생을 기꺼이 바쳐도 될 것 같다'는 생각이 들게 만든 일급의 문화적 자산이랍니다.

그것뿐이겠습니까. 당신만큼 남북한의 현실, 모순에 대해 예리하고 정확한 비판과 성찰을 수행한 작가는 달리 없습니다. 남과 북, 그 '광장'과 '밀실'에 모두 절망하고 중립국으로 향하던 이명준의 고뇌와 절망은 여전히 이 슬픈 한반도를 되비추는 거울이지 싶습니다.

한국전쟁 때 미군 LST선을 타고 가족과 함께 월남한 망명 작가인 당신의 운명에 대해서 생각해봅니다. 얼마나 외롭고 힘들었을까요. 그 깊은 고독과 절망이 당신이 창조한 매력적인 주인공 이명준과 독고준에 오롯이 배어 있습니다. 당신은 자신이 속한 사회에 대한 절망과 고독에 머물지 않았습니다. 70년대 중반 당신이 미국에서 돌아온 결정적인 이유는 모국어로 글을 써야 한다는 간절한 소망 때문이었습니다. 그 이후 당신은 모국어의 아름다움, 모국어로 표현 가능한 사유의 심화를 위해 헌신했습니다. 대표작 「광장」을 계속 고쳐 쓴 것도 바로 그러한 열망의 구현이겠지요.

이 땅의 수많은 청춘의 심금을 울린 당신이 세상에 존재하지 않는다고 생각하니 허전한 마음을 가눌 길 없습니다. 당신이 없는 한국문학의 현장을 생각하면 참으로 스산하고 쓸쓸합니다. 생전에 찾아뵙지 못한 죄송함을 늘 마음에 새기며 살아가겠습니다.

간절한 마음으로 기원합니다. 부디 분단과 전쟁이 없는 평화로운 하늘나라에서 소년 당신을 가슴 설레게 했던 「낙동강」의 작가 조명희 소설가와 원산고 선배 이호철 소설가도 만나보시기 바랍니다. 북녘땅에서 우정을 나눴던 막역한 친구들과 고향의 들과 산을 바라보면서 행복하고 편안한 시간 맘껏 누리시길 바랍니다.

당신의 영원한 후배이자 정신적 제자 권성우 삼가 올림.

(2018)

한 번도 문학상을 받지 못한 문인을 생각하며

제9회 임화문학예술상 수상소감

가을이 짙어가는 금요일 저녁 시간에, 기꺼이 이 자리에 참석해주신 모든 분께 마음 깊이 감사드립니다. 오늘 10월 13일은 식민지 시대 최고의 비평가 임화가 태어난 지 109년이 되는 바로 그 날입니다. 이 뜻깊은 날에 제가 '임화문학예술상'을 받게 된 것을 커다란 기쁨이자 영광으로 생각합니다.

수상작인 『비평의 고독』의 제목처럼 소박하고 조용하게, 마치 아무 일도 없었던 것처럼 슬며시 상을 받고 싶었습니다만, 올해부터 수상자와 연관된 장소에서 시상식을 진행하고 수상 강연도 해야 한다고 해서 무척이나 쑥스럽고 어색한 마음이기도 합니다. 수상 소식을 소명출판 관계자께서 전해주셨을 때, 제 인생에서 그 어떤 상을 받은 것보다 기쁜 마음이었습니다. 비평가로 등단한 지, 31년여 만에 비평집으로 받게 되는 첫 상입니다. 더군다나 이 상은 다른 상도 아니고, '임화문학예술상'입니다.

저는 아직도 '임화'라는 이름만 보아도 가슴이 설렙니다. 그의 글과 삶을 통해 참으로 많은 것을 배우고 느꼈습니다. 식민지시대에 활동한 문인 중에서도 제가 특별히 좋아하고 사랑하는 존재이기도 하지요. 제가 만약 평생 단 하나의 상을 받을 수밖에 없다면, 저는 기꺼이 그 상이 '임화문학예술상'이 되기를 소망했을 것 같습니다. 그러나 이러한 마음 다른 한편에는 문학상 제도 전반에 대한 냉소의 시선이 팽배한 이 시기에 제가 '임화문학예술상'을 받게 된 것에 대해 마냥 좋아할 수만은 없는 복잡한 심사가 마음 한구석에 자리 잡고 있는 것도 사실입니다.

무엇보다 저는 임화문학예술상이 제 개인에게 주어진 것이 아니라, 힘든 환경에서 소외와 배제의 운명을 묵묵히 견뎌내며 소신껏 비평을 써온 이 땅의 비평가들에게 주어지는 것이라고 생각합니다. 제가 각별한 마음으로 좋아하고 높이 평가하는 비평가 중에는 지금까지 어떤 문학상도 받아보지 못한 그런 분이 꽤 있습니다. 오늘 이 자리에 참석하신 외우畏友 오길영 선생님, 늘 제게 많은 힘이 되어주셨던 김명인 선생님, 그리고 또 많은 분이 있습니다. 그들의 쓸쓸한 마음과 결기, 자존심에 대해 생각해봅니다.

저는 이번 수상이 저보다 몇 배나 힘든 상황에서, 때로 손해를 보면서도 예리하고 정직한 글을 써온 동료 비평가와 후배 비평가에게 작은 희망이나마 전달하는 소중한 계기가 되길 바랍니다. 그들이 비평을 쓰면서 느낄 비애와 고독이 감히 저의 수상에 의해 작은 위로가 되길 바라고 있습니다. 또한 제 수상이 이 시대 평단

의 균형 감각 회복, 비판적 지성과 비평의 활성화에도 뜻깊은 전기
轉機가 되기를 간절한 마음으로 소망합니다.

김학영金鶴永(1938~1985)이라는 재일 디아스포라 소설가의 삶
과 죽음에 대해 떠올려 봅니다. 제가 많이 좋아하는 소설가입니다.
평생 말더듬으로 극심한 고통을 겪으며 동시에 재일 조선인이라
는 비애 속에서 소설을 써온 분이죠. 그의 대표작 「얼어붙은 입」을
읽으며 마음이 무척이나 아팠습니다. 가슴을 깊게 울리는 슬픔을
느꼈습니다.

김학영이 쓴 일기를 보면, 문학상이라는 제도를 둘러싼 치명
적인 진실과 가슴 시린 상처에 대해 생각하게 됩니다. 그는 일본
문단에서 최고의 권위를 지닌 아쿠타가와상芥川賞 후보로 네 번이
나 거론되었지만 결국 그 상을 받지 못했습니다. 그 점으로 인해
김학영은 커다란 좌절감을 느꼈다고 합니다. 김학영은 1983년에
쓴 일기에서 "『향수는 끝나고 그리고 우리는』으로 나는 꼭 상을 받
고 싶다. (…중략…) 그렇게 생각하지 않으면 안 될 정도로 나는 몰
리고 있다"(1938.12.14)고 고백합니다. 그토록 정갈하고 순정한 내면
을 지닌 김학영, 문우들에게 "학처럼 단정한 사람", "언제나 수줍은
듯한 웃음을 머금은 그 표정은 누구에게도 부담을 주지 않았다"고
회상되는 김학영도 자기 인정에 대한 욕망에서 전혀 자유롭지 않
았던 것입니다. 이런 너무나도 인간적인 진실을 냉철하게 응시해
야 된다고 생각합니다. 노을 넣이면 자살하고 싶은 충동이 일곤 했

다는 김학영은 결국 사십 대 후반이던 1985년 1월 4일 군마현^{群馬県} 생가에서 가스 자살로 인생을 마감합니다. 만약 그가 그토록 받기를 열망했던 '아쿠타가와상'을 받았다면, 김학영이 자살하는 일은 없었지 싶습니다. 완전히 초연한 예술가도 있을 테지만, 때로 어떤 예술가에게는 타자로부터의 인정이 목숨만큼이나 소중할 수 있는 것입니다.

이런 의미에서, 저는 이렇게 상을 받게 되었습니다만, 한 번도 문학상을 받지 않은 문인의 마음에 대해서 곰곰이 생각해보는 것입니다. 그것은 이미 오래전에 임화의 후배 시인 백석^{白石} (1912~1996)이 "하늘이 이 세상을 내일 적에 그가 가장 귀해하고 사랑하는 것들은 모두 가난하고 외롭고 높고 쓸쓸하니 그리고 언제나 넘치는 사랑과 슬픔 속에 살도록 만드신 것이다"라고 읊은 그 처연한 심경을 이해하는 과정이기도 할 것입니다.

그리고 또 고^故 기형도^{奇亨度}(1960~1989) 시인에 대해 생각해봅니다. 기형도 시인이 1989년 29세로 임화의 출생지 근처인 낙원동 심야극장에서 요절한 이후에 그의 안타까운 내면과 깊은 슬픔이 슬며시 알려지기도 했습니다. 당시 한국시를 열어갈 새로운 시인들 수십 명 명단에 자신이 포함되지 않은 것에 대해 기형도 시인이 깊이 절망했다는 사실이 전해졌지요. 저 역시 한때 기형도 시인이 품었던 그런 마음에서 자유롭지 않았다는 사실을 이 자리에서 고백하고 싶습니다. 어느 순간에는 제가 쓰는 글이 어떤 평가와 인

정도 받지 못한다면, 아무런 미련도 없이 비평을 그만두고 싶다고 생각한 적도 있었습니다. 그 마음을 거두게 만들어주신 분이 『난장이가 쏘아올린 작은 공』의 작가 조세희 선생님, 대하소설 『화산도』의 작가 김석범 선생님입니다. 제 부족한 글을 깊은 애정으로 읽어주신 분들입니다.

『비평의 고독』의 제목과 구성이 잉태된 것은, 2015년 1학기 일본 고쿠분지에 있는 도쿄경제대 객원 연구원 시절입니다. 제 마음을 자주 훔쳐 간 재일 디아스포라 에세이스트 서경식의 글과 삶을 더 알고 싶은 간절한 마음에 그곳에 혼자 갔던 것이지요. 그때 서경식 선생님과 많은 대화를 나누었습니다. 4월의 봄날, 나가노 산장에서 함께 보낸 3박 4일을 아직도 잊지 못하겠습니다. 한 사회의 소수자로 때로는 협박까지 받아가면서, 치열하게 글쓰기를 계속하는 강단과 의연함을 통해, 제가 처한 상황은 아무것도 아니라고 느꼈습니다. 서경식 선생님과의 만남·대화는 어떻게 해서든지 계속 써야겠다고 생각하는 계기가 되었습니다.

이제 임화의 그토록 슬픈 운명에 대해 얘기해보고 싶습니다. 1908년 10월 13일, 지금 대학로가 있는 낙산에서 태어나 1953년 8월 6일 북한 정권에 의해 형장의 이슬로 사라진 풍운아 임화, 식민지시대와 해방직후에 누구보다도 치열한 문제의식을 지녔던 문인 임화는, 그 시절 문학상 제도가 활성화되지 않았기에, 당연히 어떤 문학상도 받은 적이 없습니다. 이런 상상을 해봅니다. 만약 임화가 문학상을 받았다면 그는 어떤 수상소감을 전했을까요? 분명히 말씀드릴 수 있는 것은 그가 의례적인 겸손이나 상투적인 소감을 전하기보다는 시대 현실과 문단에 대한 뜨거운 진실의 목소리를 펼쳐놓는 쪽이었지 싶습니다. 저는 누구보다 수많은 논쟁에 적극적으로 참여했으며, 비판적 글쓰기를 자신의 운명으로 받아들였던 비평가 임화의 심정으로, 정직한 글을 쓰면 쓸수록 평단에서 소외되고 배제될 수밖에 없는 이 시대 평단의 구조, 그 경화된 비평(문단) 카르텔의 폐해에 대해서 이 자리에서 분명히 지적하고 싶습니다. 『비평의 고독』에서 제가 이 시대 문학과 비평에 대해 수행한 비판은 궁극적으로 이 땅에서 산출된 문학에 대한 깊은 애정의 다른 표현이라고 생각합니다.

제가 존경해 마지않는 소설가 최인훈 선생님은 "임화 개인이 도달한 지점은 놀랄 만하다", 그의 글쓰기가 "해방 전 우리 문학의 최고의 업적이다"라고 말년의 걸작 『화두』에서 적었습니다. 여러 가지 결실과 성과가 있지만, 무엇보다 임화는 숱한 논쟁을 견뎌오면서 비판적 지성을 끝까지 수호한 비평가였습니다. 사랑하고 아꼈기 때문에, 그만큼 비판한 것 아닐까요.

임화문학예술상이 9회까지 진행되는 동안 본격적인 의미의 문학비평집에 상이 수여된 것은 이번이 처음인 것 같습니다. 이 점을 매우 영광스럽게 생각하며, 동시에 막중한 책임감을 느낍니다. 상을 받은 후에, 안온한 만족감에 적당히 세상과 타협하는 비평가가 아니라, 끝까지 이 시대와 역사, 인간에 대해 투철하게 응시하는 비평가로 기억되기 위해 노력하겠습니다. 한층 지혜롭고 성숙한 비판, 서늘하면서도 아름다운 비평, "버티다 끝내 가지에서 낙하하는 나뭇잎의 당당하고 쓸쓸함 같은 무늬의 글"을 쓸 수 있도록 마음과 정성을 바치겠습니다. 아울러 자유롭게, 소신껏 비평을 쓸 수 있는 저의 특별한 행운과 선택받은 입장의 의미에 대해 늘 겸허한 마음으로 성찰하겠습니다. 임화문학예술상으로 인해 앞으로 평생 좋은 비평을 써야겠다는 열망과 설렘을 간직할 수 있을 것 같습니다. 제 인생이 위기에 처할 때마다 임화문학예술상 수상자라는 사실을 잊지 않겠습니다.

　마지막으로 임화문학예술상을 제정하여, 어려운 출판 형편 가운데서도 임화문학예술상이 지속될 수 있도록 늘 애써주신, 이 시대 인문지성의 산실 소명출판 박성모 대표님, 제 마음을 울리는 인상적이며 과분한 축사를 해주신 이재무 시인님, 제가 늘 비평가로서 본받아야 할 귀감龜鑑으로 존재하고 계신 임화문학예술상 운영위원회 위원장 염무웅 선생님, 어떤 선입견도 없이 열린 마음으로『비평의 고독』을 애정으로 읽어주신 임화문학예술상 심사위원 구중서, 최정례, 유성호 선생님, 오늘 이 자리에 참석하시어 저로하여금 계속 비평을 쓸 수 있는 힘을 주신 한국 현대소설사의 산증인 최일남 선생님께 마음을 다해 감사드립니다. 그리고 제 글에 대해 애정과 관심을 보여주신 모든 분께 좋은 글로 보답하겠다는 인사를 드립니다. '비평의 고독'으로 인해, 저보다 한층 고독한 운명에 처할 수밖에 없었던 가족들, 특히 아내 김희진에게 미안함과 고마운 마음을 따로 전하고 싶습니다. 이 상은 온전히 그들의 것이기도 합니다. 3년 전 이 아름다운 가을에 저세상에 가신 어머님이 환한 미소를 지으실 것 같습니다.

북한 정권에 의해 비극적인 인생을 마감한 임화의 삶과 죽음이 뜨겁게 상징하듯이, 한반도의 굴곡진 운명과 통한의 역사는 지금 이 순간에도 바람 앞의 등불처럼 위태롭게 흔들리고 있습니다. 이 슬픔으로 가득 찬 고난의 땅 한반도에 평화가 오고 민주주의가 번성하기를 간곡한 마음으로 염원합니다. 그렇게 된다면 64년 전 평양에서, 이 땅 현대사가 강요한 십자가의 운명이 되어 밤하늘의 별이 된 우리의 임화, 저 군국주의 파시즘이 발호하던 시절 "죽음과 같은 고독 속에서 깊은 사고와 반성을 통해 문학하는 정신이 스스로를 시험해 보아야 [한다]"고 토로하고 "벗이여 나는 이즈음 자꾸만 하나의 운명이란 것을 생각코 있다"(시 「자고 새면」 중에서)고 읊었던 임화도 편히 안식을 취할 수 있지 않을까 싶습니다.

두서없는 수상소감을 끝까지 들어주신 분들께 진심으로 감사드립니다.

2017년 10월 13일 권성우 올림

고독한 자유인이 되기 위한 여정

1. 유년의 풍경 – 명동과 모더니티

내가 태어나서부터 초등학교 3학년 때까지 우리 가족은 서울 명동 한복판의 한 허름한 건물 옥상에 있는 집에서 살았다. 부모님은 결혼하자마자, 가까운 친척의 도움으로 아버지가 살던 그곳에 거처를 마련하셨다. 아버지는 그 건물에 있는 오퍼상에 근무하셨고, 어머니는 회사직원들에게 밥을 해주시면서 생계를 꾸리셨다. 생각해 보면, 유년 시절을 명동에서 보낸 것은 내 인생과 기질, 취향, 자의식의 기원을 형성한 원초적 체험에 가깝다.

당연히 유년 시절에는 동생을 제외하면 함께 뛰어놀 동네 친구가 전혀 없었다. 가끔 건물 옆에서 일하던 구두닦이 형과 장난치는 것이 그 무렵 가족을 제외한 사람과의 유일한 대화였으리라. 지금까지 내가 새로운 인간관계에 대해 유독 긴장하는 습관이 있는 것도 그 시절의 단절된 인간관계의 체험에서 연유하는 것이 아닌가 생각해 본다.

아직도 눈에 선하다. 내 유년기, 즉 1960년대 말과 1970년대 초 명동 거리의 풍경이. 우리 가족이 살았던 건물 바로 옆에 지금도 있는 영양센터, 세상에서 가장 맛있는 빵을 판다고 생각했던 풍국제과, 상호를 기억할 수 없는 계성여고 뒷문 부근의 중국집, 사보이호텔의 이국적인 분위기, 늘 최첨단 전자제품을 판매하던 충무로의 전자상점들, 중국대사관 근처 서점에 깔려있던 수많은 외국 패션지, 한껏 멋을 낸 미니스커트를 입은 여인들, 그리고 명동성당, 성모병원, 국립극장, 중앙극장, 수많은 선술집, 양장점, 음악다방, 다양한 상점과 좌판들…….

당시에는 첨단적인 모더니티의 진열장이었던 명동이 내게는 유년의 놀이터이자 기억의 창고였다. 발터 벤야민이 창안한 '아케이드 프로젝트'의 매혹과 광휘를 유년 시절 내내 매일 체험했던 터였다. 대학원 시절 이상李箱과 박태원의 모더니즘 소설을 주제로 석사논문을 쓰고 누구보다도 발터 벤야민의 글쓰기에 경도되었던 것도 바로 이러한 유년 시절의 명동 체험과 떼놓고 설명할 수 없으리라. 그즈음 어머니와 전차를 타면서 거리 위의 고가도로를 보면 늘 어딘가로 떠나고 싶다고 생각하곤 했다. 지금도 뭔가 중요한 고민이 있으면 늘 어딘가로 떠나고 싶던 내 유년 시절을 생각하며 명동 거리를 혼자 하염없이 걷는다. 그러면 정말 마음이 편안해진다.

함께 사귈 동네 친구가 없다는 점은 나를 자연스럽게 책 읽기로 이끌었다. 역설적인 의미에서 내 유년 시절은 책 읽기 말고는

비정성시를 만나던 푸르스름한 저녁

별다른 놀이가 있기 힘든 환경이었다(명동 거리를 뛰어다니다가 몇 번이나 교통사고 위험에 처하기도 했다). 당시 어머니가 무리 끝에 구매해 주신 계몽사 판 『소년소녀세계문학전집』 반질 25권을 너덜너덜해질 때까지 읽고 또 읽었다. 그때 접했던 「플루타크 영웅전」, 「십오 소년 표류기」, 「이상한 나라의 앨리스」 등이 내 유년의 문학적 상상력의 보고寶庫이자 기원이다. 당시 초등학교에는 작은 도서실이 있었는데, 나는 거의 매일 책을 한 권씩 빌려 읽었다. 그러다 보니, 학기 말에는 2년 연속 가장 많은 책을 대출한 학생으로 선정되어 책을 부상으로 받기도 했다.

2. 국어 선생님의 인문적 향기

중고등학교 시절에는 비교적 평범한 학생으로 지냈다. 당시 대개의 학교가 그러했듯이, 입시 위주 교육은 문학의 온전한 매력에 내 영혼을 전면적으로 맡길 여유를 내주지 않았다. 중학교는 장충동에 있었는데, 수업이 끝나면 친구들과 장충단 공원으로 몰려가 이른바 '쩜뽕'이나 야구에 몰두하곤 했다. 어느 날 친구들과 사복을 입고 국도극장의 미성년자 관람 불가 영화를 몰래 관람하던 추억이 지금도 눈에 선하다.

　그런 가운데 참으로 훌륭한 국어 선생님들을 만난 건 커다란 행운이었다. 중학교 3학년 때 국어를 가르치셨던 주철환 선생님(나중에 MBC의 저명 PD로 활동했으며 지금은 아주대 문화콘텐츠학과 교수로 재직 중이시다), 고등학교 때 국어를 가르치셨던 이태준 선생님, 장기화 선생님. 이분들의 국어 수업은 입시라는 환경에도 불구하고 대단히 인문적인 향기를 품고 있었다. 무엇보다도 그분들의 인성과 열정이 참으로 매력적이었다. 기계적인 사지선다형 시험이 대세인 열악한 환경에도 불구하고 논술과 책 읽기, 주관적인 글쓰기를 강조하셨던 당신들 덕분에 내가 그 지루했던 고등학교 시절에도 책 읽기의 즐거움을 온전히 간직할 수 있었지 싶다.

고등학교 1학년 때, 학교로 가는 버스 안에서 박정희 대통령의 서거 소식을 접했다. 그 당시에는 정말 엄청난 충격이었다. '대통령이 저렇게 죽을 수도 있구나' 하는 생각을 했으리라. 고등학교 2학년 때 '서울의 봄'을 목도했고, 그 봄의 끝자락에 있었던 수학여행 직후에 광주민중항쟁이 발생했다. 광주항쟁을 겪고 서울로 전학해온 친구를 통해 어렴풋하게 광주의 비극적인 실상을 접했다. 몇몇 친구들과 이러한 일련의 사건에 대해 정치적인 견해를 주고받으면서 역사와 사회, 정치에 대한 호기심과 흥미를 느끼곤 했다.

3. 시대와 역사와의 만남, 그리고 문학비평에 이르는 길

그리고 대학에 입학했다. 이른바 통기타, 생맥주, 축제로 상징되는 대학의 온전한 낭만을 기대했으며, 꿈꾸던 매혹적인 축제의 자리에 나도 함께이고 싶었다. 한마디로 당시 나는 대학 캠퍼스에 대한 낭만적 환상을 최대치로 지닌 상태였다. 동숭동 문리대 문학부의 낭만적 추억을 묘사한 김동선의 『사랑하는 나의 대학』을 읽고, 내게 펼쳐질 대학의 풍경도 그와 유사하리라고 지레 짐작했던 탓이리라.

그러나 내가 접한 대학은 투쟁과 이념과 불의 현장이었다. 교양수업 역시 내가 기대한 호기심을 자극하는 수업, 지적인 충만감을 전달하는 수업이 아니었다. 졸업정원제로 인해, 고등학교 생활의 연장 같은 삭막한 대학 생활에 실망한 나는 학교생활보다는 고등학교 동문으로 이루어진 서클 생활에 더 열중했다. 지금은 없어진 동숭동 가톨릭학생회관 7층 세미나실에서 2주일에 한 권씩 책을 읽고 대화를 나누었으며, 그때마다 성균관대 가는 길목의 튀김집에서 밤늦도록 함께 술을 마시면서 시국과 대학문화와 지식인의 임무에 대해 토론하곤 했다. 그때 함께 했던 선배와 친구들이 현재 참여연대 경제개혁센터 소장인 김상조 한성대 경제학과 교수, 송종순 조선대 원자핵공학과 교수, 윤명환 서울대 산업공학과 교수, 박재우 한양대 토목공학과 교수 등이다.

특히 1학년 겨울방학 때 송종순 선배의 지도(?)로 서클 동료들과 이른바 한국 현대사와 경제사 관련 스터디를 열심히 했는데, 지금 생각해 보면 바로 이 시절의 독서가 한국사회와 역사, 세계에 대한 기본적인 관점을 형성시켰다.

대학 1학년 때, 내 인생을 결정한 중요한 계기 중의 하나는 바로 김윤식 선생님과의 만남이었다. 당시 자자한 명성을 좇아 '한국 근대문학의 이해' 수업을 몇 번 청강하면서 나는 '진정한 대학 수업이야말로 바로 이런 것이구나!'라는 생각을 했다. 다른 교양 수업에 상대적으로 실망을 했던 터라, 동서고금의 드넓은 지식을 횡단하는 그 열정적인 수업으로 인해 커다란 지적 자극을 받았다. 이 만남이야말로 불문과에 가고자 했던 애초의 생각을 접고 국문과로 진로를 변경하게 만든 결정적 계기였다.

1학년 가을과 겨울 사이에 나는 김윤식 선생님의 비평집과 예술기행『문학과 미술 사이』를 접했고,『문학과 유토피아』,『김현 예술기행』등의 김현 선생님의 책도 이해되는 부분 위주로 조금씩 접했는데, 그 책들이 내게 준 매력은 나도 저런 매혹적인 에세이를 써보고 싶다는 욕망, 나도 비평가가 되고 싶다는 열망으로 이끌었다. 그 무렵부터 미래에 하고 싶은 일로 '문학비평'을 염두에 두고 있었는데, 실제로 1학년 2학기 때 교양국어 수업 설문에 장래 희망을 '문학비평가'라고 적었다. 「동경과 분석, 그리고 유토피아」(『비평의 매혹』)에서도 고백한 적이 있지만, 그 무렵 내게는 어떤 시나

소설 못지않게 김윤식과 김현의 비평과 에세이, 미술기행이 매력적으로 다가왔다.

1983~1984년의 국문과는 학생운동의 본거지이자, 문학청년들의 집합소였다. 그 시절 한편으로는 서클이나 국문과 학회를 통해 진보적인 이념을 접하면서 대학생과 지식인의 임무에 대해 고민하기 시작했으며, 다른 한 편으로는 문학에 뜻을 둔 친구들과 함께 '묵시시대'라는 동인을 결성했다. 그들과 매주 만나서 책을 읽고 서로의 글을 합평하는 문학동인 활동에 심취했다. 우리는 당시에 김현, 김치수, 김승옥, 최하림 등의 '산문시대' 동인을 꿈꾸던 터였다. 소설가 이해경(본명 이승호), 주인석, 시인 안찬수(본명 안도현), 영화감독 육상효, 오형규(현재 한국경제신문 논설위원)가 그 멤버였다. 우리 여섯 명은 그즈음 매일 함께 몰려다니며 '문학'에 대한 열망과 고뇌를 나누었다.

그 무렵의 엄혹한 학내 상황과 정치 환경은 문학에 대한 심취도 자유주의(리버럴리즘)라는 잣대로 비판적으로 바라보게끔 했다. 물론 당시 학생운동의 입장에 대해서는 근본적으로 동의했으며 시대적 현실에 커다란 분노를 느꼈다. 하지만 학생운동에 전념하기에는 용기가 없었다. 스스로가 지나치게 비조직적이며 낭만적인 기질과 허무주의자의 성향을 지녔다고 생각했다.

1984년 3학년 때 2주간 진행된 여름 농활의 어느 날이었다. 온종일 김매기를 하다가 숙소로 돌아오는 길에 바라본 저녁놀이 너무 아름다웠다. 그 아름다움을 옆에 있던 선배에게 얘기하다가, '너는 저녁놀을 보려고 농활을 왔느냐'는 핀잔을 들었다. 이른바 철의 규율을 과시하며 매일 저녁 자아비판의 시간이 존재하던 당시의 농활 풍토에서는 충분히 있음직한 지적이었다. 선배의 그 말을 듣고 나는 평생 운동을 하면서 살아갈 타입은 결코 못 된다는 사실을 직감적으로 깨달았다. 그 무렵 한 친구는 내게 '이 시대의 마지막 로맨티스트'라는 칭호를 붙여주었는데, 그 칭호가 내심 싫지는 않았다. 하지만 당시의 시대 상황에서 그 칭호는 철저한 극복의 대상이었다.

3학년 2학기가 되자, '묵시시대' 친구들은 군대로 떠났고, 당시 국문과, 불문과, 영문과 친구들이 함께 결성한 또 다른 82학번들의 문학동인 '점이지대'의 멤버였던 이성훈, 정선태, 조철우, 채규진, 유재덕 등과 세미나를 진행하며 문학(비평)에 대한 관심을 점차 구체화했다. 그즈음 나의 정신을 지배했던 사람은 단연코 소설가 최인훈과 비평가 김현이었다. 최인훈의 장편소설 『회색인』의 주인공 독고준은 당시 내 롤모델이었다. 지금 생각해 보면 독고준을 통해서 그 시대에 '회색인'일 수밖에 없는 내 관점과 성향을 합리화하고 싶었던 것이 아니었을까. 비평가 김현의 글은 읽으면 읽을수록 도저히 거부할 수 없는 엄청난 매력으로 다가왔다. 국문과에 진입하고 나서도 불문과나 불어교육과 수업을 들었는데, 이 모두가 김현 선생의 영향이었다.

비정성시를 만나던 푸르스름한 저녁

한편으로는 『민족문학과 세계문학』(백낙청)의 세계에 감화되면서도, 또 다른 한편으로는 김윤식의 예술기행이나 김현의 에세이의 매혹에 경도되는 회색인의 체험을 통해, 내 문학적 성향은 조금씩 복합적으로 변해갔다.

대학을 졸업하기 전에, 잊지 못할 추억을 하나 만든다는 미명하에 성훈과 의기투합하여 대학문학상 '문학평론' 부문에 함께 응모했다. 약 2주간에 걸쳐 『사람의 아들』, 『황제를 위하여』, 「들소」, 『영웅시대』를 읽고 이문열론을 썼다. 결국 이 글이 심사위원 김현 선생의 선택으로 '대학문학상'을 받았다. 그때의 당선은 그 후의 어떤 상이나 합격보다도 내 인생의 즐겁고 행복했던 체험으로 남아 있다. 김현 선생은 내게 어떤 일이 있어도 앞으로 글쓰기를 포기하지 말라는 조언과 당부를 건네주셨다. 당신의 연구실을 조용히 퍼져나가던 그 따뜻한 목소리와 정갈한 분위기를 기억한다. 아마 그 순간이 글 쓰는 사람으로서의 내 운명을 결정했지 싶다.

4. 드디어 문학비평가가 되다!

대학원 석사과정에 재학 중이던 1987년 성민엽(현 서울대 중문과 교수) 선생의 권유로 신춘문예에 응모하여 『서울신문』 신춘문예 평론부문에 「존재론적 고독에서 당신과의 만남으로: 이인성론」이 당선되어 정식으로 비평가로 데뷔했다. 심사위원은 유종호 선생님과 김병익 선생님이셨다. 1988년 무렵, 서울대 국문과 선후배들과 함께 '예술운동'이라는 문학동인 모임을 결성하고 함께 공부하기 시작했다. 급기야는 각기 100만 원씩 출자하여 사무실을 개설하면서 활동했다.

신범순, 한형구(한기), 강헌, 서영채, 채영주, 이명찬, 허정구, 김재홍, 정선태, 이승호, 육상효, 조철우, 주인석, 강상희, 이병동, 조영복, 김중식, 손현철, 류철균(이인화), 이숙예(이수명), 김동식 등이 그 멤버였다. 서로의 자존심을 걸고 신랄한 토론을 벌였던 '예술운동' 시절의 그 무수한 합평회와 토론, 논쟁, 세미나, MT의 풍경이 아직도 눈에 선하다. 그 낭만적 열정과 치기, 무모함까지도. 특히 강헌 선배의 그 독특한 카리스마와 매력적인 화술을 아직도 잊을 수가 없다.

우리는 모두 언젠가는 문학사에 남는 의미 있는 문학작품을 쓰거나 이 땅의 예술운동에 기여하겠다는 소망으로 똘똘 뭉쳐 있었다. 이 '예술운동' 시기가 내 문학 공부의 원형을 형성한 진정한 배움의 시기가 아니었나 싶다. 이런 의미에서 순정한 문학적 열망으로 지펴졌던 그 시기는 진정한 문학학교였다.

비평가로 등단한 이후, 김병익, 김현, 성민엽 선생님과의 인연으로 나는 자연스럽게 문학과지성사에 드나들게 되었으며,『문학과사회』편집위원 분들과도 많은 인간적·문학적 교류가 있었다. 그분들로부터 한편으로는 문학을 한다는 것의 치열함을 또 다른 한편으로는 사유의 균형감각과 대화적 지성의 힘을 배웠다. 아마 그 인연으로 나는『비평의 시대』편집 동인으로 참여했으며 1993년 문학과지성사에서 첫 비평집『비평의 매혹』을 출간하게 되었으리라.『비평의 시대』를 펴낼 무렵 만난 우찬제, 이광호, 박철화, 유하, 박상우 등의 새로운 문우들을 통해 신선한 문학적 자극을 받곤 했다.

1990년에 벌어진 '김영현 논쟁'을 통해 논쟁이라는 글쓰기의 엄청난 매력과 치명적 위험에 대해 많은 것을 느꼈다. 아울러 내 기질 속에, 낭만적 문학적 감성 못지않게 때로 뜨거운 논쟁적 성향이 자리 잡고 있다는 것도 인식하게 되었다.

1994년 강헌, 서영채, 정준영, 김종엽, 이종숭, 정윤수, 임재철, 이윤호 등과 함께 대중문화계간지『리뷰』편집 동인으로 참여하여 몇 년간 정말 흥미진진한 시기를 보냈다. 편집회의 때마다 너무나 즐거웠으며 내 공부가 점차 다양한 분야로 확장되며 성장하고 있다는 생각이 들었다. 특히 음악, 미술, 영화, 대중문화 등의 문학과 연관된 다른 분야 예술의 동향을 알 수 있다는 점이 참으로 좋았다. 그리고 무엇보다도 편집권이 출판사와 독립되어 우리 편집 동인들에게 전적으로 주어졌다는 점도 그 시절을 행복하게 기억하는 이유이리라. 잡지 편집을 위한 거마비가 나오면 함께 모여 포커를 치기도 했던 그 시절이 사무치게 그립다.

5. 다시 고독한 유목민이 되어

생각해 보면『리뷰』시절의 행복한 체험이 비평가의 자유와 주체성, 편집권의 독립의 문제에 대해 근본적으로 사유하게 만든 게 아닐까 싶다. IMF 사태를 즈음해서, 대부분의 문예 계간지들이 비평가의 독립성 대신에 편집자 및 출판사의 입장을 내세우거나 자사에서 발간된 출판물에 대해서 비판적인 논평을 허용하지 않는 폐쇄적인 태도로 점차 바뀌어 갔다.

이런 와중에 나는 문학과지성사에서 출간된 소설가 김연경과 김설의 신간에 대해 다소 비판적인 리뷰(「신세대문학에 대한 비평가의 대화」)를『문학과사회』1997년 겨울호에 발표했는데, 이 글을 쓴 이후의 여러 가지 파장과 힘든 시간을 겪으면서 비평가의 주체성과 독립성을 지키는 문제에 대해 한층 본격적으로 고민했다. 이런 문제의식의 연장선에서 결국『세계의문학』편집위원을 그만둘 수밖에 없었고, 지금도 문학적 고향처럼 생각하고 있는『문학과사회』를 비판할 수밖에 없었다.

그때는 정말 그럴 수밖에 없었으리라. 아니 지금 다시 그러한 상황에 처하더라도 똑같은 선택을 했을 것 같다. 그 이후『문학과사회』, 『창작과비평』, 『문학동네』진영과 각기 한 번씩 치열한 논쟁을 수행한 바 있다. 이런 과정을 거치면서, 출판자본이나 특정 문예지의 이해관계에서 독립된 한 사람의 비평가로 살아간다는 건 너무나 힘겨운 과정임을 실감했다. 그 논쟁들 이후, 문예지로부터 청탁이 거의 오지 않았으며 자주 혼자라고 느꼈다. 그 시절 김명인, 고종석, 김진석, 방민호, 유성호, 이재무 형과의 대화는 커다란 위안과 용기를 주었다.

지금 나는 어떤 출판사나 문예지로부터도 연관되지 않은 한 사람의 독립적인 비평가로 살아가고 있다. 이제 쓰고 싶은 비평을 쓴 후에는 발표할 지면을 찾을 수밖에 없는 상황이다. 그게 힘들다면, 곧 발간될 비평집 『낭만적 망명』에 수록할 「조숙한 청춘의 문학: 김애란론」처럼 문예지에 발표하지 않은 채 그대로 비평집에 수록하는 방법도 있을 테다. 이 쉽지 않은 과정은 청탁과 해설비평이라는 관행으로부터 거리를 둔 독립적 비평가가 되기 위해 필연적으로 거칠 수밖에 없는 도정이 아닐까. 때로 고독하기도 하지만, 내게 다가온 이 자유라는 행운을 맘껏 누리고 싶다. 이런 의미에서 19회 '김환태평론문학상' 수상은 바로 그 자유를 통해, 비평의 독립성 확보를 위해서 계속 노력해달라는 무언의 간절한 부탁으로 다가온다. 그 부탁을 하신 분들께 기꺼이 손을 내밀고 싶다. 걱정하지 마시라고. 당신을 절대 실망하게 만들지 않겠다고. 열심히 하겠다고.

생각해 보니, 나는 수많은 방황과 모색을 거쳐 다시 명동의 집에서 혼자 책을 읽던 유년의 고독으로 돌아간 셈이다. 이 고독과 자유를 천천히 음미하며, 새로운 길을 가고 싶다. 무엇보다도 의연하게.

(2008)

제4부

정치·문화·대학을 읽다

칼럼과 에세이

민주공화국에서 살아가는 비평가의 보람

문재인 대통령께 보내는 편지

먼저 대통령 당선을 마음 깊이 축하드립니다. 당신이 대통령에 당선된 지 벌써 일주일이 지났습니다. 그 일주일의 시간은 적어도 정치적인 맥락에서 보면 제 인생에서 기억될 만큼 뿌듯하고 보람된 하루하루였다고 말한다면 믿어지시겠습니까. 작년 가을까지만 해도, 헬조선, 오포세대, 사오정, 한남충 같은 부정적인 용어가 난무하고 어떤 희망도 보이지 않던 우리 사회는 촛불혁명에 이은 대통령 탄핵, 그리고 새 대통령 선거과정과 당신의 대통령 당선으로 인해 새로운 희망과 개혁의 기운이 영글어가고 있습니다. 당신이 대통령에 당선된 후에 보여준 지극히 상식적이면서도 소탈한 행보, 겸손하면서도 단호한 정책 결정은 한국사회의 온갖 모순, 불의, 피로, 극심한 경쟁, 미세먼지에 지친 국민에게 그야말로 상큼한 청량제로 작용하는 것 같습니다.

지난 5월 10일 당신이 국회 로텐더홀에서 대통령 당선자로서 '국민에게 드리는 말씀'을 담담한 목소리로 낭독할 때, 벅찬 소회를 느끼지 않을 수 없었답니다. 그 순간 당신의 마음에도, 그리고 제 마음에도 노무현이라는 이름이 떠오르지 않았을까 싶습니다. 2002년 고故 노무현 대통령 당선 이후 전개된 15년의 파란만장한 역사를 기억합니다. 그 영광과 굴욕, 기쁨과 상처가 교직되던 시간을 말입니다. 노무현 대통령의 서거 이후 지금에 이르기까지 당신은 속울음을 참으며 얼마나 많은 아픔과 인고의 시간을 묵묵히 보냈는지요.

당신은 자서전 『운명』에서 이렇게 적었습니다. "그를 만나지 않았으면 적당히 안락하게 그리고 적당히 도우면서 살았을지 모른다. 그의 치열함이 나를 늘 각성시켰다. 그의 서거조차 그랬다. 나를 다시 그의 길로 끌어냈다", "당신은 이제 운명에서 해방됐지만, 나는 당신이 남긴 숙제에서 꼼짝하지 못하게 됐다". 그렇습니다. 당신과 노무현 전 대통령과의 관계는 부산에서 두 사람의 인권변호사가 의기투합하던 시기에서 시작되어, 그야말로 '운명'이라고 부를 수밖에 없는 그런 아름답고 숙명적이며 슬픈 관계로 발전했다고 생각합니다. 그래서 노무현 전 대통령은 "저는 제가 아주 존경하는, 나이는 저보다 적은 아주 믿음직한 친구 문재인을 제 친구로 둔 것을 정말 자랑스럽게 생각합니다"라고 공개연설에서 기꺼이 털어놓은 것이겠지요.

당신이 대통령으로 당선된 그 과정에 세계사에서 유례가 없는 평화로운 촛불혁명이 존재했다는 사실은 엄연합니다. 그런데

비정성시를 만나던 푸르스름한 저녁

생각해보니 최순실 국정 농단 사태가 촛불혁명으로 이어지는 그 도도한 민주화의 역정에 가장 중요한 도화선의 역할을 한 것이 노무현 대통령의 그림자였네요. 최근 청와대 대변인으로 추천되었다가 이를 고사한 한겨레 김의겸 기자는 최순실과 고영태가 운영하던 '더블루케이' 사무실에 남아있던 태블릿 PC를 기자가 발견할 수 있도록 도운 의인 노광일 씨에 관한 기사를 공개했지요(「김의겸의 우충좌돌」, 『한겨레』, 2017.5.11). 아마도 그가 없었다면 최순실 사태와 촛불시위로 이어지는 과정은 상당히 다른 형태로 전개되었을 가능성이 컸다고 봅니다. 여기서 '더블루케이'가 입주했던 건물의 관리인 노광일 씨가 초기 노사모 멤버였다는 사실은 이 일련의 사건에 전개에 매우 중요한 역할을 한 게 분명합니다. 말하자면 그의 민주주의에 대한 갈망, 노 대통령에 대한 기억이 기꺼이 기자에게 태블릿 PC를 찾게 만든 정치적 무의식이 아니었을까 싶습니다.

이것이야말로 헤겔이 말했던 역사의 간지奸智가 아닐까요. 당신은 시민혁명을 통해, 주말마다 광장에 나와 촛불을 들었던 시민들에 의해 이제 대통령이 되었습니다. 그 과정에 노대통령의 존재가 어른거린다는 것은 어떤 운명이라는 이름으로도 충분히 설명하지 못할 것 같네요.

그렇습니다. 당신은 언젠가 "노무현 대통령이 다 이루지 못한 그런 꿈들, 또 그 한계까지도 뛰어넘어서 제가 이제 이어가고 싶다는 생각입니다"라고 말한 바 있습니다. 노무현 정권은 정당한 취지와 목적에도 불구하고, 그 의욕에 부합되는 효율적인 개혁과 실제적인 변화를 이루어내지 못했습니다. 당신은 당시 대통령 비서실장과 민정수석으로 근무하면서, 노무현 정권의 좌절과 한계를 온몸으로 목격했으리라고 짐작되는군요. 그 한계와 부족함에 대해서 냉철하게 응시하면서 참여정부를 극복하는 것이 필요하겠지요.

대한민국과 이 사회를 위해서도 당신이 이끌어 갈 제3기 민주정부는 기필코 성공해야 합니다. 이를 위해 저는 몇 가지 당부와 부탁의 말씀을 드릴까 합니다.

우선 모든 국민에게 지지받고 사랑받겠다는 환상을 지니지 말기 바랍니다. 물론 당신을 선택하지 않은 국민까지 아우르는 통합의 정치는 필요합니다. 그러나 이러한 태도가 개혁과 정치적 혁신을 미루는 방패막이로 작용해서는 곤란하겠지요. 당신이 우리 사회에 꼭 필요하고 올바른 개혁의 길로 나아가더라도 그런 길에 딴지를 놓는 세력은 늘 존재하리라고 봅니다. 당신이 선택한 입장의 타당성에 대해 주도면밀하게 검토하고 토론하되, 일단 결정된 정책 사안에 대해서는 소신껏 추진하시기 바랍니다. 때로는 당신의 선함이나 겸허만큼 결기와 단호한 태도가 필요한 순간도 분명 있을 것입니다. 이러한 맥락에서 남재희 전 노동부장관의 다음과 같은 조언을 부디 마음에 깊이 새기기 바랍니다.

대통령을 몇 번 만난 적이 있는데 내 결론은 사람이 정말 선하다는 것이다. 그런데 정치인이 착해선 안 된다. 매섭고 담력이 있어야 한다. 안 그러면 휘둘린다. 지금은 '선량한 문재인'으로 비쳐지는데, '문재인도 가슴에 도끼자루를 품은 사람이고, 무서운 결단력과 추진력이 있는 사람이다'라는 걸 보여줘야 한다. '선량한 문재인'으로는 안 된다. 결단력 있는, 담대한 문재인이 돼야 한다. (「특별대담 새 정부에 바란다」, 『경향신문』, 2017.5.11)

그렇습니다. 당신은 국민과 약자, 소수자에게는 한없이 선하되, 개혁과제나 적폐세력 앞에서는 담대하고 매서운 대통령이 되어야 합니다. 다행히 취임 후 며칠간 당신이 보여준 행보에서 과감한 개혁과 변화에 대한 뚜렷한 소신을 엿볼 수 있었습니다. 이런 태도가 앞으로도 쭉 이어지기를 바랍니다.

지금 한국사회는 산적된 수많은 문제가 존재합니다. 저는 그중에서 양극화 해소야말로 문재인 정부가 모든 열정과 노력을 통해 해결해야 할 시급한 과제라고 봅니다. 공무원 시험에 유일한 희망을 거는 대학생이 너무나 많습니다. 문제는 정상적인 환경이었다면, 개성적이며 열정적인 예술가, 학문에 모든 것을 거는 학자, 우주와 자연의 신비를 해명하는 과학자, 냉철하고 유능한 언론인을 지망했을 청년마저 공무원 시험에 올인하고 있는 형국입니다.

좋은 직장과 그렇지 않은 직장의 연봉, 안정성, 복지, 대우의 차이가 너무 큽니다. 이러한 사회에서는 다수가 늘 박탈감을 느끼며 살아갈 수밖에 없지요. 물론 자본주의 사회이기에 좋은 직장과 그렇지 않은 직장의 차이가 날 수밖에 없다는 것은 당연합니다. 문제는 그 차이가 다른 국가보다 너무나 크다는 사실입니다. 중소기업 진흥을 비롯하여 양극화를 줄이기 위한 특단의 정책이 필요하다고 생각되는군요. 비정규직 문제에 대한 전향적인 해결도 이와 연동되어 있겠지요. 이 사안은 우리 사회가 청년에게 '희망'을 제공할 수 있느냐는 문제와 직결됩니다. 재벌 개혁과 합리적 증세를 통해 마련되는 재원으로 양극화 해소를 위한 대책을 마련해주시기 바랍니다. 그래서 취업준비생 절반이 공무원 시험을 준비하는 이 답답한 현실이 바뀔 수 있도록, 대학 도서관에서 양서를 읽으며 행복한 책 읽기에 대한 설렘을 느끼는 대학문화가 될 수 있도록 노력해주시기 바랍니다. 미래가 불안한 사회에서 좋은 책을 스스로 읽을 수 있는 마음의 여유는 생기지 않습니다.

지금 당신에 대한 국민의 지지는 노무현 대통령에 대한 초기 지지를 능가할 정도입니다. 당신이 그동안 보여준 미담, 의연함과 겸손함으로 요약되는 인품, 취임 후의 과감한 정책과 소신 있는 결정, 노무현 대통령을 억울하게 잃었다는 지지자의 상처가 결합해, 이즈음 당신의 지지자는 누구보다도 당신의 말 한마디, 행동 하나

비정성시를 만나던 푸르스름한 저녁

에 열광하고 있습니다. 취임 초기의 자연스러운 현상이라고 할 수도 있겠지만 일면 우려되는 바가 없지 않습니다. 문빠, 문베충, 문슬람 같은 용어들도 등장하고 있네요. 한겨레21 표지를 둘러싼 논란, 한겨레의 사과 등 일련의 사태에서 어떤 위험한 징후를 느끼게 되는군요. 물론 대부분의 당신 지지자들이 이번 촛불혁명 과정에서 참으로 소중한 역할을 수행해왔으리라는 점을 감안하면서도 이렇게 부탁드리고 싶습니다. 지지자의 의견을 존중하고 경청하되, 그들에게 쉽게 휘둘리지 말기 바랍니다. 그 선택이 정당하고 필요하다면, 당신 지지자의 입장과는 상충되는 결정도 과감하게 내리기 바랍니다.

문재인 정부 지금까지 잘하고 있지만, 반부패비서관 인사에 대해서는 비판적으로 말하지 않을 수 없네요. 반부패비서관은 3기 민주정부에서 상징적인 위치에 있습니다. 앞으로 무수한 부패, 부정, 불의와 싸워야 하는 자리입니다. 다른 자리라면 다소 융통성이 주어질 수 있겠지요. 때로 악인도 변호해야 하는 변호사의 업무상 성격을 모르는 것도 아닙니다. 그러나 적어도 문재인 정부의 청렴과 정의를 상징하며 새롭게 신설된 '반부패비서관'이라는 자리에 노조를 무자비하게 탄압했던 갑일 오토텍 사주를 변호한 박형철 변호사는 어울리지 않는 것 같습니다. 이 인사가 재고되기를 바랍니다. 그리고 이 사안에 대한 비판을 모처럼 출범하여 의욕적으로 일하고 있는 민주정부에 딴지를 건다는 식으로 받아들이지 않았으면 합니다. 역으로 이 한 건이 문재인 정부의 긍정적이며 개혁적인 기조를 부정하는 수단으로 활용돼서는 안 되겠지요. 분명히 말하지만, 당신을 비롯한 문재인 정부의 전반적인 방향성 및 초기 행보에 대해서는 적극적으로 응원해주고 싶은 마음입니다.

앞으로 다른 정당과의 연대, 협치가 문재인 정부의 순조로운 정책 시행에 중대한 변수로 작용할 듯합니다. 특히 정의당을 비롯한 진보진영과의 관계 설정에서 지속적인 대화와 노력을 통해 서로 간의 감정적 적대감이 최소화되도록 노력해야 하며, 열린 마음으로 연대할 수 있어야 할 것입니다. 이를 위해서는 정책적 연대는 물론이며, 서로가 처한 정치적 입장에 대해서 좀 더 내부적 시점으로 충분히 이해해야 할 것입니다. 때에 따라 통 큰 양보를 할 필요도 있겠지요. 가령 정의당과 정책 연대를 하는 경우, 노동부 장관 같은 상징적 자리를 정의당 몫으로 배정하는 방식이 가능할 겁니다. 물론 이런 노력의 대상은 국민의 당과 바른 정당에도 해당되지 않을까 싶습니다.

세월호에서 학생들을 구하다 숨진 비정규직 교사에게 순직을 인정한 당신의 결정은 많은 국민에게 위안과 희망을 주었다고 생각합니다. 저도 대통령이 바뀌니 이렇게 달라질 수 있구나, 정말 정치가 중요하구나 하는 생각을 하게 되더군요. 이미 여러 가지 문제에 대한 당신의 복안과 계획이 준비되었겠지요. 저는 이 자리에서 아주 작은 소망 하나를 적어두고 싶습니다. 국내외에서 높이 평가받은 대하소설『화산도』의 작가 김석범 작가는 2015년『화산도』한국어판 완간을 기념하는 국제학술대회에 정부 당국의 입국불허로 이 땅에 오지 못했습니다. 재일 역사학자 정영환 교수 같은 분도 순수한 학술토론을 위한 초청임에도 불구하고 조국에 발을 디딜 수 없었지요. 앞으로 그들을 비롯한 재일조선인들이 자유롭게 조국을 오갈 수 있게 되기를 간절하게 바랍니다. 그래서 내년 4·3 70주년 기념식이 열리는 제주에서 당신이 김석범 선생을 만나 뵐 수 있기를 마음 깊이 고대합니다. 지난 유세과정에서 당신은 "이 땅에 봄이 있는 한, 이 땅에 사월이 있는 한, 세월호의 아픔을 잊지 않는 대통령이 되겠습니다"고 말했습니다. 그 사월에 4·3의 참담한 비극도 포함될 수 있겠지요.

이제 이 편지를 마무리 지어야 할 것 같습니다. 대통령 당선 후 일주일 동안 당신이 보여준 신선하고 격의 없는 행보와 과감한 정책 집행을 통해 당신은 엄청난 국민적 사랑과 관심의 대상이 되었습니다. 그러나 앞으로 수구세력은 총반격을 시도할 것이고, 그에 따른 위기와 난국이 분명 닥치게 될 것입니다. 그때마다 촛불혁명의 정신을 생각하며, 당신을 신뢰하는 국민을 생각하며, 하늘나라에 있는 친구 노무현 전 대통령을 생각하며, 그 위기를 현명하고 의연하게 돌파하시기 바랍니다. 그런 과정이 순조롭게 이루어지지 않았을 때, 당신에 대해 열광한 만큼이나 비판도 거세질 수 있지 않을까 싶네요. 그 비판에 대해서 최대한 마음을 열고 융통성 있는 자세로 대처하기 바랍니다. 이 점에 있어서 저는 당신을 신뢰합니다.

한국문학사가 배출한 가장 위대한 현존 작가인 최인훈 선생은 대표작 『광장』 초판(1960) 서문에서 "빛나는 4월이 가져온 새 공화국에 사는 작가의 보람을 느낍니다"고 적었습니다. 지금 저는 4·19 직후에 최인훈 작가가 느낀 감정과 매우 비슷한 기분을 마주하고 있습니다. 언제까지 이어질지는 모르겠지만, 이즈음 저는 빛나는 촛불혁명이 가져온 민주공화국에서 살아가는 비평가의 보람을 만끽하는 나날을 보내고 있답니다. 이런 시간이 앞으로도 계속되기를 간절한 마음으로 염원해봅니다. 늘 건강하시기를 바라며 당신의 앞날에 행운이 가득하기를 기원합니다.

2017년 5월 17일 권성우 드림

비정성시를 만나던 푸르스름한 저녁

신주쿠 꼬치구이 집에서

오늘은 신주쿠에서 페이스북 친구이자 동문이기도 한 이형열 선배를 만나, 근처에 있는 근 70여 년의 전통을 지닌 유명한 꼬치구이 집에서 생맥주를 마셨다. 오후 5시 그곳이 문을 열자마자 첫 손님으로 방문한 우리는 바에 자리 잡은 채, 닭, 소, 돼지의 온갖 부위와 다양한 야채를 꼬치안주로 내놓는 일본 꼬치구이 집의 참으로 다채로운 메뉴에 감탄하면서, 쯔쿠네つくね,* 가지구이, 피망구이 등을 안주로 생맥주를 마시고 있었다.

　그때 그곳에 두 번째 손님이 들어와 우리 바로 옆에 앉았다. 정장과 넥타이 차림의 노신사였다. 그는 뚜렷한 이목구비를 지닌 약간은 완고한 인상의, 하지만 전형적인 일본인 얼굴의 미남이었다. 아마도 근처 괜찮은 직장의 중역이거나 높은 위치의 관리직인 듯했다. 순간 신주쿠의 불금에 혼자서 꼬치구이집을 찾아와 다양한 꼬치를 안주로 와인과 칵테일을 마시는 이 일본인 노신사의 내면과 고민은 무엇일까, 하는 생각이 스쳐 갔다(일본의 좋은 점 중 하

* * *

* 닭고기나 생선살 등을 경단 모양이나 막대 모양으로 만든 식품.

나는 술집에서 혼자 술 마시기가 정말 편하다는 사실이다). 이 멋진 신사는 약간은 근엄한 표정으로 우리가 한국어로 대화하는 것을 언뜻언뜻 쳐다보곤 했다. 순간 우리의 한국어 대화가 너무 큰 것이 아니었을까 하는 생각에, 이 노신사가 혐한론자일지도 모른다는 추측을 하면서 목소리를 약간 낮추었다.

꼬치구이로 와인과 칵테일을 한 잔씩 마신 노신사는 약 한 시간이 흐른 후 나갈 채비를 하는 것 같았다. 그 순간 그가 우리에게 한국어로 말을 걸었다. "한국인이세요?" 그리고 다시 일본어로 "저도 한국계입니다만 한국어를 거의 못 합니다. 만나서 반갑습니다" 이렇게 말하는 것이 아닌가. 계산을 하고 꼬치구이집을 나서면서 그는 다시 한번 만나서 반갑고 기쁜 마음이었다는 얘기를 일본어로 남기며 총총히 자리를 떴다.

순간 우리도 기쁜 마음에 환한 얼굴로 잘 가시라고, 우리도 만나서 반가웠다고 받았다. 그가 간 후에 선배와 대화를 나누면서 그 노신사에 대해 상상해보았다. 그는 말을 걸까 말까 하는 몇 번의 고민 끝에 우리에게 말을 건넨 게 아니었을까 싶다. 아마도 그는 일본에 귀화를 했으리라. 그 자신의 부모님 세대에 이미 귀화를 했을 수도 있겠다. 그리고 회사와 일상을 통해, 드물게 기품 있는 일본사람으로 살아왔으리라. 때로는 자신이 한국계라는 사실이 드러나지 않기를 바라는 마음도 있었으리라. 추측건대 그런 마음의 억압이 우리를 만나면서 깨진 것이 아닐까. 일본에서 생활한 지

불과 세 달여의 시간이 지났지만, 이와 비슷한 형편에 있는 사람을 몇 분이나 만났다. 지난번 지유가오카じゆうがおか에 있는 선술집에 혼자 갔을 때, 요리를 해주던 직원도 끝내는 자신이 한국계라는 것을 밝히지 않았던가.

그들의 고단한 인생과 슬픔에 대해 생각해본다. 일본사회에서 정착하기 위해서 어쩔 수 없이 귀화를 선택한 수많은 재일 한국인(조선인)의 고민과 운명에 대해 상상해본다. 어쩌면 작가 김석범이나 에세이스트 서경식, 강상중 같은 존재는 예외에 가깝다. 그들은 강한 사람이다. 그러나 별다른 능력과 가진 것 없이, 일본사회에 어떤 식으로든 평생을 살아갈 수밖에 없는 한인들, 조국에 대한 특별한 자의식을 지니지 않은 평범한 한인들이 점점 귀화를 선택하고 있다. 어쩌면 그들은 축구선수 정대세처럼 귀화를 선택하지 않고 떳떳한 한국인(조선인)으로 남은 사람보다 더 치명적이며 오래 가는 상처를 지니고 있을지도 모른다. 어떤 경우에라도 민족적 자존을 앞세울 수 없는 그런 슬픈 상처 말이다.

이즈음 일본에서 느끼는 사실은 주변인이나 경계인, 혹은 디아스포라라는 범주로 일반화하기가 힘들 정도로 그들의 유형과 처지 역시 다양하다는 것이다. 힘들지만 그 사회에서 스스로 주체성과 자존심을 지니며 살아가는 주변인이 있는가 하면, 평생 그런 주체성과 자존심을 지닐 기회조차 없는 그런 주변인도 있으리라. 그들의 분열된 내면과 고뇌, 슬픔, 착잡한 마음을 온전히 이해하기

위한 노력 없이, 이른바 자이니치의 진짜 얼굴과 욕망을 인식할 수
없을 것이다.

（2015）

다시 「광장」을 읽으며

이제는 현대문학사에서 대표적인 정전正典의 반열에 오른 최인훈의 대표작 「광장」이 발표된 지 올해(2017)로 57년의 세월이 흘렀다. 주지하다시피 최인훈 작가는 「광장」을 위시한 탁월한 문제작을 통해 한국에서 최초로 노벨문학상 수상 가능성이 얘기되었던 거장이다.

교과서에 단골로 등장하는 「광장」이기에, 누구나 이 작품의 이름과 내용에 익숙하다. 그러나 과연 우리가 소설 「광장」이 던지고 있는 풍부한 메시지를 온전히 이해하고 있는가 하는 질문을 던져볼 필요가 있으리라. 지금까지 「광장」은 대체로 남한을 상징하는 '밀실'과 북한을 상징하는 '광장'이라는 표현을 통해 분단소설이라는 맥락에서 수용돼왔다. 물론 분단문제와 남북의 현실에 대한 작가의 예리한 성찰은 「광장」을 관통하는 핵심적인 주제다.

1960년 『새벽』지에 처음 발표된 지 어언 반세기가 넘는 세월이 지났지만, 이 소설에서 묘사된 남북한의 현실에 대한 진단과 성찰은 지금 이 시대의 기준으로 판단해도 전혀 손색이 없다. 가령

"왜 이렇게 됐을까. 북조선에는 혁명이 없었던 탓일 것 같았다. 인민 정권은, 인민의 망치와 낫이 피로 물들여지며 세워진 것이 아니었다", "북조선 인민에게는 주체적인 혁명 체험이 없었다는 데 비극이 있었다. 공문으로 명령된 혁명, 위에서 아래로, 그건 혁명이 아니다" 같은 전언들은 지금 이 시대 북한에도 적용될 수 있는 진단이라 하겠다.

그럼에도 불구하고, '분단'이라는 프리즘으로만 「광장」을 독해하는 것은 이 작품의 다성적이며 풍요로운 자산을 인위적으로 좁히는 게 아닐까. 「광장」은 분단소설의 맥락에서 볼 수 있지만 동시에 그런 지평을 넘어선 탁월한 연애소설이자 지식인소설이기도 하다.

최인훈 작가가 남다른 정성을 기울인 「광장」의 문체 역시 각별하게 주목할 필요가 있다. 이 작품은 모국어의 속살이 지닌 아름다운 매력을 십분 보여주는 소설이다. 지금까지 열 번 넘게 개작된 「광장」은 한국어로 표현되는 아름다움과 지성의 가능성을 한껏 확장하고 심화시킨 걸작에 해당한다. 예를 들어 이런 문장은 얼마나 섬세한가.

늦은 봄 아지랑이 일렁이는 기왓장 곁에서 햇빛은 얼마나 뜻깊은 소용돌이를 쳤던가. 믿음직한 데생을 떠올리는 늙은 밤나무의 하늘로 뻗친 튼튼한 가지. 맑은 날씨 탓으로 쨍 소리 나게 뚜렷하게 그어진 금들이, 아늑한 그림의 기쁨을 주는 맞은편 언덕 살림집들. 오순도순 타이르는 듯하던 5월의 궂은 빗소리. 몰래 다가드는 삶의 목소리가 호젓이 느껴지는 첫 여름밤. 삶을 이루고 있는 이런 따위 일들이 그에게 정말로 뜻있는 일이 된 것은 하기는 그리 오래된 일이 아니다. (44면)

위에서 인용한 문장은 주인공의 이명준의 평화로운 정서와 심리를 자연과 공간, 계절에 대한 묘사를 통해, 참으로 정겹게 보여준다. '일렁이는', '소용돌이', '오순도순', '호젓이' 등의 순우리말이 적재적소에 쓰이고 있다는 점에 주목할 필요가 있겠다.

「광장」을 제대로 인식하기 위해서는 무엇보다 주인공 이명준의 사유와 고뇌에 대한 열린 이해가 필요하다. 인간과 역사, 사회, 문화, 이념, 사랑, 남북한에 이명준의 사색과 단상이 「광장」을 이루는 속살이기 때문이다.

「광장」의 서사를 이끌어가는 근본적인 질문은 '분단시대의 지식인은 어떻게 살아야하는가?'이다. 철학과 3학년에 재학 중인 주인공 이명준은 한국전쟁 직전의 남한 사회의 현실에 깊게 절망한다. "밀실만 푸짐하고 광장은 죽었습니다"라고 요약되는 이명준의 인식은 이 점을 인상적으로 보여주고 있거니와, 결국 그는 해방 직후에 먼저 월북한 아버지를 따라 북으로 향한다. 그러나 이명준이 북한에서 목도한 것은 개인적인 '욕망'이 터부로 되어 있는 '잿빛 공화국'이었다. 그는 북한 사회에서 짙은 환멸을 느끼게 된다.

남한에서도, 북한에서도 어떻게 살아야 하는가, 어떤 사회가 바람직한 사회인가, 하는 명준의 질문은 전혀 충족되지 못한다.

이제 그에게 남은 것은 사랑과 연인, 그리고 육체의 즐거움이다. "이 여자를 죽도록 사랑하는 수컷이면 그만이다", "사람의 몸이란, 허무의 마당에 비친 외로움의 그림자일 거다"는 이명준의 독백은 이념과 역사에 절망한 지식인의 내밀한 실존적 풍경을 상징한다. 그는 북에서 만난 연인 은혜를 보며 "이 다리를 위해서라면, 유럽과 아시아에 걸쳐 모든 소비에트를 팔기라도 하리라. 팔수만 있다면. 세상에 태어나서 지금 이 자리에서 처음으로 진리의 벽을 더듬은 듯이 느꼈다"고 독백한다. 이 문장은 이념이나 대의보다는 사적인 사랑과 실존을 선택한 한 개인주의자의 당찬 인식(세계관)을 참으로 인상적으로 서술한다. 그러나 전쟁의 풍파는 그에게 온전히 사랑에 머무르는 것을 허락하지 않는다.

인민군으로 한국전쟁에 참전했다가 포로로 잡힌 이명준은 포로 교환과정에서 중립국 행을 선택해 인도행 타고르호에 오르지만 결국 바다에 몸을 던진다. 이 장면은 「광장」을 관류하는 질문, 즉 '분단시대의 지식인은 어떻게 살아야 하는가?'라는 문제 제기에 대해서, 적어도 당시 상황에서는 주인공 이명준이 어떤 희망과 대안도 발견하지 못했음을 아프게 표상한다.

그렇다면 북핵 문제로 한반도의 위기가 고조되고 있으며, 평창올림픽 단일팀이 운위되는 이 시기에는 어떤 희망과 대안이 있을까. 쉽지 않은 질문이리라. 역설적으로 이명준의 절망과 고뇌를 통해 분단사회의 극복을 위한 해법을 발견할 수 있는 것 아닐까. 그렇다면 이명준을 절망하게 만든 원인과 정황에 대해 더 찬찬히 생각하고 탐구해볼 필요가 있다. 이명준을 절망하게 만든 현실은 때로는 더욱 악화된 채, 때로는 변주된 채 여전히 계속되고 있다. 한반도 분단이 지속되는 한, 최인훈이 「광장」에서 제기한 질문은 이 땅의 독자들에게 필연적으로 되새길 수밖에 없는 영원한 화두로 남을 것이다.

서로에 대한 완고한 적대의식과 편견이 여전히 팽배한 이 슬픈 한반도의 현실을 생각건대, 이명준의 절망에서 우리는 다시 출발해야 한다. 그 절망을 온몸으로 통과했을 때, 우리는 비로소 상호 이해와 평화를 위한 발걸음을 한보 앞으로 내딛게 되리라.

(2014, 2017 수정)

최인훈, 『광장/구운몽』, 문학과지성사, 2010.

조세희의 은둔과 침묵이 빛나는 이유

2008년 11월 14일 광화문 교보문고 강당에서 대산문화재단 주최로 열린 '난쏘공 30주년 기념 낭독회 및 기념문집『침묵과 사랑』헌정식'에는 수많은 인파와 설명할 수 없는 묘한 열기로 채워졌다. 비슷한 행사에 가끔 참여해 보았지만, 나는 이날처럼 200명이 훨씬 넘는 자발적인 청중과 작가에 대한 깊은 신뢰에서 우러나온 진정한 존중의 마음이 가득한 행사를 지금까지 본 적이 없다. 어떻게 이런 일이 가능했을까.

공적인 자리와 의례적인 문단 행사에 거의 참석하지 않던 조세희 작가가 이날 낭독회에 참석했다는 사실 자체가 이례적인 사건이라면 사건이었다. 그는 30년간『난장이가 쏘아올린 작은 공』(이하 '난쏘공')을 사랑해준 독자들에게 진심으로 보답하고 싶었다고 말했다. 조세희 작가는 좋지 못한 건강으로 인해 낭독회 시간 동안 연신 약을 입에 털어 넣으면서도, 이날만큼은 대단히 열정적인 발언과 함께 청중들과 적극적으로 호흡했다.

한 연극배우가 담담한 목소리로 '난쏘공'을 낭독하면, 청중들은 자신이 '난쏘공'을 읽던 추억과 그때의 선연한 감동을 되새기는 듯했다. 그래서 "사람들은 아버지를 난장이라고 불렀다. 사람들은 옳게 보았다. 아버지는 난장이었다. (…중략…) 천국에 사는 사람들은 지옥을 생각할 필요가 없다. 그러나 우리 다섯 식구는 지옥에 살면서 천국을 생각했다. (…중략…) 우리의 생활은 전쟁과 같았다. 우리는 그 전쟁에서 날마다 지기만 했다"는 대목을 읽을 때, 많은 청중은 바로 이 시대를 살아가는 수많은 사람의 절망과 힘겨움에 대해 생각했으리라.

이번 낭독의 백미는 표제작 「난쏘공」에서 큰 오빠 영수와 영희가 대화하는 다음 대목을 낭독했을 때였다. "아버지를 난장이라고 부르는 악당은 죽여버려", "그래. 죽여버릴게", "꼭 죽여", "그래. 꼭", "꼭". 낭독자는 유독 이 대목을 힘주어 읽었으며, 그 강렬한 여운은 넓은 강당을 금방 가로질러 넓게 퍼져나갔다. 이 대목을 단지 과격한 대화라고만 치부하기에는 이 땅의 현실은 너무나 많은 사람에게 커다란 절망과 분노와 탄식을 주었던 것이 아닐까.

조세희 작가도 아직 미완인 장편소설 『하얀 저고리』의 한 대목을 낭독했다. 1980년 5월의 광주민중항쟁에 대해 묘사하는 대목이었다. 낭독회 중간중간에 행해진 대화에서 그는 "'난쏘공'을 처음 썼을 때 이렇게 30년 넘게 읽힐 것이라고는 상상도 못했다"며 '난쏘공'이 더 이상 안 읽히는 사회가 되기를 바란다는 취지의 말을 했다. 그는 낭독회 끝 무렵 청중에게 "나는 여러분 젊은 세대에 희망을 걸고 있다", "절대 냉소주의에 빠지지 말고 희망을 지니며 절망하지 말라", "여러분이 싸우지 않으면 내가 죽어서 귀신이 되어 다시 싸우러 이 세상에 오게 될 것"이라고 담담하게 말하면서 "제발 그렇게 되지 않게 해 달라"고 간절하게 호소했다. 그의 진심이 통했는지 이러한 호소에 청중들은 열렬한 박수와 환호로 화답했다. 이 인상적인 풍경은 출간 30년이 지났음에도 '난쏘공'이 여전히 독자들에게 사랑받는 이유를 알려주는 열쇠가 아닐까. 시대적 현실에 대한 끊임없는 성찰과 분노, 이웃과 타자의 고통에 대한 관심이 있었기에, 지금까지도 수많은 독자가 '난쏘공'을 아끼고 사랑하는 것이리라.

이날 조세희 작가는 20여 명의 동료, 후배 문인이 참여한 '난쏘공' 30주년 기념문집 『침묵과 사랑』을 소설가 최윤으로부터 헌정 받았다. 『녹색평론』 발행인 김종철, 소설가 조해일, 이승우, 이혜경, 그리고 『침묵과 사랑』에 참여한 필자들 다수가 참여한 뒤풀이 자리에서도 조세희 작가는 모처럼 들뜬 표정으로 '난쏘공'에 얽힌 추억과 에피소드를 한참이나 얘기했다. 그의 얘기를 듣는 것만으로도 마음이 충만해지고 새로운 의욕이 생기는 시간이 정처 없이 흘러갔다.

낭독회 전날에 있었던 2009년 수능시험에 '난쏘공'을 각색한 희곡이 출제됐다고 한다. 일부 교과서에도 '난쏘공'이 수록됐으며, 고등학생 필독서에 '난쏘공'이 포함되기도 했다는 얘기도 들려온

비정성시를 만나던 푸르스름한 저녁

다. 2008년 7월에는 한 인터넷 서점이 독자 4만여 명을 대상으로 '한국의 대표작가'를 선정하는 설문조사에서 조세희 작가가 1위로 선정됐다는 소식도 있었다.

그러나 내게는 이런 소식이 결코 반가운 것만은 아니다. '난쏘공'이 간직했던 절망적인 현실에 대한 뜨거운 분노, 그리고 작가 조세희가 마치 첫사랑의 순정처럼 지켜온 문학과 시대에 대한 남다른 집념, 결연한 문학적 자의식이 이제 일회용 상품처럼 소모되고 있는 게 아닌가 하는 생각을 했다.

조세희 작가는 결코 '난쏘공'의 인기에 편승하지 않았다. 그의 오랜 침묵과 집회 현장에서 사진 찍기, "나는 좋은 뜻의 어떤 말도 들어서는 안 되는, 어린 시절 말로 실패자입니다. 나는 무엇 하나 제대로 이룬 것이 없습니다", "내 '난장이'는 십만 백만의 한계를 가졌다"로 상징되는 염결성은 그의 문학과 삶이 지닌 어떤 진정성과 깊은 경지를 표상한다.

그렇다. 지금으로부터 30년 전, 암울한 시대를 향한 불화살이었던 한 작품이 현재까지 수많은 독자의 변함없는 사랑을 받고 있다는 사실, 그리고 그 작품의 저자는 한편으로는 시대와 정면 대결하면서, 다른 한편으로는 오랜 세월 동안의 은둔과 침묵 속에서 자신의 올곧은 문학적 자존을 지켜온 사실을 우리는 분명히 기억해야 한다. 그는 오랜 세월 동안 문학상 시상식에도 없었으며 문인들의 흥겨운 술자리에도, 심사위원의 자리에도, 문단 원로의 덕담

자리에도 없었다. 대신 그는 늘 고독 속에서 서재와 거리와 시위 현장과 탄식의 공간, 절망적인 현실 속에 있었다. 그러니 조세희의 존재 자체가 현실에 대한 성찰과 대응을 충분히 펼쳐놓지 못한 이 시대 문학에 치명적인 비판일 수 있는 것이다.

'난쏘공'이 독재와 광주를 체험해보지 못한 이 시대의 청춘에게도 여전히 사랑받고 있는 사실은 여러 가지 맥락에서 설명될 수 있으리라. 나는 '난쏘공'에서 제기하고 있는 첨예하고 근본적인 문제의식의 현재성 자체가 30년 동안 독자의 사랑이 지속된 가장 핵심적인 이유라고 본다. 예를 들어, 표제작인 「난장이가 쏘아 올린 작은 공」에서 난장이 가족을 누구보다도 따뜻하게 바라보고 그들과 함께 연대했던 지섭은 "사람들은 사랑이 없는 욕망만 갖고 있습니다. 그래서 단 한 사람도 남을 위해 눈물을 흘릴 줄 모릅니다. 이런 사람들만 사는 땅은 죽은 땅입니다"라고 말하는데, 이러한 발언은 지금 이 시대의 우리에게도 커다란 울림을 주고 있으며 통렬한 되돌아봄의 계기를 제공하는 것이 아닐까 싶다.

난장이의 큰아들 영수의 공책에 적혀 있었던 다음과 같은 대목도 이 시점에서 눈여겨볼 필요가 있다. "햄릿을 읽고 모차르트의 음악을 들으면서 눈물을 흘리는 (교육받은) 사람들이 이웃집에서 받고 있는 인간적 절망에 대해 눈물짓는 능력은 마비당하고, 또 상실당한 것은 아닐까?" 이 예문을 접하면서 나는 바로 이 시대의 현실을 생각했다. 이 예문에서 제기된 주장은 실상 이즈음 몇몇 논객들에 의해 적극적으로 주창되는 '타자의 고통과 상처에 공감하는 능력'의 선구적 버전으로 볼 수 있으리라. 이미 30년 전에 조세희는 타자의 상처에 공감하는 능력의 중요성에 대한 선명한 문제의식을 문학적으로 형상화했다. 바로 이런 대목이 이 시대의 독자에게 온전히 전달될 수 있을까. 그러기를 바랄 뿐이다.

'난쏘공' 30주년 기념 낭독회와 뒤풀이를 마치고 돌아본 종로 거리는 수많은 난장이로 채워져 있었다. 을지로입구 지하철역에는 노숙자로 가득했다. 비정규직 노동자, 시간강사, 현실에 절망한 사람들, 노숙자, 다양한 형태의 소수자야말로 이 시대의 난장이인 것이다.

(2008)

조세희, 『난장이가 쏘아올린 작은 공』, 이성과힘, 2000.

좌절한 자의 상처와 아름다움

유시민의 『어떻게 살 것인가』

유시민의 『어떻게 살 것인가』는 상처와 패배의 기록이다. 그는 이 책을 통해 왜 자신이 한 사람의 정치가로서 현실 정치에서 민심을 얻지 못하고 끝내 실패할 수밖에 없었는지에 대해서 진지하게 숙고한다. 참으로 묘한 것은 그 상처와 패배, 좌절의 기록이 어떤 영광, 승리, 성공의 기록보다 깊은 울림을 선사한다는 사실이다.

1985년에 쓰여 많은 청년과 대학생들에게 감동적으로 회자된 「항소이유서」부터 시작하여 현재에 이르기까지 나는 그의 거의 모든 글과 책을 섭렵해왔다. 『거꾸로 읽는 세계사』, 『유시민의 경제학 카페』, 『청춘의 독서』, 『국가란 무엇인가』…… 그 책들에 대한 독서는 각기 다른 방식으로 내게 많은 생각거리와 지혜, 소중한 정보를 선사했다. 『어떻게 살 것인가』에는 유시민이 지금까지 쓴 어떤 책보다도 그의 내면과 심리, 실존적 고뇌가 생생하게 드러난다. 명징하고 단아한 문장은 여전하고, 심오하고 복잡한 사안을 쉽게 정리하여 설명하는 글쓰기 스타일도 전혀 녹슬지 않았다. 역시 그의 진정한 매력은 정치보다는 글쓰기에 있다는 사실을 새삼 절감한다.

그래서였을까. 나는 유시민이 『어떻게 살 것인가』를 발간하기 직전 트위터를 통해 "너무 늦어버리기 전에, 내가 원하는 삶을 찾고 싶어서 '직업으로서의 정치'를 떠납니다. 지난 10년 동안 정치인 유시민을 성원해주셨던 시민 여러분, 고맙습니다. 열에 하나도 보답하지 못한 채 떠나는 저를 용서해 주십시오"라고 비감 어린 어조로 선언했을 때 한편으로는 안타까운 마음이었지만, 동시에 작은 기대와 함께 조금 설레기도 했다. 왜냐면 발터 벤야민이 프란츠 카프카를 일러 말했듯이 진정한 글쓰기란 '좌절한 자의 순수성과 아름다움'을 통해 비로소 구현될 수 있기 때문이다. 그의 정치적 행로는 아름답지 않을 수 있다. 정치가 유시민은 실패했다. 그러나 그 정치적 좌절을 되돌아보는 그의 글쓰기는 아름다울 수 있다.

젊은 날의 감옥행이 "모순투성이이기 때문에 더욱더 내 나라를 사랑하는 본 피고인", "슬픔도 노여움도 없이 살아가는 자는 조국을 사랑하고 있지 않다"로 상징되는 참으로 인상적인 문장을 그에게 안겨주었다면, 십여 년에 걸친 현실 정치의 좌절과 실패는 『어떻게 살 것인가』라는 한 권의 책으로 남았다. 이 책을 통해 그는 한국 정치의 은밀한 속살, 정치의 비루함, 삶과 죽음을 맞이하는 자세, 행복한 인생의 의미, 정치가로서의 자신의 한계에 대해서 담담하게 얘기한다. 이제 그는 자신의 과오를 허심탄회하게 인정하면서, 스스로가 행복하게 사는 길을 추구한다.

물론 정치적 입장에 따라 이 책에서 이루어진 유시민의 상처와 패배의 기록도 결국 자기 합리화에 가깝다고 해석할 수도 있으리라. 때로 정치적 사안에 따라 그의 선택에 흔쾌하게 동의하지 못하는 순간도 물론 있었다. 언젠가 트위터에서 그가 적었던바 "정책 노선의 진보성이 인격적 성숙이나 도덕적 품격을 보증하는 것은 아닙니다. 요 며칠 '내 안에 있는 괴물'의 실체를 직시하기 위해서 노력하고 있습니다"는 깨달음이 너무 늦게 찾아온 것이 아닌가 하는 커다란 아쉬움이 분명 존재한다. 그 한계를 모르는 바는 아니지만, 나는 이렇게 말하고 싶다. 여러 가지 오류와 잘못된 선택이 있었지만 나는 유시민만 한 지성과 정의감, 토론 능력, 인문적 교양, 역사적 식견, 글쓰기 재능을 지닌 정치가를 본 적이 없다고. 그 정치를 그만두고 이제 유시민은 글 쓰는 자유인의 길을 선택했다.

그의 성취와 좌절을 모두 목격하면서 쭉 그를 지켜본 입장에서, 동시에 25년에 이르는 그의 독자로서 다음과 같은 진술만큼은 있는 그대로 해석되어도 좋으리라고 생각한다. 동시에 이 대목은 이 시대 청춘에게 기꺼이 들려주고 싶은 뜻깊은 전언이기도 하다.

나는 열정이 있는 삶을 원한다. 마음이 설레는 일을 하고 싶다. 자유롭게, 그리고 떳떳하게 살고 싶다. 인생이라는 짧은 여행의 마지막 여

비정성시를 만나던 푸르스름한 저녁

정까지, 그렇게 철이 덜 난 그대로 걸어가고 싶다. 내 삶에 단단한 자부심을 느끼고 싶다.

(2013)

유시민, 『어떻게 살 것인가』, 생각의길, 2013.

개혁에 대한 환멸을 넘어서

개혁과 변화를 저지코자 하는 입장에서 보면, 개혁에 대한 광범위한 환멸을 불러일으키는 것이야말로 개혁을 좌초시키는 가장 효과적인 전략이리라. 이와 연관하여, 최근 MBC 시사비평 프로그램 〈신강균의 뉴스서비스 사실은〉(이하 '사실은'으로 약칭)을 둘러싼 사태는 어떤 의미를 지니고 있을까. 나는 이 사건을 접하면서, 개혁의 과정에서 발생할 수 있는 인간 존재론과 그 복잡다단한 욕망에 대한 여러 가지 생각을 하게 됐다.

궁극적으로 이번 사태는 비판과 개혁의 목소리에도 조금씩 섞여들어 있는 관행이라는 이름의 불건강한 욕망의 메커니즘에 대한 근본적인 성찰을 유도한다. 1월 13일 사건 관련자들은 문화방송 쪽에서 공식적인 징계를 받았으며, 프로그램도 사라질 위기에 처했다. 이 사건을 두고 인터넷에서는 음모론에서부터 개혁세력 자질론에 이르기까지 여러 가지 견해들이 난무하는 실정이다. '사실은'에서 신랄하게 비판받았던 몇몇 언론은 '너 잘 걸렸다'는 심보로, 마치 물고기가 물을 만난 듯, '사실은'을 집중적으로 때

비정성시를 만나던 푸르스름한 저녁

린다. 이에 따라 '개혁과 진보세력에 대한 환멸'로 통칭될 수 있는, 가령 '개혁한다는 자식들, 다 똑같은 놈들 아닌가?'식의 정서가 이번 사건으로 인해 더욱 광범위하게 유포되고 있다. 이러한 의미에서 이 시대를 일러 개혁이 조롱받는 '환멸의 시대'라고 표현할 수도 있으리라.

일단 이 사안의 경우, 문제가 된 당사자들에게 어떠한 변명의 여지도 없는 것으로 판단된다. 특히 성역 없는 비판을 모토로 내세운 프로그램에 자신의 이름을 건 진행자가 이번 사건에 연루되었다는 사실은 그 프로그램의 정당성을 결정적으로 훼손한다. 그러나 이러한 기본적인 인식과는 별도로, 개혁에 대한 환멸을 조장하고 허무주의를 전파하는 일련의 태도에 대한 냉철한 인식이 필요하다고 본다. 이렇게 보면, 미디어 비평의 존재의미와 진행자의 일탈을 분리하지 않는 태도나 정작 로비를 주도한 집단에 대한 문제제기를 생략하는 것, 내부고발자를 폄하하는 태도 등은 결코 순수한 맥락에서 수용될 수 없다.

이 '환멸의 시대'를 넘어서기 위해서 이번 사건을 통해 어떤 것을 배워야 할까. 무엇보다 인간의 본질에 대한 좀 더 깊은 탐색과 성찰이 요청된다. 이 사안을 통해, 아무리 예리하고 소신 있는 비판을 하는 사람도 그 비판의 원칙을 자기 자신에게 냉엄하게 적용하는 게 얼마나 힘든 일인지를, 또한 한국사회를 지배하는 학연을 비롯한 인맥 문화가 얼마나 깊이 뿌리내려 있는지를 다시 한번 실감하지 않을까 싶다.

이러한 맥락에서, 이 시대에 개혁을 추진하는 주체는 자신의 과오가 한순간 개혁에 대한 환멸을 불러일으킬 수 있음을 냉엄하게 인식해야 한다. 이번 사건은 개혁과 진보를 표방하는 주체가 자신의 발밑까지 면밀하게 조회해보고 성찰하지 않는다면, 그 개혁은 필경 위기에 처할 수밖에 없다는 준엄한 사실을 환기시킨다.

이전에는 관행으로 통용되었던 대부분의 비공식적 로비 문화는 이제 명백한 범죄행위에 해당한다. 이 변화된 시대의 맥락을 누구보다도 개혁의 주체가 뼈저리게 인식할 필요가 있으리라. 이런 부분에 대한 자각이 부족했던 것이 바로 비판적 지식인과 참여정권의 위기를 가져온 요인이 아닐까.

그러나 이번 사건으로 인해 커다란 논란이 야기되었다는 것은 새로운 변화의 조짐과 다름없다. 나는 역설적인 의미에서 이번 사건을 포함한 '사실은'의 존재가 한국사회가 인맥의 장막과 비정상적인 로비문화에서 벗어나는 소중한 계기로 작용하게 되리라고 믿는다. 그 시간은 개혁에 대한 환멸을 극복하는 과정이기도 할 테다.

이제 '사실은'을 질타한 잣대는 조만간 부메랑이 되어, 그 질타의 모든 주체에게 귀환하게 되리라. 그 부메랑에서 떳떳할 수 있을 때, 개혁은 가능하다. 만약 그렇지 않다면, '사실은'에 대한 신랄한 비판은 실은 개혁을 저지하기 위한 당파적인 포즈이리라.

(2005)

비정성시를 만나던 푸르스름한 저녁

다시 80년대를 말한다

누구나 자신의 역사적 체험에 기대 당대를 해석한다. 가령 봉준호 감독의 영화 〈괴물〉에서 박해일이 분한 왕년의 운동권 청년이 화염병을 던지면서 괴물과 대결하는 모습은 감독의 역사적 기억과 무의식을 인상적으로 보여준다. 나는 이 장면을 통해 80년대를 자신의 방식으로 전유하고 있는 영화감독 봉준호의 복잡한 그림자를 보았다. 그것은 80년대에 대한 조롱이면서 동시에 원초적인 기억일 테다. 80년대나 386세대에 대한 부정적 편견을 지닌 사람들에게 이 장면은 유쾌하지 않은 사족으로 다가오리라. 그러나 그 시대의 역사적 맥락과 그 의미를 최소한이라도 교감하는 사람들에게 이 장면은 영화를 살리는 빛나는 메타포가 될 수 있지 않을까. 아마도 〈괴물〉의 관객은 이 장면을 보면서 이 시점에서 자신의 정치적 무의식을 재확인하지 않을까 싶다.

이른바 386세대 운동권과 80년대의 역사적 체험에 대한 지독히도 부정적 편견이 난무하고 있다. 그럴 수밖에 없는 엄연한 정황이 존재한다. 일부 386세대 정치인의 변절, 정권의 실세라고 할 수 있는 386세대 참모의 부정적 행태, 80년대의 체험과 기억에 상대적으로 밀착된 정권의 난맥상 등이 이제 386세대와 80년대의 역사적 기억을 결코 떳떳하게 말할 수 없는 정치·문화적 맥락이다. 여기에 덧붙여 사회 전반적으로 불어 닥치는 탈역사·탈이념의 흐름은 80년대의 저항운동을 이제는 청산해야 할 낡은 유산으로 간주하게 만드는 또 하나의 중요한 요인이리라.

최근 386세대 문학평론가들이 모인 좌담에서 한 평론가는 "80년대적 담론에 대한 반감", "80년대의 저항운동이 가진 억압성의 거부감"이 80년대와는 다른 이 시대의 문학을 높이 평가하는 이유라고 밝힌 바 있다(「문학의 시대 이후의 문학비평」, 『문학동네』 2006년 가을호). 당연히 그럴 수 있으리라. 최근의 뉴라이트 운동에서 볼 수 있듯이 이제 사회 전반적으로 80년대와 운동권 386세대를 희생양 삼아 새로운 정치적, 문화적 입지를 정당화하는 것은 일종의 유행이 됐다.

물론 모든 것은 변할 수밖에 없고, 사회운동이나 문화 역시 새로운 역사적 조건에 부합되는 창조적 갱신을 두려워하지 말아야 한다. 문제는 변화 그 자체가 아니라 새로운 담론을 말하는 사람들이 80년대와 386을 해석하는 방식이다. 실상 80년대의 자식인 그들은 자신의 기원이기도 한 80년대를 너무나 경박한 방식으로 무덤에 묻고 있는 게 아닐까. 어떤 면에서 그것은 스스로에 대한 부정이기도 하리라. 어느 시대나 그러하듯이 80년대와 386세대에게도 명암이 있다. 오로지 자신의 정치적 욕망의 화신이 된 386이 있는가 하면, 아직도 소수자와 사회적 대의를 위해 헌신하는 386도 많다. 80년대와 386의 문제점 못지않게 그 시절, 그 연대, 그 세대가 성취한 소중한 것들이 있다. 예술과 학문을 역사적 안목과 사회학적 상상력 속에서 사유하는 태도, 공동체 및 대의를 위한 헌신, 연대連帶의 중요성 등이 그에 해당한다.

그러한 덕목이 물론 80년대와 같은 방식으로 그대로 유지될 수는 없을 것이다. 공동체 및 대의를 위한 헌신이 어느 순간 한 정파나 집단의 사적인 욕망으로 전화되는 모습도 우리는 자주 지켜보았다. 그러한 역설에 대한 차분한 응시가 필요하다. 인간의 욕망에 대한 근원적 성찰이 더욱 정교하게 전개되어야 하는 이유가 바로 여기에 있다. 그러나 그렇다고 해서 민주주의의 진전을 비롯해서 80년대가 성취한 소중한 가치를 원천적으로 부정하는 것은 또다른 편향이자 정파적인 태도가 아닐까. 사실 지금 우리 사회가 누리고 있는 '백화제방百花齊放으로 표현될 수 있는 다양한 문화와 담론', 사소한 정치인의 언행조차도 철저한 감시의 대상이 되는 비판적 사유의 진전 등이 바로 80년대의 역사가 없었다면 가능하지 않았으리라. 이제야 정말 80년대의 대차대조표를 면밀하게 작성할 때가 되지 않았을까 싶다.

(2006)

북한 축구에 이끌리다

평소에 임지현 씨를 비롯해 탈국가주의와 탈민족주의를 주창하는 논자들의 생각에 일면 동감을 했었다. 설사 그러한 주장이 국가나 민족 간의 첨예한 이익이 대결하는 현실 정치의 맥락에서는 대안 없는 다소 공허한 논리라 해도, 적어도 우리 사회에 팽배한 지나친 민족주의적 성향을 교정해 줄 수 있는 소중한 사유라고 생각했기 때문이다.

그러나 월드컵 예선이라는 A매치의 압도적 매력 앞에서는 민족주의와 국가주의의 폐해에 대한 내 사유는 그야말로 공허한 모래성에 불과하다는 사실을 또다시 실감했다. 한국과 쿠웨이트 경기가 열리기 며칠 전부터 정확한 시간을 확인했으며, 설날인 그날 경기 시간 전에 처가댁에 닿기 위해서 온갖 무리를 감수하는 열정(?)을 보여주었다. 적어도 A매치 경기에서만큼은 강력한 민족주의자가 되는 내 모습에서 지식인의 이중성과 허약함을 보게 동시에 국가 이데올로기와 민족주의가 얼마나 강고하게 사람들의 내면에 각인되어 있는가를 새삼 절감한다.

비정성시를 만나던 푸르스름한 저녁

하지만 경기 시간이 다가올수록 정작 내가 정말 보고 싶은 경기는 비슷한 시간대에 진행되는 북한과 일본의 경기라는 사실을 깨달았다. 국제무대에 12년 만에 다시 등장한 북한 성인 축구대표팀의 실력도 너무 궁금했고, 특히나 일본과 경기를 한다는 사실이 묘한 역사의식과 정치적 정서를 자극했다. 그에 비하면 한국과 쿠웨이트의 경기는 물론 거부할 수 없는 매력이었지만 이미 월드컵 4강이라는 황홀한 체험을 한 마당에 예선 한 경기 정도의 승패는 초연하기로 일단 마음을 정리했다.

문제는 한국과 쿠웨이트, 북한과 일본의 경기 시간이 초반 30분만 빼고 거의 겹친다는 사실이다. 2월 9일 저녁 7시 30분부터 북한과 일본의 경기가 먼저 시작됐다. 시작하자마자 프리킥으로 실점한 북한 축구를 보며, 상대적으로 매끄러운 패스워크와 공간 침투력을 과시하는 일본 선수들을 보며 역시 국제 축구의 흐름에서 비켜서 있는 북한 축구의 한계를 절감하는 찰나, 화면은 8시부터 시작하는 한국과 쿠웨이트의 경기로 변경됐다. 순간 북한과 일본의 경기를 계속 보기 위해 NHK를 비롯한 수많은 채널을 돌려보았지만, 이게 웬일인가, 어느 방송에서도 북한과 일본의 경기를 중계하지 않았다. 할 수 없이 북한이 대패하지 않기만을 염원하며, 한국과 쿠웨이트의 경기를 계속 볼 수밖에 없었다. 일방적인 경기 내용을 보면서 눈은 상암 경기장을 응시하고 있었지만, 마음과 상상력은 계속 일본 사이타마 경기장으로 향했다.

전반전이 막 끝날 무렵 갑자기 화면의 한구석에서 북한이 한 골을 만회하여, 일 대 일이 되는 장면을 방영했다. 남성철 선수와 동료들의 골 세레모니에서 말로 설명할 수 없는 아름다움과 기개를 느꼈다. 그것은 한 어설픈 학인의 감상 때문만은 아니었으리라. 그 감정에 이 땅의 현대사를 거쳐 간 모든 굴곡과 상처가 켜켜이 박혀 있는 게 아닐까 싶었다.

그 후로 결과가 이미 어느 정도 예상되는 한국과 쿠웨이트 경기 내내 사이타마 경기장의 소식을 기다렸다. 북한과 일본의 경기가 거의 끝나가는 시간까지도 별다른 소식이 없었다. 만약 1대 1로 경기가 끝났다면 대이변이었다. 국제 축구의 흐름에서 멀찍이 비켜선 FIFA 랭킹 100위권의 북한이 아시아 축구의 맹주인 일본과 적지에서 비긴다면 그 자체로 엄청난 승리이리라. 이런 상상력을 발동하는 순간, 화면에서는 로스 타임에 일본이 다시 한 골을 넣는 장면을 보여줬다. 그것으로 끝이었다. 잠시 후, 경기가 2대1로 마감됐다는 멘트가 흘러나왔다.

북한과 일본의 축구 재방송을 보면서, 북한 축구를 좀 더 세밀하게 엿보았다. 분명 예상했던 것보다는 한결 나은 실력이었지만, 현대적인 국제 축구의 흐름과 거리가 있다는 점도 사실이었다. 축구도 인간이 수행하는 일인즉, 그 사회의 전체적 풍속과 문화에서 자유롭지 않으리라. 북한 축구에서 그 사회의 가능성과 한계를 동시에 보았다면 지나친 확대해석일까. 북한 선수들은 경기 후 인터뷰에서 6월 8일 평양에서는 승리할 수 있다는 자신감을 보였다고 전한다. 엄청난 관중의 열기와 홈 어드밴티지를 고려하면 불가능한 일도 아닐 테다. 아마도 6월 8일에도 한국의 경기보다는 북한과 일본의 경기를 보게 될지도 모르겠다. 바라건대 북한과 일본의 평양 경기를 현지에서 중계해주는 방송이 있기를. 그때 북한 선수들의 골 세레모니가 많으면 많을수록 나는 행복하리라.

(2005)

WBC의 추억

평가 기준이 없는 사회

방금 월드베이스볼클래식WBC 일본전이 끝났다. 마무리 투수 오승환이 일본의 마지막 타자를 삼진으로 잡자, 함께 TV를 시청하던 우리는 서로 하이파이브를 나눴다. 스포츠를 보며 이렇게 기뻤던 적이 얼마나 오래간만이었던가.

한국 야구가 세계 최강 미국과 아시아의 맹주 일본을 연파하고 WBC 참가국 중에서 유일하게 전승으로, 단 한 개의 에러도 없이 4강에 선착한 사실은 야구 환경과 인프라를 생각하면 사실 기적과 같은 일이다. 야구의 메카인 미국은 제외하더라도 일본의 경우 고교야구팀이 약 3,000개에 이른다. 그에 비해 우리나라 고교야구는 고작 50팀 남짓이다. 어떻게 이러한 엄청난 인프라 차이에도 불구하고 한국 야구의 기적적인 연승행진이 가능할까. 사실 야구뿐만이 아니다. 월드컵 4강의 감격을 기억한다. 축구와 야구에서 모두 세계 4강에 오른 나라는 한국이 세계 최초라고 한다. 그뿐인가. 토리노 올림픽에서 한국에 6개의 금메달을 선사한 쇼트

랙, 게다가 엄청나게 선전한 펜싱, 체조, 주니어피겨가 있다. 경쟁
국들에 비해 너무나 열악한 인프라와 부족한 선수층에도 불구하
고 세계적인 수준에 오른 한국 선수의 경쟁력을 어떻게 합리적으
로 설명할 수 있을까.

전통적이면서 상투적인 해석법에 따르면, 한국인 특유의 끈
기와 열정, 애국심, 단결심을 거론할 수도 있겠다. 물론 그런 면이
전혀 없다고 할 수는 없으리라. 그러나 이러한 요인만으로 한국 스
포츠의 남다른 경쟁력을 온전히 설명할 수는 없을 것 같다. 실상
'한국인 특유' 운운하는 발상이야말로 때로 충분히 검증되지 않은
비과학적인 국수주의의 소산이 아닐까.

내 생각에 이러한 한국 스포츠의 쾌거는 역설적인 의미에서
세계에서 유례가 없는 경쟁 사회 한국의 단면을 우울하게 투사하
는 거울이다. 홍콩과 싱가포르 같은 도시국가를 제외하면 방글라
데시와 함께 인구밀도 1위를 다투는 국가인 한국의 원천적인 환경
은 사회 각 부문에서 극심한 무한경쟁의 구도를 만들어낸다. 어떤
나라 선수에게 스포츠는 취미나 오락일 수 있지만, 이 땅의 선수에
게 스포츠는 처절한 생존의 수단이자 무한 경쟁이 난무하는 정글
이다. 그 결과 우리 선수 대부분은 올림픽에서 은메달이나 동메달
을 따도 흔쾌하게 미소 짓지 못하는 1등 지상주의에 심각할 정도
로 중독돼 있다. 그에 따라 경쟁에서 뒤떨어진 선수들에 대한 사회
적 지원이나 배려는 거의 없다시피 하다. WBC 4강이라는 쾌거 뒤

에는 바로 이러한 한국사회와 한국 스포츠의 병리학이 존재한다.

그렇다면 학계는 어떠한가. 어느 나라보다도 대학교수직에 대한 경쟁이 높다는 점, 그 경쟁에서 탈락한 사람들에 대한 사회적 배려와 지원은 너무나 부족하다는 점 등에서 스포츠계와 흡사하다. 다만 차이를 들 수 있다면 스포츠의 경우 그 엄청난 경쟁에서 승자를 판정하는 근거는 객관적인 실력이나 수치(가령 야구의 경우 방어율이나 타율)이지만, 학계의 경우 때로 그 기준마저 모호하다는 점이다. 물론 스포츠계에도 이른바 학벌이나 패거리 문화의 폐해가 없다고 할 수는 없으리라. 그러나 학계에 비하면 대단히 양호한 수준이 아닐까. 실력이 객관적으로 검증될 수 있는 분야이므로.

스포츠계는 실력 있는 젊은 선수들이 수시로 힘이 떨어진 노장들을 대체하지만, 학계는 단지 먼저 강단에 진출했다는 이유로 영원히 기득권을 차지하고 있는 학자들이 많다는 점도 차이라고 할 수 있겠다. 학문에 대한 실력과 열정을 갖춘 젊은 학자와 학문 후속세대 다수가 절망할 수밖에 없는 학계의 현실은 어떤 면에서는 스포츠계보다 한층 참담하고 우울하다. 한국사회가 어차피 모든 영역에서 치열한 경쟁을 피할 수 없다면, 경쟁의 공정성, 객관성만이라도 확보되어야 한다는 것이 열정과 실력에도 불구하고 아직 대학강단에 진출하지 못한 많은 학문 후속세대의 간절한 바람이리라.

(2006)

대학축제 유감

5월 말로 각 대학의 봄 축제가 모두 끝났다. 축제는 한마디로 대학 문화의 꽃이다. 한 시대 대학의 문화적 감각과 풍속, 사유, 지성, 유행, 가치관 등이 축제를 통해 가장 자유롭고 열정적으로 표출되기 때문이다. 그러니 이 시대 대학의 분위기를 알기 위해서는 우선 축제의 풍향에 대해 인식할 필요가 있으리라.

　두루 알다시피, 대학축제의 풍경은 역사적 맥락에 따라 변화해 왔다. 70년대의 대학축제는 흔히 쌍쌍파티나 통기타, 트윈 폴리오의 〈축제의 노래〉로 대변되는 서구적이며 낭만적 감성과, 유신정권에 대한 저항과 민속가면극으로 대변되는 다소 소박한 역사적 감성이 공존했다. 1980년 5월 이후, 이 땅의 대학축제는 흔히 '대동제'로 불리면서 시대와의 불화를 전면화했다. 당대의 현실을 날카롭게 진단하는 수많은 학술제와 비판적인 상상력으로 무장한 역동적인 공연이 펼쳐졌으며 폐막일은 늘 교문 앞에서 전경들과 대치하면서 대규모 시위가 벌어지곤 했다. 이런 의미에서 80년대의 대학축제는 군사독재정권에 대한 저항의 수단이었으며, 정치적 계몽의 자리이기도 했다. 보컬 그룹 공연과 쌍쌍파티로 대변되는 '학도호국단'이 주관하는 공식적 축제 행사를 '향락축제 거부한다'는 구호 아래 전면 거부했던 1980년대 초반의 어느 대학의 풍경은 그 시대 대학인의 축제에 대한 가치관을 인상적으로 투사한다.

1990년대 중반 이후 이 땅의 대학축제는 급속히 소비자본주의의 물결에 포섭되고 있다. 최근 몇 년간 각 대학의 축제를 조금씩 둘러보면서 느낀 점은 시대 현실에 대한 성찰을 상실한 유희정신만으로 축제가 채워진다는 사실이다. 이즈음 대부분 대학의 축제는 주점酒店과 응원제, 신세대 스타 가수의 공연으로 유지되고 있는 게 아닌가 생각될 정도이다. 대신 대학인의 사유와 지성을 표상하는 학술제나 현실과 뜨겁게 포옹하는 공연문화는 급격하게 감소하거나 위축됐다.

물론 지나친 정치적 상상력으로 무장한 80년대식의 대동제가 바람직하다는 말은 아니다. 또한 진지한 학술제나 현실 비판적 공연만으로 축제가 채워지는 것도 다양한 대학문화를 위해 긍정적인 축제의 모습은 아닐 것이다. 제대로 놀고 즐기는 것이야말로 축제의 중요한 한 축이라고 한다면 발랄한 유희 정신은 언제나 필요하다. 그러나 진정한 의미의 축제라면, 그 발랄한 놀이와 유희, 심지어 파격적으로 보이는 의상조차도 그 시대에 대한 풍자, 응시, 전복顚覆의 정신과 멀리 떨어진 것이 아니라는 사실을 인식할 필요가 있다.

이 시대 대학인의 유희 정신과 예술적 감성, 놀이하는 인간으로서의 상상력이 왜 하필이면 대동소이한 무수한 주점문화와 인기가수에 대한 열광으로 표출되는 것인지 의문이 아닐 수 없다. 나는 이 시대 대학축제의 모습에서 소비자본주의에 포섭된 '지성의 퇴행' 현상을 광범위하게 발견한다. 대학인만이 지닐 수 있는 지성과 감성, 현실에 대한 날카로운 대응이 조화롭게 응축된 축제를 볼 수는 없는 것일까. 80년대의 축제가 지나치게 비판적 지성에 중점을 두었다면 이 시대의 축제는 너무나도 일회적 유희에 비중을 두는 게 아닐까. 이러한 최근 대학축제의 모습은 사회적 대응력을 상실한 이 시대 대학의 풍경과 그대로 겹쳐진다.

최근 한총련 탈퇴를 선언하면서 실용주의 노선을 천명한 서울대 총학생회에 대해 정운찬 서울대 총장은 "대학생들이 너무 사회의식이 없는 것은 바람직하지 않다", "대학생들이 취직, 공부, 연애하는 것 말고 나라 걱정도 해야 하지 않겠느냐"고 말했다고 한다. 소설가 조정래 씨도 서울대 총학생회의 한총련 탈퇴와 연관하여 최근 대학생들의 사회의식 부족을 비판했다고 한다. 사회의 변화를 감안하고, 대학생이 그런 선택을 할 수밖에 없는 정황을 고려하더라도, 이런 조언에 대해 귀 기울일 필요가 있으리라.

대학이 현실에 대한 진지한 대응을 포기할 때, 그것은 취직사관학교와 차이가 없지 않을까. 이 시대 대학이 단순한 취직사관학교로 전락하는 것을 나는 보고 싶지 않다. 이를 위해서 필요한 한 가지는 천편일률적인 축제문화를 현실과의 역동적인 대화 속에서 변모시키는 게 아닐까. 대학축제를 좀 더 흔쾌한 마음으로 함께하고 싶은 한 대학 선생의 간절한 바람이다.

(2006)

캠퍼스의 봄과 독도

이제 완연한 봄이다. 폭설이 내리는가 하면 유난히 싸늘하던 올해 봄 날씨도 4월 중순에 접어들면서 고유의 봄기운을 회복해간다. 어떠한 기상이변도 봄-여름-가을-겨울로 이어지는 사계절의 순리를 거스르지 못하리라.

직업과 지역, 취향에 따라 봄을 느끼는 징후나 이미지는 차이가 난다. 대학에 근무한 지, 올해로 10년이 되는 내게는 학생들의 옷차림과 캠퍼스의 다양한 꽃나무가 무엇보다도 봄을 먼저 느끼게 만드는 전령사가 아닌가 싶다. 자유분방하고 발랄한 그들의 옷차림과 표정에서 젊음의 역동성을 느낀다.

내 기억 속의 대학 시절은 미처 캠퍼스의 봄을 만끽하는 마음의 여유가 없었다. 20여 년 전 봄날의 캠퍼스는 동시에 저항과 수난의 상징이었다. 집 근처에 화사하게 핀 하얀 목련을 곁눈질하며 대학에 가면, 누군가가 제적되었다는 소식, 선배가 구속됐다는 소식, 학과 친구가 강제징집됐다는 소식, 또 누군가가 분신자살했다는 소식이 들려왔다. 이러한 우울하고 비장한 분위기 속에서, 사복을 입은 전경이 가득 찬 캠퍼스에서 봄꽃의 아름다움을 차분히 감상할 여유는 없었다.

　나는 너무나 밝은 표정으로 꽃나무 앞에서 함께 사진을 찍는 학생들을 보면서, 그들의 생기와 평화를 진심으로 부러워한다. 새 봄의 캠퍼스에는 학생 시위도 대자보도 정치집회도, 사복경찰도, 『자본론』이나 조정래의 『태백산맥』도 없다. 대신 캠퍼스를 채우는 것은 다양한 동아리 모집이나 실용 영어회화 광고, 각종 공연 및 영화상영 소식, 리더십 관련 현수막, 무라카미 하루키나 요시모토 바나나의 소설이다.

　이런 변화는 필연적이며 어떤 면에서는 바람직하다고 볼 수 있으리라. 그런데 탈정치, 탈역사의 흐름에 서 있는 그들도 이번 독도 문제에 대해서는 자신과 무관하다고 여기지 않는 것 같다.

　지난 수업 시간에 '자신에게 가장 커다란 영향을 준 역사·사회적 사건은 무엇인가?'라는 질문을 통해 설문 조사를 진행했다. 그들의 가치관, 역사에 대한 생각을 정확하게 인식해야 제대로 된 대화가 가능하다고 판단했기 때문이다. 결과는 예상대로 월드컵이나 IMF, 이해찬 교육부 장관의 파격적인 교육개혁, 대통령 탄핵, 미군 장갑차에 의해 여중생이 사망한 비극, 이라크전쟁 등 당대적인 사건이 대부분이었다. 그리고 상당수의 학생이 역사와 정치에는 관심이 없다는 입장을 전했으며, 직접 체험해보지 못한 한국 근현대사에 대한 정보나 지식이 거의 없다는 사실을 고백했다.

　비정성시를 만나던 푸르스름한 저녁

모든 학문이 역사적 성찰을 요구한다는 점은 당연하거니와, 최근의 가장 중요한 역사적 현안인 독도 분쟁만 하더라도 그 연원을 정확하게 인식하기 위해서는 한일 근현대사에 대한 고도의 역사적, 인문학적 통찰이 수반되리라.

등록금 인상 투쟁 이외에는 별다른 이슈가 없던 대학가에서도 중국처럼 거센 시위는 없지만, 참으로 오랜만에 독도 문제와 연관된 주장이 게시판에 등장했다. 이번 독도와 일본 교과서를 둘러싼 한일 및 중일 간 분쟁은 이 시대의 대학생에게 한국 근현대사, 넓게는 동아시아 근현대사에 대한 관심을 광범하게 불러일으키는 뜻깊은 계기가 될 수 있지 않을까 싶다. 독도와 일본 교과서 문제를 얘기하다 보면, 1905년의 러일전쟁과 일본 제국주의의 팽창 야욕, 을사보호조약, 그리고 식민의 기억, 난징 대학살, 8·15해방의 의미와 한계, 원폭 투하와 일본의 피해의식, 야스쿠니 신사 참배의 의미 등에 대해 모두 탐문하지 않을 수 없다. 그 자체가 현대사 공부가 되는 셈이다.

나는 지금 민주화가 선사한 캠퍼스의 봄날을 발랄하게 향유하는 대학생들의 자신감이 이런 역사적 성찰을 통과한 연후에 더욱 단단한 내적 성숙으로 이어지기를 기대한다. 이 찬란한 봄날에 문득 든 생각이다.

(2005)

MT 격세지감

80년대에 대학을 다녔던 이라면, 개강 직후에 열리곤 했던 MT Membership Training의 각별한 추억을 잊지 못하리라. 대성리, 강촌, 일영, 청평 등지의 서울 근교 유원지에서 1박 2일이나 2박 3일—물론 대개 무박 2일이나 무박 3일로 변하는 경우가 많았다— 동안 보냈던 그 시간이 때로는 대학 시절의 가장 소중한 추억으로 '마음의 보석'처럼 자리 잡은 경우가 흔하리라. 토요일 오후쯤 배낭에 먹거리랑 버너 같은 취사도구를 짊어지고 청량리역 시계탑에 모인 후에, 경춘선 완행열차를 타고 행선지로 향하는 것이 당시 MT의 일반적인 모습이었다.

대성리쯤의 목적지에 도착한 연후에는 선발대가 예약해 놓은 허름한 민박집에 여장을 풀고, 석양이 질 무렵이면 곧바로 음주와 대화로 들어가는 경우가 많았다. 물론 그 시간은 다음 날 새벽까지 계속되는 경우가 비일비재했다. 모닥불을 사이에 두고 오고 갔던 수많은 대화야말로 서로 서먹했던 관계를 한순간에 역전시켜 이 세상에서 가장 신뢰할 수 있는 사이로 만들곤 했다. 함께 식

비정성시를 만나던 푸르스름한 저녁

사를 준비하고 설거지를 하면서 우리는 얼마나 자연스럽게 친숙해질 수 있었던가.

그 후 10년이 넘는 세월이 흘렀지만 나는 여전히 MT를 자주 가곤 한다. 다만 이제 학생이 아니라, 지도교수의 자격으로 MT에 참여한다는 점이 이전과 다르다. 작년에 참석했던 과 단위의 MT는 그야말로 격세지감을 느끼게 했다. 출발은 이미 예약된 관광버스로 교내 캠퍼스에서 진행됐으며, 숙소는 경기도 포천 근처의 수백 명을 수용하는 현대식 콘도였다. 식사는 콘도의 대형식당에서 제공하는 음식으로 완벽히 해결됐다. 내 사전에는, 이백 명에 가까운 구성원이 모두 식판을 들고 콘도에서 제공하는 똑같은 음식을 먹는 MT가 입력되어 있지 않다. 그뿐인가, 그날 MT의 주요 행사는 콘도의 대형룸에서 진행됐다. 듣자 하니 MT를 전문으로 유치하는 콘도가 꽤 있다고 한다. 물론 학교에 다시 도착한 것도 예약된 관광버스를 통해서였다. 바로 이러한 장면을 90년대 중반 신세대 대학생의 MT 풍경이라고 부를 수 있을까.

물론 우리 세대의 MT가 더욱 낭만적이었다거나 운치가 있었다고 주장하려는 건 아니다. 다만 MT의 변화된 풍경을 있는 그대로 얘기하고 싶었다. 수많은 인원을 동시에 수용하려면 전통적인 MT 방식으로는 쉽지 않으리라는 고충도 이해된다. 이 시대 대학생은 그들 나름의 방식으로 MT에서 많은 것을 배우고 느끼게 되리라. MT의 형식이 중요한 건 아닐 테니까. 어쩌면 경춘선 완행

열차나 허름한 민박집의 이미지에서 순수한 MT의 모습을 연상하는 내가 이미 그들에 비해 나이가 들었다는 증거가 아닐까.

　지난주 학보사 기자들과 함께 한 강촌으로의 여정은 유난히 기억에 남는 시간이었다. 이즈음 내가 참석한 MT 중에서 그래도 20대의 추억에 남아 있는 방식에 가까웠기 때문이다. 무의식적으로 대학시절을 추억하는 마음을 발견한다. 내 추억의 뿌리는 바로 청춘이던 시절에 있다. 강촌의 밤 풍경이 아직 눈에 선하다.

(1997)

대학의 낭만에 대하여

바야흐로 졸업시즌이다. 떠나는 이가 있으면 새롭게 들어오는 사람도 있는 법. 3월 초에는 각 대학에서 입학식이 열린다. 신입생에게 교양과목을 꾸준히 강의해온 터라, 그들의 내면과 고통, 방황의 정체를 비교적 소상하게 파악하고 있는 편이다.

대학에 갓 입학한 신입생의 가장 보편적인 의식은 일종의 실망감과 상실감이 아닐까 싶다. 이를테면 '내가 기대한 대학의 모습은 이런 것이 아니었다', '내가 열망한 대학의 낭만이 이곳에는 존재하지 않는다'는 생각이 그들이 느끼는 실망감의 정체다. 그 대학의 명성이나 크기와 관계없이 이 같은 현상이 보편적인 것을 보면, 이는 신입생 다수가 앓고 있는 일종의 문화적 질병이라고 볼 수도 있겠다.

그렇다면 그 문화적 질병은 어떻게 형성되는가. 무엇보다도 대중매체의 영향이 압도적이다. 예비대학생이 상상하는 대학의 모습은 〈사랑이 꽃피는 나무〉 같은 캠퍼스 드라마가 그리는 가상현실에서 커다란 영향을 받는다. 고풍스러움과 현대적인 감각이 잘 조화된 캠퍼스, 고색창연한 학문의 세계, 진리에 대한 열정, 바로 이러한 이미지가 그들이 상상하는 대학의 모습이고 낭만이다.

마치 70년대 일부 대학생들이 청바지와 통기타로 그들의 이미지를 형성한 것처럼, TV 드라마에서 묘사되는 대학의 형상은 지금 이 시대 대학생에게 강력한 선입견을 형성케 만든다. 그러나 그들이 대학에 입학했을 때 목격한 대학의 모습은 어떤가. 도서관을 뒤덮은 고시족과 토플책, 수업 노트도 빌려주지 않는 실리적인 인간관계, 고등학교와 다를 바 없는 지루한 강의, 다소 고루한 운동권의 논리, 항상 기대를 만족시켜주지 못하는 미팅 등을 접하면서, 그들은 점차 대학에 실망하게 되리라.

그 실망이 고질병이 되면 대학 생활은 황폐해진다. 대학문화에 대한 실망을 어떻게 새로운 동력으로 전화시켜나갈 것인가. 중요한 것은 그들이 대학에 대해서 지녀왔던 온갖 환상과 선입견에서 탈출해야 한다는 점이다. 동시에 지금 이 시대 대학 현실을 있는 그대로 바라볼 필요가 있다. 대부분의 실망과 환멸은 그만큼 대상에 대한 기대가 컸기 때문에 생성되는 감정이기 때문이다.

이러한 냉철한 현실 인식을 거친 후에 다시 푸근한 마음으로 대학사회를 되돌아볼 때, 신입생들은 계산적으로만 보이던 주위 친구들이 자신만큼 외로워하고 진실한 인간관계를 그리워한다는 사실을 깨닫지 않을까.

그 과정을 통해, 대학의 낭만은 선험적으로 주어지는 것이 아니라 스스로 찾기 나름이라는 평범한 진리를 새삼스럽게 인식할 수 있으리라. 이것이야말로 성숙이 아니고 무엇이겠는가. 이 땅의 모든 대학 신입생들이 대학의 고유한 낭만을 만끽하게 되기를 바란다.

(1997)

1996, 캠퍼스의 청춘들

분명히 그들도 나름대로 심각한 존재론적 사유, 아득한 절망, 진지한 고뇌, 참을 수 없는 존재의 무거움을 느끼며 살아가리라. 모든 세대에게는 그들 고유의 절망과 표정이 있으므로. 그러나 적어도 매스컴이 각인해 놓은 이미지로 보자면, 이즈음의 대학생들은 한없는 재기발랄함과 그야말로 참을 수 없는 존재의 가벼움으로 이 진지하고 무거운 세상에 대처하는 듯하다.

아슬아슬한 배꼽티를 입고 강의실 맨 앞 좌석에 앉아 있는 학생, 휴게실에서 열심히 화장을 고치는 학생, 스포츠 모자를 쓰고 수업을 듣는 학생, 마치 모델군단이 집결한 것과 같은 졸업앨범 촬영. 미니스커트를 입은 대학생을 캠퍼스에서 조우한다는 것만으로도 하나의 사건이었던 십수 년 전에 대학에 입학한 내게는 이러한 장면 장면이 딴 세상의 풍경으로 다가온다. 무라카미 하루키, 밀란 쿤데라, 신세대문학, 자유분방한 성관념, X세대 등의 단어에서 연상되는 일련의 이미지들이 이 시대 대학생을 둘러싼 문화적 상징으로 자리잡은 듯하다.

비정성시를 만나던 푸르스름한 저녁

그러나 대학에 근무한 지 1년이 가까운 이즈음, 이 시대의 대학생에게 들씌워진 이미지들이 대단히 과장되고 편향적이라는 사실을 분명하게 인식하게 되었다. 언젠가 동아리방에서 목격한 풍경들, 가령 허름한 탁자와 낡은 의자, 무수한 사회과학책, 정치적인 구호로 뒤덮인 벽에서 나는 '비판적 지성으로 상징되는 대학문화가 지금도 여전히 살아 있구나'라는 감회를 마주했다.

그렇다. 아슬아슬한 미니스커트와 허름한 청바지, 그 어느 쪽도 이 시대 여대생 모습 전부라고 할 수 없다. 배꼽티를 입고 화장을 고치는 세련된 학생의 저편에는 또한 정치적 구호를 힘차게 외치는 학생, 스승의 날이라며 화사한 꽃다발을 수줍은 표정으로 건네주는 학생, 우연히 교정에서 마주치면 너무나도 반갑게 인사하며 아직 미팅을 한 번도 안 해보았다며 대학 생활의 환희와 우울을 털어놓는 순수한 학생이 존재한다.

그들의 발랄함과 가벼움의 이면에 존재하는 진지한 열정과 사려 깊음을 인식하면서, 나는 이 시대의 여대생들에게 주어진 그 어떤 그럴듯한 이미지도 거부하기로 마음먹었다. 어떻게 보면, 이즈음의 여대생이야말로 말의 바른 의미에서 주체적인 사고를 하기 시작하는 최초의 세대가 아닌가 싶다. 페미니즘에 대한 보편적인 관심, 여학생이 주인이 되어 갖가지 학교 일을 꾸려가는 독립성, 이념과 사상에 대한 지나친 맹종에서 탈피한 유연한 관점이 바로 그러한 면을 보여준다.

그러나 동시에 나는 그들이 상업주의의 달콤한 유혹, 일차원적 대중문화에의 탐닉에서 얼마나 자유로운지 자신하지 못한다. 그들은 하루키와 쿤데라가 얼마나 책을 많이 읽었는지를 인식하고 있는 것일까? 부디 알게 되기를. 진정한 자유로움은 고뇌 속에서 탄생한다는 사실을.

대학생은 그들이 존재한다는 사실만으로 캠퍼스를 눈부시게 만든다. 청춘의 환한 미소와 당당한 표정을 볼 수 있다는 것은 내 인생의 가장 소중한 축복이리라. 그 축복을 창조적인 열정으로 되돌리는 것, 바로 그것이 이 글을 쓰는 사람을 포함하여 대학에서 가르치는 사람들의 소명이 아닐까.

(1996)

고독, 욕망, 정보

SNS시대의 일상

언젠가부터 즐겨찾기에서 페이스북Facebook을 클릭하는 것으로 내 일상이 시작되곤 한다. 그러니까 지난밤 사이에 이른바 '페친'(페이스북 친구)이 보낸 메시지나 올린 글, 사진, 동영상, 다양한 정보, 사유의 단상을 확인하는 것으로 하루를 여는 것이다. 애초에는 트위터twitter를 먼저 시작했더랬다. 가끔 짧은 단상이나 팔로워follower에게 전하고 싶은 정보를 올리곤 했는데, 어느 순간부터 너무 직설적이며 유사한 내용이 난무하는 타임라인이 시들해졌다. 이즈음에는 관심 있는 몇몇 문인이나 정치가의 발언을 확인하러 가끔 방문할 뿐이다.

처음에는 수업의 연장 선상에서 학생들과의 활발한 대화와 교류를 위해 시작했던 페이스북이 이제 내 일상과 실존의 중요한 영역으로 자리 잡았다. 140자에 한정된 트위터와는 달리 비교적 긴 글을 쓸 수 있다는 점, 트위터에 비해 좀 더 살가운 대화가 가능하다는 점이 페이스북으로 나를 이끈 요인이 아닌가 싶다.

내 '페친'들의 상당수는 대학 제자들이다. 그리고 나머지는 문인, 기자, 다양한 분야의 예술가, 학자, 독자들이다. 페이스북을 통해 내가 소식을 접하거나 교류를 나누는 문인도 백여 명에 이르지 싶다. 페이스북을 통한 이들과의 교류와 대화에 대해서 일률적으로 말할 수는 없으리라. 때로는 내가 왜 여기서 이러고 있을까 하고 생각되는 소모적인 순간도 있으며 또한 읽지 않았다면 더 좋았을 것이라고 여겨지는 글도 존재한다.

그럼에도 나를 지금까지 페이스북으로 이끄는 심리적 동인은 무엇일까. 최인훈이 쓴 『회색인』의 주인공 독고준이 자주 읊었던 대로 '고독'하기 때문이 아닐까. 물론 페이스북에 올라와 있는 글이나 사진은 자체적인 내부 검열(?)을 거쳐 포장된 일면적인 이미지일 수도 있다. 인간은 얼마나 이중적이고 복잡하고 모순적인 존재이던가. 그래서였을까, 페이스북을 하게 되면 더 외로워진다는 연구결과도 있다고 한다. 가령 '나는 이렇게 힘들고 불행한데, 저 친구들은 왜 저렇게 늘 행복하고 즐거운가'라는 정서가 존재하리라. 만성적인 고독 끝에 찾은 페이스북에서 오히려 '고독의 심연'을 느끼기도 한다.

아니 이렇게 말해보자. 단지 고독을 달래기 위해서 페이스북에서 서성대며 1년 반이 넘는 시간 동안 많은 시간과 에너지를 투여할 수는 없는 것 아닐까. 아마도 타인의 욕망과 고뇌, 일상의 여백, 사유의 표정을 접하고 싶다는 호기심이 작용했으리라. 그 타인

　　　　비정성시를 만나던 푸르스름한 저녁

이 내가 좋아하고 관심 있는 예술가나 학자라면 호기심은 한층 증폭된다.

그렇다. 그들이 아니었더라면 내가 접하지 못했을 귀한 영화, 책, 기사, 동영상, 정치적 논평, 그리고 한 번도 내가 생각해보지 못했던 어떤 사유의 표정과 순간의 단상을 페친을 통해 마치 섬광처럼 인식하게 되는 경우가 꽤 있다. 아 이 사람은 이런 생각도 하는구나, 저 시인은 저런 음악을 좋아하네……. 문학이 다양한 타자를 이해하고 품기 위한 인간학의 일종이라면, 페이스북이나 트위터는 그러한 노력을 위한 플랫폼으로 활용될 수도 있겠다. 직접 만나기 힘든 무수한 타인(문인)의 표정과 욕망, 고뇌, 나르시시즘, 허위의식, 열정이 보인다. 그게 모두 환상이라고 조작된 이미지라고 말하는 당신의 목소리가 들린다. 그러나 그 환상과 이미지를 향한 욕망조차도 한 인간의 생생한 그림자이자 절박한 흔적이지 않을까. 그래서 나는 아직도 페이스북을 떠나지 못하고 있다.

(2013)

반 고흐를 이해하기 위하여

당신은 서양 미술사상 가장 위대한 화가 중의 한 사람으로 손꼽히는 빈센트 반 고흐Vincent van Gogh(1853~1890)에 대해서 얼마나 알고 있는가. 자신의 귀를 스스로 자른 광기의 화가, 권총으로 자살한 비운의 화가, 평생을 가난에서 벗어나지 못했던 불행한 화가. 반 고흐에 대한 이와 같은 세간의 인식이 완전히 오류라고는 할 수 없다. 그러나 이러한 상투적 인식이 여전히 반 고흐의 삶과 그림에 대한 다소 평면적인 관점을 제공하며 무수한 편견과 선입견을 양산하고 있다는 사실은 분명하다. 우리는 화집이나 미술관에서 만난 반 고흐의 그림을 통해, 각자의 기억과 풍문 속에 새겨진 반 고흐의 모습만을 인지하고 있는 게 아닐까. 그렇다면 반 고흐의 그림과 인생을 좀 더 정확하게 알기 위해서는 어떠한 노력이 필요한가.

그 노력 중의 하나는 고흐가 동생 테오와 동료 화가에게 보낸 편지를 읽는 것이리라. 『반 고흐, 영혼의 편지』를 통해 당신은 고흐가 얼마나 우리 사회에서 단면적으로 수용되고 있는가 하는 점을 여실히 깨닫게 되리라. 가령 고흐가 문학을 사랑하는 치열한

비정성시를 만나던 푸르스름한 저녁

독서가였다는 사실, 그래서 늘 다양한 분야의 책 읽기를 통해 자신의 그림과 예술의 의미에 대해 사유했다는 점, 당대의 보수적인 화단 풍토에 대한 근본적인 저항의식과 반골 정신을 지닌 화가였다는 사실을 이 책을 통해 참으로 생생하게 인식하게 되리라. 동시에 당신은 마치 엥겔스가 마르크스에게 그러했던 것처럼, 그 어떤 조건도 없이 형 고흐에게 장기간 경제적 지원을 아끼지 않은 동생 테오의 헌신적인 지원과 놀라운 안목에 대해서 경외의 마음을 지니게 되리라.『반 고흐, 영혼의 편지』를 통해 제대로 알려지지 않은 고흐의 내면, 고뇌, 열정, 상처, 비애, 고독, 돈에 대한 절망 등의 대단히 복합적인 면모에 대해서 감동적으로 확인할 수 있다.

이런 질문을 던져볼 수 있다. 당신은 과연 왜 고흐의 그림을 좋아하는 것일까. 우리는 과연 고흐를 제대로 알고 그를 좋아하는 것일까. 이와 연관하여 재일 디아스포라 논객 서경식은 다음과 같이 말한 바 있다. "한국에서도 고흐는 인기가 있어요. 하지만 인기의 이유는 세계 최고가 화가의 그림을 어디 한번 보자는 의식이 아닐까요. 한국인은 경쟁의식과 성공 신화에 사로잡혀 있으니까." 이런 관점이 우리 사회를 지배하는 고흐 열기의 이면을 투시하는 예리한 시각이라는 사실을 부인할 수는 없으리라. 고흐를 사랑하고 아끼는 것은 좋다. 그러나 그 사랑과 애정에는 제대로 된 이해가 동반되어야 하지 않겠는가. 고흐를 그토록 좋아하는 당신과 나는 고흐의 그 격렬하고 깊은 고뇌에 대해 얼마나 알고 있는 것일까. 고흐는 편지에서 이렇게 적었다.

인물화나 풍경화에서 내가 표현하고 싶은 것은, 감상적이고 우울한 것이 아니라 뿌리 깊은 고뇌다. 내 그림을 본 사람들이, 이 화가는 깊이 고뇌하고 있다고, 정말 격렬하게 고뇌하고 있다고 말할 정도의 경지에 이르고 싶다. 흔히들 말하는 내 그림의 거친 특성에도 불구하고, 아니, 어쩌면 그 거친 특성 때문에 더 절실하게 감정을 전달할 수 있을지도 모른다. 이렇게 말하면 자만하는 것처럼 보일지도 모르겠지만, 나의 모든 것을 바쳐서 그런 경지에 이르고 싶다.

이런 고흐의 독백이 당신의 마음을 정면으로 건드릴 때, 비로소 당신은 이전보다 고흐에 대해 조금 더 이해하게 되었다고 간신히 말할 수 있는 것 아닐까. 고흐가 겪었던 그 처절한 고뇌를 당신이 직접 겪고 싶지는 않으리라. 나 역시 그렇다. 그러나 그 고뇌의 풍경과 속살에 대해 어떠한 편견도 없이 있는 그대로 이해할 필요는 있으리라. 『반 고흐, 영혼의 편지』는 당신에게 바로 그런 뜻깊은 계기를 제공하는 아름다운 책이다. 이 책을 읽는 것은 반 고흐를 사랑하는 사람의 의무이다.

(2013)

빈센트 반 고흐, 신성림 역, 『반 고흐, 영혼의 편지』, 예담, 2005.

책을 처분하면서

대개의 인문학자에게 이사는 그동안 엄청나게 늘어난 책을 어떻게 배치하느냐는 고민을 동반한다. 늘 그렇듯이 공간은 협소한데, 책은 많다. 8년 만에 이사를 결정하면서 고민의 화두로 등장한 것은 역시 책 보관문제였다. 지금 집에 있는 세 개의 방 중에서 두 개의 방은 그야말로 책 보관소에 가깝다. 방들의 모든 책꽂이는 이미 책이 가득 꽂힌 공간에 다시 세로로 포개서 보관하는 방식으로 이중으로 배치돼 있다. 한마디로 책 수용의 임계에 도달한 셈이다. 그런데 문제는 이사할 집의 크기는 같은데 방 하나를 내년에 초등학교에 입학하는 딸을 위해 제공해야 하는 사정에 있다. 연구실 역시 책으로 완전히 포화상태이니, 결론은 현재 집에 있는 책의 약 30%를, 그게 기부가 되었건 양도가 되었건, 어떤 방식으로든지 처분해야 한다는 쪽으로 결론이 날 수밖에 없었다.

요 며칠 동안 바로 그 30%에 해당하는 책을 따로 정리하는 작업을 진행했다. 그 판별 기준은 앞으로 필요한 책인가 여부와 해당 책을 쉽게 구할 수 있는가였다. 그러다 보니, 우선 철 지난 잡지와 학술지, 문예지가 그 30%에 해당했다. 상당수의 단행본도 이러한 운명을 비껴가지 못했다(그 책의 저자들에게 마음 깊이 죄송한 마음을 가지고 있다!). 이러한 과정에서 순간적으로 고민했던 것은 인문사회과학의 전성시대였던 1980년대에 출판된 무수한 인문사회과학도서였다. 여러 가지 사회과학이론 책, 사회구성체 논쟁을 다룬 책, 리얼리즘 이론서와 앞으로도 함께할 수 있을까.

아마도 이 책들의 상당수는 내 평생에 다시 접할 가능성이 없으리라. 그러나 나는 과감하게 어떤 방식이든지 이 책들과 헤어지지 않기로 마음을 먹었다. 이런 선택을 가능케 한 건, 그 책들에 내 젊음의 방황과 모색이 진하게 배어 있다는 실존적인 이유만은 아니었다. 보다 현실적으로 커다란 도서관이 아니면 어디에서도 이 책들을 구하기 힘들다는 정황이 이런 선택을 유도한 결정적인 계기였다. 가령 당시 비평가의 삶을 모색하고 있던 내 문학 공부에 많은 지침과 자극을 주기도 했던 파킨슨의 『게오르그 루카치』(현준만 역, 이삭, 1984) 같은 책은 이제 고서점에서도 구하기 힘들다.

물론 80년대에 출간된 여러 가지 진보적 사회과학 도서가 지금 현재도 유효한가, 라는 물음 앞에서는 다양한 선택이 가능하겠다. 철 지난 급진이론이라는 생각도 있겠고, 여전히 우리 현실을 읽는 데 소중한 참조가 된다는 관점도 존재하리라.

이러한 관점 여하를 떠나 내가 이 에세이에서 제기하고 싶은 점은 한 시대를 풍미했던 책을 불과 20여 년 후에 구하기 힘든 경박한 인문적 풍토에 있다. 두루 알다시피 80년대는 혁명과 정치의 시대였기도 했지만, 다른 한 편으로 인문사회과학 출판의 시대이기도 했다. 지금은 사라진 무수한 영세출판사에서 의욕적으로 출간된 다양한 인문사회과학 도서들을 생각해 본다. 그 책들은 각각이 지닌 세계관의 한계까지도 포함해서 인간과 사회에 대한 많은 통찰과 정보를 주었다. 가끔은 그 시절이 한국 현대사에서 인문학의 진정한 전성기가 아니었나 생각되기도 한다. 그 책들을 모두 양서라고 할 수는 없을 테지만, 분명한 점은 이런 책을 구하기가 힘든 이 시대의 현실이 반인문학적이라는 사실이다.

인문학을 살리는 길은 거창한 선언이나 '인문학 주간' 같은 일회성 행사로 가능하지 않다. 한 시대의 문화와 역사를 우리가 얼마나 제대로 기억하는가의 문제, 좀 더 정확하게 말하자면 소중한 책과 자료를 수십 년이 지난 후에도 체계적으로 보관하고 관리하는 시스템의 확보가 인문학을 위해서 더욱 필요한 일이 아닐까 싶다.

그것이 가능하다면 나는 딸에게 방을 따로 내주고도 책 보관을 위한 고민을 하지 않아도 되지 않을까.

(2006)

이미지의 시대를 넘어서

서울시장 선거를 앞두고 '이미지 정치' 논란이 벌어지고 있다. 강금실 열린우리당 후보의 보라색과 오세훈 한나라당 후보의 녹색으로 상징되는 두 사람의 산뜻하고 세련된 이미지가 정작 후보 개개인의 세계관과 정치적 본질을 희석시키고 이미지 간의 가상 대결을 조장하고 있다는 지적이다. 일단 그들이 살아온 길과 정치적역정, 정책의 합리성의 차이는 토론을 비롯한 여러 가지 기회를 통해 검증되리라. 그러나 그런 구체적인 검증과 토론이 과연 '이미지의 바다'를 넘어 합리적인 선택의 유력한 근거로 작용할 수 있을까. 쉽지 않을 것이다. 아마도 그들의 입장과 논리 이상으로 그들에게 풍기는 모종의 이미지가 득표력에 커다란 영향을 미치게 되지 않을까 싶다. 이미지는 정작 중요하게 취급되어야 할 정책적 차이와 정치적 능력을 부차적으로 만들 가능성이 크다. 이런 상황에서 한 사람의 정치가가 이미지나 평판에서 자유로운 채, 자신만의철학과 가치를 당당하게 지키기란 만만찮은 일이다.

이제 이미지나 디자인의 중요성은 사회의 거의 모든 영역에

비정성시를 만나던 푸르스름한 저녁

서 주목받는다. 어떠한 평판에도 불구하고 자신만의 독자적인 목소리를 소신껏 추구해왔던 강준만 교수도 최근 「디자인, 그것은 종교다」라는 글을 통해 디자인과 이미지의 중요성을 강조하는 실정이다.

이러한 이미지 중시 풍조는 대학사회에도 급속도로 퍼지고 있다. 예를 들어 수강생의 발표나 과제에 대한 신랄하고 과감한 비판은 '수업 평가'라는 제도에 의해 현저히 줄어든다. 학자 간의 자존심을 건 치열한 논쟁도 점차 감소하는 추세다. 다들 자신을 부드럽고 너그러운 학자로, 학생에 대해 자상한 애정을 지닌 교수로, 모든 관점을 넓게 수용하는 융통성 있는 지식인으로, 이 시대에 산출되는 작품을 사랑하는 비평가로 기억되고자 노력한다. 이런 상황이 이 시대 대학가와 문화판의 관습이자 불문율이라고 해도 크게 어폐가 있는 표현은 아니리라. 사정이 이러하다면, 수강생과 학문적 타자를 지나치게 의식하는 부드러운 이미지 추구가 이 시대 대학에서 학문적 야성野性과 예리한 비판의 목소리를 잦아들게 만든 게 아닌가 싶다. 어느 곳보다 자유로워야 할 문학판, 예술현장도 이런 현상에서 예외가 아니다.

회고해 보면 지금의 나를 이 정도라도 성장케 만든 건 대학 시절 스승의 준엄한 비판과 질책이었다. 가끔은 수업 시간에 수강생 모두를 향해, '책도 안 읽는 돼지 같은 무식한 녀석들아'라는 식의 원색적인 용어도 동반했던 스승의 날카로운 질타를 수용하기란 쉽지 않았다. 때로는 알량한 자존심마저 시궁창에 처박아야 했던 그 목소리를 통해 나는 진정으로 내 한계와 무식을 있는 그대로 바라볼 수 있었다. 지금 생각해 보면 스승의 그런 태도는 우리를 지적으로 자극하고 일으켜 세우기 위한 고도의 전략이 아니었을까 싶다.

학문적인 차원에서 내 나름의 생각을 정리할 수 있었던 것도 생각이 다른 동료와의 치열한 논쟁을 통해서였다고 기억된다. 때로는 동아리방에서 때로는 술자리에서 벌어졌던, 서로에게 커다란 상처로 작용했던 그 엄청난 논쟁적 대화를 통해 비로소 한 사람의 비평가, 학자로 성장할 수 있는 소중한 자양분을 마련할 수 있었다.

만약 지금 설사 수업 내용이 아무리 충실하다고 해도 그 스승처럼 신랄한 비판을 통해 수업을 진행한다면 어떤 일이 벌어질까? 아마도 대학 인터넷 게시판에는 그 수업과 교수에 대한 찬반 논쟁이 수시로 등장하리라. 상대적으로 영상과 이미지에 익숙한 신세대 대학생에게는 여러 장점과 재능이 있으리라. 그러나 동시에 비판과 논쟁에 대한 내성이 현저하게 줄어든 건 아닐까.

나는 지금도 내 수업을 듣는 수강생에게 가장 근원적인 지적 자극과 성찰의 계기를 어떻게 효과적으로 제공할 수 있을지를 거듭 고민한다. 부드럽고 따뜻한 선생과 엄정하고 냉철한 선생 사이에서.

(2006)

내 인생의 영화

〈Once upon a time in America〉

누구에게나, '내 인생의 영화'라고 불릴 수 있는 그런 영화들이 있
으리라. 생각나는 대로 세 편 정도의 영화를 꼽는다면, 〈정복자 펠
레〉, 〈비정성시悲情城市〉, 〈원스 어폰 어 타임 인 아메리카Once upon a
time in America〉 등의 영화가 바로 그러한 칭호에 부합되는 마스터피
스에 해당된다. 인생이 위기에 도달했다고 생각되는 순간, 혹은 뭔
가 새로운 충전이 필요하다고 생각될 때마다, 이 영화들을 다시 보
곤 한다.

며칠 전에는 20여 년 만에 〈원스 어폰 어 타임 인 아메리카〉
미삭제 디렉터스 컷 DVD가 출시되어, 오랜만에 '내 인생의 영
화'를 다시 감상했다. 영화와 감독 관련 다큐멘터리를 보는 4시간
반 동안 내내 행복했다. 애초에 약 229분 분량으로 제작되었다가,
1984년 개봉 시에는 흥행을 고려한 제작사의 이해관계로 인해 거
의 절반가량이 뭉텅 잘려나간 채로 상영되어 이 작품의 진가가 제
대로 알려지지 못했었다. 90년대 중반에 210분 분량의 비디오가 출

시되어 이 영화는 명예회복을 했지만, 감독은 이미 세상을 뜬 이후였다. 이제 영화가 개봉된 지 20여 년이 흘러, 세르지오 레오네Sergio Leone 감독이 편집한 필름 그대로를 우리가 감상할 수 있게 됐다.

몇 년 만에 본 영화는 또 다른 느낌의 둔중한 감동을 선사했다. 이 영화가 세월이 지나면 지날수록 그 진가가 유감없이 드러나는 이유는 과연 무엇일까. 그것은 무엇보다도 공백을 두려워하지 않는 감독의 '여유'와 철저한 '장인 정신'에서 비롯된 것이 아닌가 생각된다. 〈황야의 무법자〉, 〈석양의 무법자〉, 〈원스 어폰 어 타임 인 더 웨스트Once upon a time in the West〉 등의 수작 등을 통해 서부 영화의 문법을 근본적으로 변환시킨 세르지오 레오네는 결코 자신의 명성에 자족하지도 않았고 편승하지도 않았다. 오로지 그는 다음 작품을 위해 오랜 시간의 준비와 기다림의 시간을 견뎌왔던 터였다. 근 10여 년에 걸친 공백의 시간 동안, 그는 정말 철저하게 〈원스 어폰 어 타임 인 아메리카〉를 준비해왔고 마지막 생의 열정을 이 영화에 쏟아부었다. 그리고 몇 년 후에 그는 당시로서는 실패작의 아쉬움을 뒤로 한 채 세상을 떴다. 그러나 시간은 결국 그의 손을 들어주었다. 결국 이 영화는 마피아 영화의 고전인 〈대부〉와 함께 영원히 기억되는 영화사의 고전이 됐다.

과연, DVD에 수록된 레오네 감독의 다큐멘터리를 보면 그가 얼마나 치열한 장인 정신을 지니고 있었는지를 분명히 알게 된다. 이 영화는 영화사상 대본을 쓰는 데 가장 오랜 시간이 걸린 작품 중

비정성시를 만나던 푸르스름한 저녁

의 하나였다. 영화가 만들어지기 이미 몇 년 전부터 영화음악의 귀재 엔리오 모리꼬네Ennio Morricone와의 지속적인 교감을 통해 영화음악이 이미 완성되어 있었다는 사실도 인상적이다. 그래서일까. 영화음악 자체의 매력만으로도 이 영화는 명화로 기억되고 있다.

나는 지금의 문화판에서 가장 필요한 덕목이 바로 이러한 장인 정신이라고 생각한다. 예술적 완성도를 위해서 공백을 두려워하지 않는 여유와 끈기, 오랜 시간 동안의 공백을 감수하면서도 단 한 편의 작품을 위해서 생의 모든 것을 거는 장인 정신이 정말 너무나 그립다. 최근에는 영화판, 문학판 할 것 없이 너무나 많은 작품이 쉽게 양산되고 쉽게 의미부여 되는 게 문제다. 문학판을 예로 들면, 이제 다음 작품을 치밀하게 준비하기 위해 삼사 년의 여유와 공백을 가지는 작가조차도 잘 보이지 않는다. 마치 속도전 경쟁을 하듯이, 혹은 한시라도 자신의 이름이 잊히지 않기 위해 계속 작품을 양산하는 구조 속에서 과연 진정한 마스터피스가 탄생할 수 있을지 의문이다.

이 시대의 영화와 소설이 좀 더 오랜 세월을 견뎌내는, 그리하여 종국에는 시대와 역사를 가로지르는 예술적 승리자가 되기를 바란다. 그러기 위해서 가장 절실하게 필요한 것은 무엇보다 이 땅의 예술가들이 부박한 속도전에 저항하면서, 철저한 장인 정신을 회복하는 과정이라고 믿는다.

(2003)